# SILVER, DER JÄGER

## ROMANZE MIT ALTERSUNTERSCHIED

### DIE SAGA DER SILVER-BRÜDER
#### BUCH SIEBEN

## LACEY SILKS

„Sicherheit ist größtenteils Aberglaube. Das Leben ist
entweder ein gewagtes Abenteuer oder nichts." ~ Helen Keller

„Ich werde dich jetzt küssen, Hunter."
Ich beugte mich vor und nahm seine zögernden Lippen. Sein
Schnurrbart kitzelte und trug den Duft des Waldes.
Er zog sich zurück. „Grace–"
„Du willst mich nicht. Oh Gott, das ist so peinlich. Hier werfe
ich mich dir an den Hals und denke, wir könnten–"
„Grace, hör auf. Ich möchte nur, dass du für einen Moment
nach oben schaust."
„Was?"
„Schau nach oben."
Ich folgte seinem Finger zum Nachthimmel und den unzähligen
Sternen, die Lichtströme bildeten. Ein Schauer von Kommas
ergoss sich über den Himmel.
~ Silver, der Jäger~

# Prolog

## grace

Das Leben war gut; und heute Abend würde meine harte Arbeit beim Aufbau eines Beauty-Imperiums belohnt werden und all meine Träume würden in Erfüllung gehen. Na ja, fast alle, denn Babys kamen nicht so einfach wie der Preis, den ich heute Abend erhalten würde, und meine biologische Uhr schlug Alarm.

Ich steckte die letzte Haarnadel in mein Haar und senkte meine Arme. Gelockte Strähnen glitzerten golden und bildeten ein fließendes Feuer. Die Haarpracht passte zu dem funkelnden Kleid, das meinen Körper umschmeichelte. Meine Mutter hatte einen Gefallen bei einem Designer aus Paris eingelöst, und einen Monat später saß das maßgefertigte, mit goldenen Ketten besetzte Kleid wie angegossen.

Ein lautes Platschen lenkte meine Aufmerksamkeit nach draußen. Ich ging zum Balkon, wo die untergehende Sonne den Garten in Orange tauchte. Unten stieg Hunter gerade aus dem Pool und trug etwas, das wie eine weitere Kröte aussah. Er überquerte den Rasen zum Seerosenteich und ging in die Hocke. Eine riesige Kröte hüpfte von seiner Hand ins Wasser. Das war die dritte Kröte, die er diese Woche gerettet hatte.

Er spülte seine Hände im Teichwasser ab, schüttelte sie und

stand auf, wobei er mit den Fingern durch sein Haar fuhr. Die Säule seiner Rückenmuskeln drehte sich. Er drehte sich um. Die permanente Bräune, die er sich beim Landschaftsbau im Garten zugelegt hatte, leuchtete im Abendlicht. Seine wunderschöne, leicht behaarte Brust war jugendlich straff und versprach, noch kräftiger zu werden.

Ich beobachtete, wie er über den Rasen zurück zum Haus ging. Er blieb stehen und blickte zum Balkon hoch, wo ich stand. Seine durchdringenden blauen Augen trafen meine, und mein Herz setzte für einen Moment aus. Wut und Verlangen kämpften in mir, als wäre keine Zeit vergangen.

Ich kannte Hunter Silver seit seinen Windeltagen. Er war der Neffe meines Onkels mütterlicherseits, und unsere Familien verbrachten jeden Feiertag, Geburtstag und jede Feier zusammen. Und Junge, war er schnell erwachsen geworden. Zu seinem achtzehnten Geburtstag hatte ich Hunter ein Motorrad geschenkt und um ein paar Lektionen für meine kaputte Harley gebeten, die er an diesem Abend eifrig reparieren wollte. Sagen wir einfach, er reparierte mehr als nur mein Motorrad. Er hatte als mein Toyboy begonnen, und drei Jahre später rettete er Frösche aus meinem Pool.

Sobald er ins Haus trat, raffte ich mein Kleid bis zu den Oberschenkeln und eilte die Treppe hinunter, um ihn zu treffen. Hunter würde einen Quickie vor meinem Aufbruch nicht ablehnen, und ich hatte gerade meinen Eisprung.

„Hey, Baby. Noch eine Kröte in meinem Pool?"

Seine wunderschönen blauen Augen trafen meine. Jesus, er würde ein wunderschönes Baby machen, dachte ich mit einem Anflug von Schuldgefühlen. Er stand tropfnass da, sein Blick glitt unapologetisch an meinem Körper hinunter. Ich schluckte hörbar und fuhr mit der Zunge über meine trockenen Lippen. Seine Shorts klebten an seinen muskulösen Oberschenkeln und seinem gesunden Schwanz, was meine Erregung steigerte und mein Blut in Wallung brachte.

„Heilige Scheiße, Grace. Du siehst hammermäßig aus. Wie 'ne Königin. Meine Königin, ey."

Ich drehte mich auf der Stelle, und seine düstere Stimmung verflog. Das halbe Lächeln und die zwei Grübchen waren ein guter Anfang.

„Gefällt es dir?", fragte ich und wackelte mit dem Hintern.

„Was sollst du darstellen? Einen Oscar in Flammen?"

Er kam näher, seine Augen schwammen vor Lust und ein wenig Enttäuschung.

„Genau." Ich schluckte hörbar.

„Aber du bekommst keinen Oscar."

„Dieser Preis ist die höchste Ehre, die ich je bekommen werde, also ist er für mich wie ein Oscar."

„Du siehst wunderschön aus. Das Kleid ist die perfekte Wahl. Ich wünschte, ich könnte dabei sein, um zu sehen, wie du den Preis entgegennimmst." Er küsste meine Nasenspitze.

Der Schlag in meinen Magen brachte mich kurz aus dem Konzept. Ich trat näher und fuhr mit meinen manikürten Nägeln über seine trocknende Brust. „Was kann ich tun, damit du dich besser fühlst?"

„Ich werde dein Make-up ruinieren, wenn ich mich mit dir vergnüge."

Das Grollen aus seiner Brust vibrierte entlang meiner Haut. Ich schob meinen Oberschenkel durch den Schlitz in meinem Kleid und hob die andere Seite an, sodass mein Slip sichtbar wurde. Ich war fast so weit, ihn anzuflehen, mich zu ruinieren, aber wenn ich das täte, würde er es tun, und ich käme zu spät. Aber es gab andere Wege.

„Wenn du unterhalb der Gürtellinie bleibst, wirst du meine Haare und mein Make-up nicht ruinieren."

Sein Mund verzog sich zu einem schelmischen Grinsen, und mein Herz schlug schneller. Er beugte sich zu meinem Ohr und zog seine Lippen über den Knorpel, während er flüsterte: „Was, wenn ich dich ruinieren will, Grace?"

*Ja.*

Seine Finger strichen meinen Arm hinauf, und sein begieriger Atem ließ Schauer über meinen Rücken laufen.

„Berühr mich. Dort." Meine Lippen zitterten über seinen.

Er schob seine Hand durch den Schlitz in meinem Kleid und an meinem Oberschenkel hinauf. Ich griff nach dem Esstisch, als er seine Hand in meinen Slip gleiten ließ. Meine Augen rollten nach hinten und meine Beine öffneten sich instinktiv. Seine langen, geschickten Finger fuhren durch mein feuchtes Fleisch und hielten inne.

„Hast du nicht Eisprung, Grace?", fragte er und zog seine Hand zurück.

*Scheiße.*

„Ich bin zweiunddreißig, Hunter. Es ist der perfekte Zeitpunkt, ein Baby zu bekommen."

„Ich bin noch nicht bereit für Nachwuchs."

„Aber mein Geschäft boomt, und wir sind glücklich und zusammen-"

„Wenn wir glücklich sind, meine Liebe, warum begleite ich dich dann heute Abend nicht?"

„Hunter, darüber haben wir schon gesprochen."

Seine Schultern sackten herab, und er schritt in die Küche, wo er sich einen Wodka auf Eis einschenkte. Er hob das Glas und deutete in meine Richtung. „Nein, Gracie. *Du* hast darüber geredet, und weil dir dein Ruf wichtiger ist als ich, hast du dich entschieden, mich nicht mitzunehmen." Er nahm einen Schluck. „Wovor hast du Angst?"

Ich machte mir Sorgen um Hunter. Letztes Weihnachten war er die Treppe im Salon hinuntergefallen und hatte sich am Ende eingenässt. Alkohol und Hunter vertrugen sich nicht gut.

„Ich hätte nie gedacht, dass du dich darum scherst, was andere über dich denken, weil du alles hast. Aber du versteckst mich wie einen Hund im Schuppen. Willst du heute Abend wirklich mich, Grace, oder nur mein Sperma?"

Ich holte mit der Hand aus, um ihm eine Ohrfeige zu geben, aber er packte mein Handgelenk, bevor meine Handfläche seine Wange berühren konnte.

„Fick dich, Hunter. Genau deshalb kann ich dich nicht zu seriösen Veranstaltungen mitnehmen." Ich riss mein Handgelenk frei.

„Das Mindeste, was du tun kannst, ist ehrlich zu sein. Warum nimmst du mich nicht mit? Was bin ich für dich? Ich repariere dein Auto und dein Fahrrad. Ich bringe Lebensmittel und koche. Ich nehme dich mit auf Dates, wie alle Freunde es tun, während die meisten meiner Kumpel von Montag bis Sonntag ausgehen und feiern. Ich gehe zur Schule, ich arbeite, und ich bin in dem, was ich hoffe, eine ernsthafte Beziehung. Und trotzdem schämst du dich für mich."

Er nahm noch einen Schluck.

„Hunter, du bist wunderbar-"

„Aber?"

„Aber du gehst zur Schule und bist einundzwanzig."

„Trotzdem bin ich alt genug, um ein Kind zu zeugen. Was wird passieren, nachdem du schwanger bist, Grace? Wenn du mich deinen Freunden nicht als deinen Freund vorstellen kannst, wie würdest du mich als Vater deines Kindes vorstellen? Würdest du mich überhaupt in deinem Leben haben wollen?"

*Mein Kind.* Ich seufzte innerlich.

„Sie würden über dich reden, nicht wahr? Verdammte Cougar-Straße." Er deutete nach Süden zur Vorderseite meines Hauses. Meine Nachbarinnen, allesamt alleinstehende Geschäftsfrauen über dreißig, liebten es zu tratschen.

„Wir sollten deine Adresse in Klatsch-Straße ändern."

Meine Nachbarn hatten Hunter nicht mit offenen Armen empfangen, aber seien wir ehrlich. Ich lebte tatsächlich am Cougar-Straße, und wir alle wurden dem Namen der Straße gerecht. Als Hunter zum ersten Mal eingezogen war, kam Lexie jedes Mal zum Joggen um den Court, wenn Hunter mein Auto mitten in einer Hitzewelle wusch. Carly liebte Hunters Hilfe beim Rasenmähen, und er hatte Susannes Pool zum dritten Mal in Folge geleert, nachdem die Firma die Auskleidung verpfuscht hatte. Aber nachdem er ihnen geholfen hatte, gehörte er mir und nur mir. Tag und Nacht vögelte er mich wie ein Tier, und ich schrie bei offenen Fenstern. Aber so toll er auch war, Hunter zu einer Party mitzunehmen, wäre wie Öl ins Feuer zu gießen, und wenn die Flammen aufloderten, dann loderte auch Hunter. Der Kopfgeldjäger in Ausbildung bei Silver Securities wurde seinem abenteuerlichen Namen gerecht.

„Hunter-"

„Grace, alles, was ich sage, ist, dass ich gerne als mehr gesehen werden würde. Ich bin nicht einer der Diener deiner Tante."

Ich strich mit der Hand über seine Wange und wickelte sein dunkles Haar um meinen Finger. Dieser Abend begann nicht so, wie ich es mir vorgestellt hatte, aber ich würde verdammt sein, wenn er nicht damit endete, dass er zwischen meinen Schenkeln und tief in meiner Vagina war.

„Bitte beleidige mich nicht, Hunter. Du weißt, wie ich für dich empfinde und wie sehr ich dich will."

„Weiß ich das? Deine Freunde wissen nicht, dass ich existiere, und deine Nachbarn denken, ich sei dein Spielzeug."

Ich zog meine Hand zurück, und seine Locke sprang von meinem Finger. „Meine Familie weiß von dir, und das sollte genug sein."

„Und trotzdem reicht es nicht für einen festen Platz in deinem Leben."

Die Standuhr schlug sechsmal, und ich ließ mein Kleid los. Wenn er nicht in dreißig Sekunden hart war, würde uns die Zeit davonlaufen. Ich legte meine Hand über seinen Schwanz, aber er trat zur Seite.

„Gut. Wenn du so sein willst, dann sei so. Ich muss los, aber ich sehe dich später heute Abend."

Ich stellte mich auf die Zehenspitzen vor ihm und gab ihm

einen langen Kuss auf seine vollen Lippen. Wenn ich zurückkäme, würde ich mich auf ihn setzen, wenn ich müsste, und ich würde ihn nicht gehen lassen, bis er heftig gekommen wäre. Seine Zunge schlich sich zwischen meine Lippen und entfachte mein Verlangen, aber er zog sich zu schnell zurück und lehnte seine Stirn gegen meine. „Hab viel Spaß, Grace."

Seine sanfte Stimme nährte mein schlechtes Gewissen.

„Ich komme nicht spät – ich verspreche es."

„Es ist dein Abend. Lass dir Zeit. Lass dich nur nicht von irgendeinem Phantom-Mann stehlen."

„Phantom?"

„Die Party hat ein Halloween-Thema." Er küsste mich wieder und flüsterte gegen meine Lippen. „Denk dran, du bist die Königin dieser Party. Du solltest dich beeilen, wenn du es noch schaffen willst."

Seine Worte vibrierten an meinem Mund, während Scham einen Pfad durch mein Herz brannte. Aber ich würde in ein paar Stunden zurückkommen, und alles würde normal sein. Die Kamera im Flur zeigte eine Limousine, die am Vordertor vorfuhr.

„Eine Königin kommt nie zu spät." Ich küsste ihn zurück.

Als Hunter die goldenen High Heels um meine Wade geschnürt hatte, stand die Limousine bereits vor der Tür und die Uhr schlug zur halben Stunde. Er half mir in die Limousine und winkte, als ich davonfuhr.

Ein Stich des Bedauerns ließ mein Herz in meiner Brust sinken. Hunter war der liebste und klügste Freund; aber die meisten meiner Freundinnen waren schwanger oder auf dem Weg dorthin, während Hunter Wetten darüber abschloss, wie weit er ejakulieren konnte. Es war weit. Ich hatte es gesehen. Nur dass die Spermien nicht dorthin gelangten, wo sie hingehören sollten: in meinen austrocknenden Schoß.

Zwanzig Minuten später parkte meine Limousine am Straßenrand vor dem Veranstaltungsgarten. Weiße und goldene

Stoffe waren über die errichteten griechischen Säulen am Eingang drapiert, und Flutlichter beleuchteten den mit Ranken überwucherten Eingang. Ein Parkservice öffnete die hintere Tür. Kamerablitze zuckten auf, und die Sicherheitsleute schlossen die Reihen. Ich trat auf den ausgerollten roten Teppich, und jemand stieß mich an der Schulter an. Ein Wachmann quetschte sich zwischen uns und führte mich zur Tür. Gott sei Dank hatte Hunter das private Team seiner Firma engagiert.

Ich ging durch das Tor, und der Lärm der Menge legte sich zu einem Summen. Das Geräusch von fallendem Wasser plätscherte von einem zentralen Brunnen, und ich ließ die Anspannung in meinen Schultern los. Eine warme Brise wehte vorbei und ließ die Lichterketten in den Bäumen schwanken. Dahinter war auf dem Hauptrasen ein Zelt mit Tischen und einer Bühne aufgebaut worden, das mit Blumen und Ranken geschmückt war und wie ein Märchengarten aussah.

Ich ging auf einen großen Herrn zu, der mich anlächelte. Er war dunkel und gutaussehend, Ende dreißig, und passte genau zu der Beschreibung, die ich Tante Mary gegeben hatte, bis hin zu dem sorgfältig getrimmten Bartwuchs in seinem Gesicht.

„Grace Wagner. Sie sehen wunderschön aus."

„Xavier Morrison?"

Er lächelte und streckte seine Hand aus. Ich hakte meinen Arm bei ihm ein.

„Sie sind früh dran", sagte ich.

„Ich wollte Sie nicht warten lassen. Es ist mir eine Freude, Sie kennenzulernen. Ich habe mir die Freiheit genommen, Ihr Lieblingsgetränk zu besorgen; alkoholfrei, wie auf Ihrem Präferenzblatt angegeben."

Er winkte dem Servicepersonal zu, das sofort ein Aloe-Kokosnuss-Wasser brachte.

„Danke. Das ist lieb. Haben Sie alles auf diesem Präferenzblatt gelesen?"

„Entschuldigung. Ich sollte das Präfe- Ach, vergessen Sie es. Ich verspreche, es nicht wieder zu erwähnen."

Meine Augenbrauen zogen sich zusammen, und ich sah ihn von der Seite an. Er war gutaussehender als auf dem Profilfoto, das ich von Tante Mary erhalten hatte. Sein festes Kinn, seine verträumten Augen und sein Selbstvertrauen waren toxisch. Eines Tages würde Hunter reifer werden, und ich könnte ihn zu Veranstaltungen mitnehmen, aber jetzt... Vorerst musste ich das hier funktionieren lassen.

„Kein Problem", sagte ich. „Was ist mit Ihrem Kostüm?" Er trug einen Smoking mit einem langen schwarzen Umhang. „Lassen Sie mich raten. Magier?"

„Nein." Er griff in seine Jackentasche und holte eine schwarze Maske heraus. Er schlang das Gummiband um seinen Kopf und justierte die Vorderseite. „Heute Abend bin ich Zorro."

*Niedlich.*

Wir gingen zum vorderen Tisch, wo Xavier meinen Stuhl zurückzog. Ich nahm neben meiner anderen Begleitung und meiner besten Freundin, Emma Silver, Platz. Hunters jüngere Cousine trug einen gefiederten Minirock und ein passendes Top, das mit Edelsteinen bestickt war. Das moderne Cowgirl-Outfit an ihrem Körper ließ sie wie einen Victoria's Secret Engel aussehen. Meine Eltern besetzten die Plätze mir gegenüber, zusammen mit meiner Tante Mary.

Emma warf einen Blick auf meinen Begleiter und lehnte sich zu meinem Ohr. „Wo ist Hunter?"

„Zu Hause."

„Warum?"

„Weil er heute zu jung ist, um mein Freund zu sein, Ems."

Emma mochte sogar noch jünger als Hunter sein, aber sie hatte die Reife von zehn Hunters und wusste, wie man sich bei Preisverleihungen zu benehmen hat.

„Elf Jahre sind nichts. Ihr beide seid füreinander bestimmt."

„Es ist viel in seinem Alter. Er ist nicht bereit für manche Dinge. Er ist nicht bereit für eine Familie."

Meine Mutter brachte uns von der anderen Seite des Tisches zum Schweigen, und ich rutschte mit meinem Hintern an den Rand des Stuhls. Die Lichter wurden gedimmt und die Stimmen verstummten, als sich alle auf die Bühne konzentrierten.

„Ich bin auch nicht bereit für Kinder. Ich habe genug auf meine Nichten und Neffen aufgepasst, um für drei Leben zu reichen. Außerdem habe ich die Schule, und Eric ist der beste Freund meines Bruders, also wird daraus sowieso nichts."

„Genieße das Leben, bevor du dich niederlässt. Hab Spaß, solange du kannst."

Emma verdrehte die Augen. „Sagt die Frau mit einem Escort als Begleitung, weil ihr Freund zu unreif ist."

„Er hat ein gutes Herz, trifft aber schlechte Entscheidungen."

„Er hat dich gewählt."

*Touché.*

„Wenn ich eine Predigt wollte, Ems, würde ich neben meiner Mutter sitzen. Ich bin mit vier Brüdern aufgewachsen, meinen Zwilling eingeschlossen. Glaub mir, du brauchst nicht die Erlaubnis deines Bruders, um jemanden zu daten. Hab einfach Spaß, teste die Ware und schau, wie er so ist."

„Er ist ein Cowboy, reitet Pferde und treibt Vieh zusammen. Was gibt es da noch zu wissen?" Emma reservierte den verträumten Blick in ihrem Gesicht für Eric Waters, einen etablierten Cowboy. Und da Emma Silver immer bekam, was sie wollte, war es nur eine Frage der Zeit, bis sie Eric bekam.

Jemand trat mich unter dem Tisch, und ich zuckte zusammen, als ich den tödlichen Blick meiner Mutter auffing. „Du wirst es verpassen", zischte sie.

Der Zeremonienmeister trat an die Vorderseite der Bühne und klopfte ans Mikrofon. Der Fokus des Raumes verlagerte sich auf mich, sobald er mich als heutigen Ehrengast vorstellte.

Ich ging zur Bühne, meine Knie zitterten und mein Herz

raste. Grelles Licht erwärmte mein Gesicht und ließ meinen Schweiß zu Tropfen kondensieren. Meine Rede war wie weggeblasen, sobald ich das Mikrofon in die Hand nahm. Ich konnte mich kaum an die Worte erinnern, als ich den Contessa-Preis entgegennahm. Ich dankte meinem Team, meinen Eltern, meiner Tante und dem Rest meiner Familie für ihre Unterstützung und ihren Einfluss. Ohne sie wäre mein Salon nicht so populär geworden. Ich umklammerte den goldenen Preis und hob die Trophäe in Richtung des Tisches meiner Familie, als mein Blick auf eine Gestalt in der hinteren Ecke an der Bar fiel. Er trug einen schwarzen Anzug mit passendem Umhang und lehnte an einem Ahornbaum. Eine weiße Maske bedeckte die Hälfte seines Gesichts. Der Wind wehte, Äste schwankten, und er verschwand im Schatten des Baumes. Der Applaus verebbte, und der Moderator führte mich die Treppe hinunter zurück zu meinem Tisch, wo Xavier meinen Stuhl zurückzog.

„Herzlichen Glückwunsch, Liebes."

Ich stellte den Preis auf den Tisch, holte tief Luft und umarmte meine Eltern und meine Tante. Dies war die Nacht, auf die ich so lange gewartet hatte, und doch fühlte sie sich nicht vollständig an. Ohne Hunter zu feiern war einfach nicht dasselbe.

„Geht es dir gut?", fragte Xavier.

„Ja, danke."

Der Trubel legte sich, als die Kellner den ersten Gang servierten. Leise Dinnermusik spielte im Hintergrund, tat aber nichts, um meine Nerven zu beruhigen. Ich ließ meinen Blick durch den Raum schweifen, bis ich spürte, wie jemand mich von hinten anstarrte. Ich blickte über meine Schulter, aber niemand war da. Mein Herz hämmerte in meiner Brust und meine Hände zitterten.

„Kann ich dir etwas zu trinken bringen, Grace?", fragte Xavier.

„Ein Glas Rosé wäre schön, danke."

Xavier schnippte mit den Fingern, und einen Moment später

stand ein gekühltes Glas vor mir. Ich trank die Hälfte in einem Zug, bevor meine Blase mich daran erinnerte, dass sie sich vor zwanzig Minuten gefüllt hatte.

„Entschuldigt mich. Ich muss auf die Toilette." Ich schob meinen Stuhl zurück, und Xavier stand ebenfalls auf.

„Soll ich mitkommen?", fragte Emma.

„Nein, schon gut. Dein Essen wird kalt."

Ich drehte mich auf dem Absatz um, durchquerte den Speisesaal, benutzte die Toilette und entkam dann der Party in die Gärten. Mondlicht beleuchtete einen Pfad mit Büscheln weißer Teppichrosen, und der Duft von Lavendel erfüllte die Luft. Eine warme Abendbrise wehte durch mein goldenes Haar. Ich stand am hinteren Brunnen und beobachtete das plätschernde Wasser, als ich mich bei dem Geräusch nahender Schritte umdrehte. Ein Mann in einem Umhang, ähnlich dem von Xavier, kam auf mich zu, nur dass seine Maske die eines Phantoms war. Ich kniff die Augen zusammen. Sein Mundwinkel hob sich, und ein Grübchen vertiefte sich in seiner Wange.

„Hunter? Bist du das?"

„Hallo, Gracie."

*Oh nein.*

Seine tiefe Stimme ließ mich bis ins Mark erschaudern. Hunter nannte mich nur *Gracie*, wenn er betrunken war. Er kam näher, einigermaßen sicher auf den Beinen, aber dennoch schwankend. Ich sah mich in den leeren Gärten um. Wenn jemand ihn so mit mir sehen würde, wäre ich ruiniert.

Er nahm die Phantommaske von seinem Gesicht und fuhr mit den Fingern durch sein Haar. An einem nüchternen Abend wäre diese Geste sexy gewesen. Heute Abend nicht so sehr. Der Wodkageruch erreichte mich schließlich, und ich zuckte zurück.

„Was machst du hier? Du solltest zu Hause bleiben."

„Ich bin hier, um deinen Begleiter zu ersetzen."

*Scheiße.*

Er trat näher, schwankte vor und zurück, und ich wich zurück.

„Du bist betrunken. Du musst nach Hause gehen."

„Komm schon, Gracie. Die Nacht ist noch jung." Er kam näher und packte meinen Arm, aber ich riss mich los.

Seine Augenbrauen zogen sich zusammen. „Du sitzt lieber neben einem Escort?"

„Xavier ist ein Freund."

Er brach in schallendes Gelächter aus. Ein Teil von mir hoffte, dass jemand ihn hören und hinausbegleiten würde. Er stolperte vorwärts, fand aber sein Gleichgewicht wieder, als ich ihn am Arm fasste. Gott, wie er stank!

„Ich mag es nicht, wenn du so bist."

„Ich bin so, wenn du mich wie nichts behandelst."

Ich ließ seinen Arm los und stieß meinen Finger in seine Brust. „Gib verdammt nochmal nicht mir die Schuld für dein Trinken." Die Kraft in meinem Flüstern überraschte mich.

„Ich trinke, weil du dich für mich schämst. Sag, dass es nicht so ist, Gracie."

„Es ist nicht so. Ich werde nicht der Sündenbock für dein Problem sein. Wir hatten eine Abmachung. Du hast versprochen-"

„Du hast auch ein Versprechen gegeben, Gracie. Erinnerst du dich, als ich meine Zunge in deiner Muschi hatte?"

Er trat näher. Plötzlich wärmte dieser gleiche Wodka-Atem, den ich so verabscheute, die Seite meines Halses, und ich erschauderte.

„Oder all die Male, als ich dich in deinen wunderschönen Gärten gefickt habe, ähnlich wie diese hier? War das kein Versprechen, dich zu schätzen? Habe ich dich falsch geleckt?"

Das hatte er nicht. Der Kloß in meinem Hals zog sich zu einem unerträglichen Knoten zusammen. Im Bett übertraf Hunter Silver jeden Mann, mit dem ich je zusammen gewesen war. Ich hatte ihn gut unterrichtet, aber er hatte wenig Anleitung gebraucht und es genossen, meinen Anweisungen zu folgen. Dann hatte er verdammt nochmal in jeder Hinsicht übertroffen.

„Verdiene ich keinen Platz an deinem Tisch, Gracie?"

Ich sog scharf die Luft ein.

„Oder hat Xavier dich etwa besser gefickt?"

Ich riss mich los und holte aus, um ihm eine Ohrfeige zu geben, aber er fing mein Handgelenk mitten in der Luft ab. Ich konzentrierte mich auf seinen festen Griff und meine zitternde Hand, bevor mein Blick langsam zu seinem wanderte und sich mein Mund vor Schock öffnete.

Er ließ los und trat rückwärts in Richtung des Esszimmers, wobei er mich ansah, als hätte ich den größten Fehler meines Lebens gemacht. Ich atmete durch die Nase ein, verzweifelt bemüht, die Situation zu retten und ihn hier rauszubekommen.

„Hunter? Was auch immer du vorhast zu tun, lass es. Bitte."

„Schämst du dich etwa, deinen Freund deinen Gästen vorzustellen, Gracie?"

Ich beschleunigte meine Schritte, aber ich war schon zu spät. Er drehte sich auf dem Absatz um und ging direkt zur Bühne, wo er ans Mikrofon klopfte. Das Echo lenkte die Aufmerksamkeit aller auf die Bühnenmitte. Der Lichttechniker richtete einen Scheinwerfer auf Hunter.

„Oh nein." Ich bedeckte meinen Mund mit der Hand und traute mich nicht, zu meinem Tisch zurückzugehen. Stattdessen blieb ich in der Nähe der Bühnentreppe stehen und starrte den Mann, den ich liebte, an, als wäre er mein schlimmster Feind.

„Tu es nicht, Hunter. Ruinier das nicht", flüsterte ich, atmete im Takt meines Herzschlags und hatte immer noch Angst, dass mir die Luft ausgehen würde, sobald er sie aus dem Raum saugen würde.

„Guten Abend, allerseits."

Die zweihundert Leute verstummten.

*Jetzt geht's los.*

Hunters Mutter runzelte die Stirn vom Tisch aus, an dem

seine Eltern saßen. Jacob und Teresa Silver hatten meinem Imperium große Geschäfte gebracht. Wie hätte ich sie nicht einladen können? Aber jetzt, da ich meinen Hunter dort sah, wie er seine Worte lallte, bereute ich meine Entscheidung, ihn zu Hause gelassen zu haben.

„Mein Name isss Hunter Schilver, un' ich möchte... möchte meiner Graschie zu ihr'm wunnerbaren Oschkar gratu... gratulier'n. Schie verdient ihn. Schie verdient allesch... hicks!, aber... aber schie hat mich vor euch allen verschteckt. Nich' mein' Schwanz. Nee, nee. Vor mein'm Motor verschteckt schie sich nich"

„Oh nein." Mein Flüstern vernebelte in der kühlen Luft.

Je mehr seine Rede lallte, desto schneller raste mein Herz in meiner Brust. Er neigte seine Hüften nach vorne und wackelte mit ihnen, als hätte er einen Rüssel statt eines Penis.

„Ich mag jünger sein, Xavier" – Hunter zeigte in die Menge – „aber mit der Jugend kommt Ausdauer, und meine Gracie mag Ausdauer."

Seine Hand flog nach links und lenkte die Aufmerksamkeit der Menge auf den Ort, an dem ich stand. Ich bedeckte mein Gesicht mit meinen Händen und hoffte, der Boden würde sich unter mir öffnen, aber ein Lichtstrahl schien in meine Richtung. Ich schob meine Finger weit genug auseinander, um zu sehen, wie Hunter sich zu mir umdrehte. Jemand aus dem Esszimmer machte sich auf den Weg zur Bühne, als Hunter sagte: „Ich bin gut genug zum Ficken für Sperma, aber nicht gut genug, um mit zu Abend zu essen. Kommt schon, Leute, helft mir, ihr einen Applaus zu geben. Gracie! Gracie!"

Er klatschte und versuchte, die Menge anzustacheln, aber der Raum blieb still. Demütigung brannte durch meinen Körper und Wut strömte durch meine Adern. Jemand zerrte Hunter von der Bühne. In diesem Moment wünschte ich mir nichts sehnlicher, als einfach vor Scham im Boden zu versinken.

Und ich warf Hunter raus, bevor er wieder nüchtern wurde.

Ich stemmte meine Ellbogen in den Boden und schaltete den Nachtsichtschalter meiner Kopfausrüstung ein.

„Drei vorne und einer hinten", sagte ich zu meiner Partnerin.

„Noch einer drinnen bei den Mädchen." Rachel war von der costa-ricanischen unabhängigen Abteilung der Jäger. Wie ich suchte sie nach Abschaum, den es zu eliminieren galt. Wir verstanden uns auf Anhieb, als sie mich am Flughafen begrüßte. Rachel hatte die doppelte Staatsbürgerschaft und schlug zwei Fliegen mit einer Klappe, indem sie sowohl für die costa-ricanische als auch für die US-amerikanische Behörde arbeitete, um Menschenhandel zu bekämpfen. Ihr Team hatte mich privat angeheuert.

Ich konzentrierte mich auf die Gruppe gefesselter Mädchen, die in der Ecke des Hauses zusammengekauert waren. Mein Kiefer verkrampfte sich so sehr, dass meine Backenzähne knirschten.

„Es sollten verdammt nochmal keine Mädchen hier sein", schnaubte Rachel durch die Nase.

Ich fand einen golfballgroßen Stein und umklammerte ihn

mit meiner Faust. „Jetzt sind sie es. Die Mission hat sich geändert."

Das Haus lag mitten im Dschungel, und Verstärkung war mindestens eine Stunde entfernt. Unser Kopfgeld, Mr. Pierce, zwanzig Millionen wert tot und dreißig lebendig, sollte sich hier verstecken. Ich hatte darauf gezählt, die dreißig zu kassieren, aber er war nirgends zu finden.

Rachel rutschte näher und zupfte an meiner Weste. „Du meinst wohl, wir blasen die Mission ab."

„Ich lasse diese Mädchen nicht zurück", flüsterte ich laut.

„Die Mission war es, Mr. Pierce zu schnappen. Mehr nicht."

„Er ist offensichtlich nicht hier, und wir wissen beide, dass das nicht sein richtiger Name ist."

„Wie auch immer. Mission abgebrochen."

Wenn ich weitermachte, wären die Konsequenzen nicht leicht. Wir hatten eine Abmachung. Pierce nicht aufscheuchen; und in dem Moment, in dem ich mich um die Mädchen kümmerte, würde er Wind davon bekommen, verschwinden, und wir würden nicht bezahlt werden.

*Scheiß auf's Geld.*

Ich kroch hinter einen Baum näher ans Haus heran. Rachel fluchte in meinem Ohrhörer. Einen Moment später lag sie neben mir auf dem Boden.

„Du musst nicht mitkommen", sagte ich.

„Ich lass deinen Arsch nicht unter meiner Aufsicht sterben, du dummer Idiot. Es sind fünf von denen."

„Das sind zweieinhalb für jeden von uns."

„Und wie schlägst du vor, teilen wir den letzten?"

„Um den müssen wir uns keine Sorgen machen, wenn er am Boden liegt. Elf Uhr. Mach dich bereit für eine Ablenkung."

Ich fokussierte meine Linse auf den Wachmann, als er seine Runde machte und den Rand der Lichtung kontrollierte, wobei er nach Moskitos schlug. Wir blieben tief unten, bis er vorbei war.

„Hunter, was hast du getan?", stieß Rachel mir ihren Ellbogen in die Rippen.

„Noch nichts."

Ich umklammerte den Stein mit meiner Faust, erhob mich auf die Knie und schleuderte ihn in den Wald. Der Wind blies, die Bäume schwankten, und wir konnten nicht hören, wie der Stein auf den Boden aufschlug. Mein verdammtes Pech hing an mir wie eine Klette. Ich fand einen weiteren Stein und warf ihn näher an den Pfad, wo er einen Abhang hinunterrollte und die Aufmerksamkeit des Wachmanns auf sich zog.

„Wer ist da?", leuchtete er mit seiner Taschenlampe über den Pfad.

„Geh nachsehen." Der andere Wachmann winkte ihn weg.

„So, das sollte helfen." Ich schob Rachel beiseite und nahm meine Position ein, wobei ich die Betäubungspistole aus dem Holster an meinem Oberschenkel zog. Ich schoss blind, bevor sie mich aufhalten konnte, und der Pfeil traf den Wachmann in den Rücken. Er zuckte, drehte sich um und fiel zu Boden.

„Carlos?", rief sein Freund und eilte zu ihm.

„Das war ein riskanter Zug", sagte Rachel.

„Bleiben zwei hier draußen für dich und zwei drinnen für mich. Kopf runter, bis gleich."

Ich duckte mich hinter die Büsche, aber der Tumult alarmierte den Typen an der Hintertür. Ich drückte den Abzug und betäubte ihn, bevor er um die Ecke kam. Rachel schoss einen der ihren bei den Bäumen nieder. Ich wusste, das würde ein Kinderspiel sein. Der muskulöse Wachmann blieb drinnen bei einer Gruppe gefesselter Mädchen. Es waren neun. Der Geruch von Benzin traf mich, als ich die Schwelle überschritt. Ich stieg über den auf dem Boden verstreuten Müll und drückte meinen Rücken gegen die Wand, bevor ich um die Ecke bog. Ich entfernte eine Linse und überprüfte die Reflexion aus dem Hauptraum.

Ein muskelbepackter Koloss stand vor den gefesselten

Mädchen mit einer Handfeuerwaffe. Sein Gesicht war mit Schlamm verschmiert, und sein Körper warf einen dämonischen Schatten vor den Kerzen auf dem Tisch.

Rachel sollte inzwischen den letzten Wachmann betäubt haben und würde den Vordereingang nehmen, um mich zu decken. Ich bewegte mich vorwärts und stieß versehentlich gegen eine Flasche. Der Wachmann hob seine Waffe, und ich schoss ihm in den Arm. Er schlug den Pfeil von seiner Schulter, taumelte, und ich schoss einen weiteren Pfeil in seinen Oberschenkel. Der Mann war ein Biest; ich hätte meine Pistole benutzen sollen. Er feuerte zwei Schüsse ab. Die erste Kugel traf meinen Oberschenkel und verfehlte eine Arterie, die zweite drang zwischen der Ausrüstung hindurch direkt in mein Becken ein.

*Scheiße!*

Ein Schrei zerriss meine Lungen, als ich stolperte und in einem Raum voller verwirrter Mädchen auf die Knie fiel. Auf seinem Weg nach unten stürzte der Wächter in den Tisch, stieß die Kerzen um, und Flammen erfassten eine Ecke der Matratze.

*Rachel. Wo ist Rachel?*

Meine Sicht verschwamm. Ich nahm meine Kopfbedeckung ab und presste meine Hand auf die Wunde. Blut quoll zwischen meinen Fingern hervor. Ich konnte es in meinem Mund schmecken. Und genauso schnell verschwand der Klang des knisternden Feuers und der weinenden Mädchen.

Ich versuchte, nach Rachel zu rufen, aber nur ein Name verließ meine Lippen: „Grace."

*VIER JAHRE SPÄTER*

„Ach komm schon, Hunter. Ich will doch nicht zu spät kommen!"

Rachels Schrei schallt von unten herauf. Die Schönheit einer

Öko-Lodge ohne einfachen Zugang war die Ruhe vor der verrückten Welt da unten. In einem Dschungel zu leben, war nicht auf meinem Radar gewesen, als ich nach Costa Rica zog. Am Tag nach Graces Preisverleihung war ich runtergeflogen und nie zurückgeblickt. Na ja, das ist gelogen. Natürlich blickte ich jeden verdammten Tag und jede Nacht zurück; aber Grace hatte Recht gehabt, mich rauszuschmeißen. Ich hatte meine Königin an einem der wichtigsten Abende ihres Lebens gedemütigt. Ich hatte sie nicht verdient.

Ich kämmte durch das Nest von Gesichtsbehaarung und band meine Dreadlocks zu einem Dutt zusammen.

„Hunter, die Uhr tickt", rief Rachel.

Ihre Worte trafen tief in meine Brust. Grace pflegte dasselbe jeden Monat zu sagen, wenn sie ovulierte. Vor vier Jahren, als Pierce nicht auftauchte und wir eine Mission hätten abbrechen sollen, hatte eine Kugel mein Inneres durchschnitten. Rachel hatte mein Leben gerettet; aber die Verletzung hatte irreversible Schäden verursacht. Ich hatte keine tickende Uhr mehr.

„Ich komme."

Ich kickte das geschlungene Seil in das Loch im Boden, griff die Leine und ließ mich auf den Boden hinab.

„Du hättest mich nicht holen müssen."

„Ich hatte Angst, dass du sonst nicht auftauchen würdest."

Heute feierten wir. Nach fünf langen Jahren der Jagd hatten wir endlich Pierces Sexhandelsring zerschlagen.

„Warum sollte ich nicht auftauchen?"

„Es gibt mindestens ein Dutzend Frauen unten im Dorf, die bereit sind, dir einen Antrag zu machen, cariño."

„Kann ich ihnen sagen, dass ich nicht auf der Seite stehe?"

„Tut mir leid, Kumpel, aber das ist mein Spruch."

„Ich kann nicht glauben, dass du gehst", sagte ich.

Ich war reif für 'ne Auszeit, und Rachel zog Leine zu einem anderen Projekt.

„Und ich kann nicht glauben, dass du bleibst."

„Anders als du habe ich nichts, wohin ich zurückkehren könnte." Ich sprang auf mein Motorrad und schaltete die Zündung ein.

„Das wirst du nicht wissen, wenn du es nicht versuchst."

„Ich habe es jahrelang versucht und bin gescheitert."

„Und was? Du willst den Rest deines Lebens hier bleiben, eingesperrt in deinem Baumhaus-"

„Öko-Haus."

„Was auch immer. Du hockst in deinem Baumhaus wie ein Schiffbrüchiger, während eine wunderschöne und talentierte Frau zu Hause auf dich wartet."

„Sie wartet nicht auf mich. Sie hasst mich. Glaub mir, ich weiß es."

Ich fuhr voraus durch den überwucherten Pfad zu der Stelle, wo sie ihren Roller neben meinem geparkt hatte. Ich hatte x-mal versucht, Grace zu erreichen, aber sie hatte meine Anrufe stets ignoriert. Sie hatte klargemacht, dass sie nichts mit mir zu tun haben wollte, und ich musste das akzeptieren. Außerdem konnte ich Grace nie das geben, was sie am meisten wollte; nicht mehr. Sie war besser dran ohne mich.

Rachel packte meinen Arm und drehte mich zu ihr um. Ihr Hals zuckte mit einem harten Schlucken.

„Ich werde dich vermissen, Hunter. Du bist ein exzellenter Partner, und die Arbeit wird ohne dich nicht dasselbe sein."

Ich nahm sie in meine Arme. „Ich weiß, ich habe es nicht gesagt, aber danke, dass du mein Leben gerettet hast."

„Das war eine gute Entscheidung vor vier Jahren, Hunter. Wenn es nicht wegen dir gewesen wäre, hätten diese Mädchen ihre Familien nie wieder gesehen."

„Ja, das war es." Die Entscheidung hatte mich vielleicht eine Zukunft mit Grace gekostet, aber es war die richtige gewesen. „Ich werde dich vermissen, aber noch kein Abschied. Wie du sagtest, heute feiern wir."

Sie wischte die Tränen weg, die ich vorgab, nicht zu sehen,

wie sie ihre Wangen hinunterliefen. Wir fuhren fünfzehn Minuten den Berg hinunter ins Dorf am Rand des Dschungels. Blumen säumten den Weg zum Gemeinschaftsgebäude, und Jubel und Gesang erfüllten die Seele. Kinder winkten vom Straßenrand. Eine ältere Frau saß auf einem Stuhl neben der Bäckerei und klatschte.

Offiziell war dies das vierte Dorf, das wir vom Menschenhandel befreit hatten. Frauen schliefen jetzt sicher in der Nacht, ohne Angst, dass sie aus ihren Betten gestohlen würden. Nachdem wir die erste Gruppe von Mädchen gerettet hatten, verdoppelten sich Pierces Entführungsversuche, und unsere Bemühungen, ihn zu schnappen, vervierfachten sich. Aber mit der Hilfe der Dorfbewohner hatten wir den Bastard endlich in eine Falle gelockt, aus der er nicht entkommen konnte.

„Hunter, das ist wunderschön. Sieh dir an, was sie gemacht haben. Und es ist alles für dich."

Laternen beleuchteten den Umkreis des Gebäudes. Eine Menge versammelte sich nahe dem Eingang und winkte uns herein.

„Es ist nicht nur für mich – denn ich habe diese Mädchen nicht allein gerettet. Wenn du nicht gewesen wärst, wären wir alle in diesem Gebäude verbrannt. Jetzt lass uns reingehen und feiern."

Ich gesellte mich zu Rachel für die erste Runde Getränke, blieb aber für den Rest des Abends bei Wasser mit einer Limettenscheibe und sorgte dafür, dass meine Freundin, die in drei Wochen heiraten würde, sicher war. Wir tanzten und lachten, spielten Spiele mit den Einheimischen, und ich war mir ziemlich sicher, dass ich drei Heiratsanträge bekam.

„Cariño", riefen mir die Frauen nach. „Cásate conmigo."

„Lo siento, hermosa. Ich bin vergeben", log ich durch die Zähne, und Rachel lachte jedes Mal und spielte die Rolle meiner Freundin.

„Beso, beso, beso", jubelten die Mädchen, und Rachel drückte mir einen fetten, nach Guaro schmeckenden Kuss auf die Lippen. Mein Blutfluss wanderte nach unten.

*Verdammte Rachel.*

Wie Grace war sie älter, wunderschön und definitiv nicht an mir interessiert. Im Gegensatz zu Grace respektierte sie mich.

*Was soll's.*

Für Rachel war es einfacher, die Wahrheit über ihre Verlobte zu verbergen, und für mich war es einfacher, eine vernünftige und vertrauenswürdige Partnerin zu haben, also machte ich bei dem harmlosen Betrug mit. Ich wirbelte meine Partnerin auf der Tanzfläche herum und fing sie auf, bevor sie stolperte.

„Bist du bereit für eine Pause?", fragte ich sie.

„Was? Ich? Pause? Nein. Es ist Feierzeit." Sie drehte sich noch einmal und griff nach einem Schuss Guaro. Ich schnappte das Getränk vom Tisch, bevor sie es erreichen konnte.

„Du hast genug, Schatz. Es ist Zeit für eine Pause." Ich hob ihren kräftigen Körper hoch und warf sie über meine Schulter. All das Gewicht, das sie als Muskeln trug, brachte mich fast aus dem Gleichgewicht, als sie spielerisch auf meinen Hintern klatschte. „Das ist nicht fair. Du bist stärker. Lass mich runter, Hunter."

„Wird nicht passieren."

Ich ging durch die kichernde Menge, zwinkernd, als würde ich Rachel zu einem schnellen Quickie mitnehmen, und machte mich auf den Weg nach draußen in die heiße Nachtluft. Ich setzte sie sanft auf den Boden und hielt sie fest.

„Geht's dir gut, Rach?"

„Ja, mir geht's gut. Hatte nur ein bisschen zu viel Guaro." Sie stützte ihre Hände auf die Knie und ruhte sich aus. Ich half ihr zur Bäckereibank, wo sie sich hinsetzte.

„Nimm's für den Rest der Nacht ruhig. Kater in dieser Hitze sind brutal."

Eine Frau ging aus der Gemeindehalle in den Schatten unter einem Baum und zündete sich eine Zigarette an.

„Ist das der Grund, warum du nicht trinkst?"

Ich reichte Rachel eine Wasserflasche, die ich vom Tisch mitgenommen hatte, bevor wir gingen.

„Ich trinke", sagte ich. „Nur nicht in den Mengen wie früher und nicht, wenn ich aufgewühlt bin. Trink dein Wasser."

Sie neigte die Flasche und nahm ein paar Schlucke, dann wischte sie mit der Hand über den Mund und fegte die verirrten Tropfen weg.

„Bist du heute nicht gut drauf?", fragte sie.

Ich zuckte mit einer Schulter und seufzte. „Na ja, meine Partnerin haut ab. Was soll ich da sagen?"

Sie schmollte. Die Wahrheit war, es gab nirgendwo anders, wo ich gebraucht wurde.

„Weißt du, wenn ich nicht auf Katrina stehen würde, würde ich auf dich stehen."

„Tut mir leid, dass ich keine Vagina habe."

„Ich meine nur, Hunter. Es wird Zeit, dass du jemanden findest. Eigentlich wird es Zeit, dass du Grace—"

„Trink mehr. Dieses Wasser klärt deinen Kopf nicht schnell genug. Ich bringe dich nach Hause."

Wir gingen den überwucherten Pfad hinunter zu Rachels Wohnung, in der Nähe der Dorfküche. Sie half bei den täglichen Gemeinschaftsmahlzeiten und hatte sich mit den örtlichen Mädchen angefreundet, um sie zu beschützen. Die fünfhundert Meter zu ihrem Haus waren nicht weit, aber Rachel wählte einen verschlungenen Weg, schwankte von einer Straßenseite zur anderen und verdreifachte so unsere Distanz.

Als die Geräusche von der Party hinter uns leiser wurden, erhob sich der Klang zirpender Grillen in der Nacht. Ein Scharren von Steinen ertönte hinter uns, und wir hielten an, aber ich sah niemanden auf der Kiesstraße. Rachel packte meinen Bart und zog ihn zu sich, um meinen Blick von der Straße wegzulenken.

„Was wirst du den Einheimischen erzählen, wenn deine Verlobte geht? Du solltest mit mir kommen. Noch besser, geh Grace besuchen."

„Diese Chance ist verstrichen. Sei mal kurz still."

Ich löste sanft ihren Griff, und sie nahm ihre Hand von meinem Bart, plötzlich nüchtern. Sie schaute die Straße hinunter, in die Richtung, auf die ich mich konzentrierte.

„Was ist los?"

Ich schüttelte den Kopf. „Ich dachte, ich hätte etwas gehört. Lass uns weitergehen."

Ich bugsierte Rachel in ihre Wohnung, verfrachtete sie ins Bett und schnappte die Tür hinter ihr zu. Sie schloss sie nie ab, aber ich hatte das Gefühl, dass ich heute Nacht nicht allein war. Das Dorf war sicher wegen unserer Sicherheitsmaßnahmen, aber keine Sicherheit war unüberwindbar.

Ein Windstoß wehte vorbei. Ich nahm die Hintertreppe und huschte an der Wand entlang. Ich bog um die Ecke und erwischte die Frau, die uns gefolgt war, in einem Würgegriff.

„Wer zum Teufel bist du, und warum verfolgst du mich?"

Sie hustete, und ich lockerte den Griff um ihren Hals, sodass sie den Schal von ihrem Kopf nehmen konnte. Darunter kam ein wunderschönes burgunder- und lilafarbenes Balayage zum Vorschein. Das wusste ich nur von den Jahren, die ich in Graces Salon verbracht hatte.

„Ich hatte Angst, dass meine Haare die falsche Aufmerksamkeit erregen würden." Das Gesicht der Frau kam zum Vorschein.

„Beth?"

„Was zum Teufel ist mit dir passiert?" Sie zupfte an meinem Bart.

Die Leute mussten damit aufhören.

„Ich erkenne dich kaum wieder." Sie fuhr mit ihrer Hand über meinen Arm. „Und was zum Teufel ist mit deinem Körper passiert?"

„Ich war undercover. Je mehr Mädchen ich davon abhalte, die Grenzen zu überqueren, desto weniger muss sich Silver Securities zu Hause Sorgen machen."

„Ist das hier, wo du lebst? Mit einer anderen Frau?"

„Nein, hier lebe ich nicht. Beth, was zum Teufel machst du in Costa Rica?"

Sie nahm den wallenden Schal von ihrem Hals und fächelte sich Luft zu. Ihre Brust hob sich auf der Suche nach Luft. „Weißt du, wie schwer es ist, dich zu erreichen?"

Das wusste ich. Ich war aus gutem Grund vom Radar verschwunden. Eigentlich aus mehr als einem Grund.

„Was ist los, Beth?"

Sie stieß einen zittrigen Atemzug aus. „Die Staatsanwaltschaft hat eine Untersuchung bezüglich des Hartley-Falls eingeleitet. Es gibt einige Unklarheiten über Hartleys Nachlass und letzten Willen. Das wird vor Gericht angefochten werden."

„Chad ist der einzige verbliebene Sohn. Wie kann es da Streitigkeiten geben? Ich schätze, da ist noch seine Schwester Simone, aber sie hat sich von ihrer Familie losgesagt, und Tristan hat sie in einer guten Einrichtung untergebracht."

„Das ist es ja, Hunter. Jeff Hartley hatte uneheliche Kinder, und Chad ist hinter jedem einzelnen von ihnen her. Eines wurde letzte Woche ermordet. Du musst nach Hause kommen. Grace ist in Gefahr."

Sie öffnete eine Garagenseitentür in der Nähe der Küche und bedeutete mir, zu den Rollern hineinzugehen.

„Ich sehe, du bist vorbereitet. Was hat Grace mit den Hartleys zu tun?"

„Grace steht auf ihrer Abschussliste. Ich werde dir auf dem Rückweg alles erzählen. Mein Flugzeug ist startklar. Hilf mir mit denen hier."

Ich half ihr, die Roller nach draußen zu bringen, und folgte ihr den Kiesweg hinunter zur staubigen Straße.

„Ich muss duschen und mich umziehen."

Sie hielt an, drehte sich um und stieß ihren Finger in meine Brust.

„Was du tun musst, ist deinen Charme einsetzen und meine Tochter beschützen."

Föhne surrten, Scheren klickten, und die Luft war erfüllt vom Duft der Haarfarbe und des Kokosnuss-Shampoos. Üppige Hängepflanzen schmückten die Marmorwände wie ein urbaner Dschungel. Der renovierte Raum und der neue Name verkörperten alles, wovon ich für einen erstklassigen Salon geträumt hatte. Eine unabhängige Frau. Termine waren Monate im Voraus ausgebucht, und fünf lange Jahre nachdem mein Ruf ruiniert worden war, florierte Gracies Salon. Nachdem ich Hunters erbärmlichen Arsch abserviert hatte, machte ich aus allen Zitronen in meinem Leben Limonade. Es stellte sich heraus, dass es nichts Besseres für das Geschäft gab als Klatsch und schlechte Publicity. Zumindest versuchte ich, es so zu sehen. Und technisch gesehen hatte ich Hunter nicht abserviert, weil ich wusste, dass er zurückkommen würde. Ich war mir sicher, er würde zurückkommen. Pustekuchen. Er ging und dachte, ein Telefonanruf würde die Dinge in Ordnung bringen. Seine Familie hatte mir erzählt, er arbeite irgendwo in Südamerika an einem Einsatz. Also ging ich vorwärts, nicht zurück.

Ich zog meine Hose und Unterwäsche über die rechte Seite meines Pos herunter und stieß die Nadel hinein.

*Atme.*

Die IVF-Injektionen machten mich jedes Mal nervös, wenn ich mich selbst stach, aber dies war die letzte in diesem Zyklus. Nach meiner Eizellentnahme am Freitag wäre das Warten vorbei. Fast. Meine Vor-Babys würden eingefroren werden, bis ich den richtigen Spender fände, effizient ausgewählt aus einer Liste renommierter Kandidaten.

Ich zog die Nadel aus meiner Haut, entsorgte die Spritze und zog meine Hose hoch. Jemand klopfte an meine Tür.

„Herein."

Frankie steckte seinen Kopf in mein Büro, seine lila Spitzen schimmerten im Licht. „Hey, Emma ist hier mit einem seltsamen Termin. Ich glaube, du solltest dir das mal ansehen."

„Definiere seltsam," sagte ich.

„Der Typ braucht nicht nur einen Haarschnitt, sondern eine komplette Generalüberholung. Definitiv kein Promi, eher Steinzeit-Chic. Der hat was Wildes an sich, als wäre er gerade aus einer Höhle gekrochen."

Emmas unangekündigter Besuch im Salon mit einer obdachlos aussehenden Person war nicht ihr erster. Sie schleppte diese Fälle von der Straße herein, alle Kosten gedeckt von der Firma ihrer Familie, und, nun ja, sie war meine beste Freundin, also konnte ich nicht nein sagen. Außerdem vertraute ich ihr, also sah ich keinen Grund, die Arbeit abzulehnen.

„Warum kannst du den Termin nicht übernehmen?"

„Sie hat ausdrücklich darum gebeten, dass du die Arbeit machst."

„Ein Höhlenmensch, sagst du?" fragte ich und hob eine Augenbraue.

Frankies Stirn runzelte sich. „Ich hatte schon ‚hier' gerufen, aber Emma will dich."

„Du hättest sagen sollen, ich sei in einem Meeting. Danke, Frankie. Ich übernehme es."

Aber nur, weil es Emmas Wunsch war.

Ich schloss meine Bürotür, durchquerte den Spa- und den

Salonbereich und nahm die gläserne Treppe zum Wartebereich. Ein übler Geruch fiel mir auf, bevor ich den vorderen Bereich erreichte, wo Emma mit jemandem stand, der tatsächlich wie ein Höhlenmensch aussah.

*Was zum Teufel ist das?*

Ich hätte den Job Frankie überlassen sollen. Wenn dieses Ding sich zwischen meinen Kunden zeigte, würde ich mein Geschäft verlieren. Ich rannte die Treppe hinunter zum Eingang, bevor sie nach oben kommen konnten. Ich näherte mich vorsichtig, aber Emma hatte bereits ihre Krieger-Welpenaugen weit aufgerissen und erinnerte mich daran, dass ich in eine Schlacht ging, von der wir beide wussten, dass ich sie verlieren würde. Emma gewann immer. Immer.

„Was ist das?" Ich zeigte auf den Neandertaler. Er überragte uns beide wie ein Tier. Der Haarwuchs in seinem Gesicht verbarg den größten Teil der Haut. Dicke Dreadlocks fielen ihm in die Stirn. Ich konnte mir nicht vorstellen, wie er überhaupt etwas sehen konnte. Er trug einen schmutzigen Mantel und riesige Armeestiefel, beide abgetragen und nicht mehr zeitgemäß.

Ich schauderte und hob meinen Blick zurück zu dem Knäuel von einem Bart.

*Ist das eine Feder da drin?*

Der Geruch von Alkohol wehte mit seinem Atem herüber.

*Oh, dieser Gestank!*

Ich wich zurück.

„Das ist ja verdammt nochmal Stinktier Stunk."

Nur dass Stinktier Stunk präsentabel aussah. Dieser Höhlenmensch sah aus wie ein Gorilla; ohne Gorillas beleidigen zu wollen.

„Er ist betrunken. Er hat einen kürzlichen Auftrag gefeiert und es übertrieben, aber er ist harmlos. Ich verspreche es." Emma schubste ihn nach vorne und das volle Gewicht seines Körpers fiel auf mich, brachte mich aus dem Gleichgewicht. Ich richtete mich auf und schob mich an ihm vorbei zu Emma.

„Ems, du hättest es besser wissen müssen. Dieses Ding ist... ich weiß nicht, was es ist. Ist es menschlich?"

Er zuckte.

„Hör auf, ihn ‚es' zu nennen. Er ist aus Allies Abteilung und arbeitet undercover. Er gehört zur Familie und braucht einen Haarschnitt."

Es brauchte mehr als einen Haarschnitt. Dieses Ding brauchte ein Wunder, das nur ich vollbringen konnte.

„Dieser Auftrag kommt von den Silvers?" Ich stieß einen Finger in seinen massigen Arm. Er prallte von seinem Mantel ab und dem stählernen Körper darunter. Schmutz bröckelte auf den Boden.

Ich schaute wieder hoch. „Ist er gefährlich?"

„Sehr gefährlich", antwortete Emma.

„Du hast gerade gesagt, er sei harmlos", sagte ich durch zusammengebissene Zähne.

Er zuckte wieder, und ich sprang zurück.

„Okay, er ist nicht gefährlich." Sie wich zur Tür zurück. Wie gesagt, Emma gewann immer.

„Er kann nicht hier bleiben, Ems. Das ist ein angesehener Salon, und ich kann mir keinen weiteren Skandal leisten."

Die Wahrheit war, ich konnte es mir leisten, denn jede Publicity war Publicity. Aber ich würde nicht zulassen, dass ein Mann mit einem Vogelnest im Gesicht in den zweiten Stock gelangte.

„Er braucht auch eine Rasur." Sie machte wieder ihr Hundeblick-Gesicht. Sie hatte Glück, dass sie niedlich war und ich sie wie die Schwester liebte, die ich nie hatte. Mein jüngerer Bruder Cash nahm oft private Aufträge für Silver Securities an, aber ich hatte keine Ahnung, was zur Hölle er da tat. Mein Zwillingsbruder Nick und die beiden älteren Brüder, Axel und Ace, besaßen eine Kanzlei für Strafrecht und eine Kette von Stripclubs. Zum Glück hatte ich die kreative Ader meiner Tante Mary geerbt und einen Schönheitssalon eröffnet: weit weg von Chaos,

Kriminellen und Arschlöchern, die meine Brüder hinter Gitter brachten.

„Weißt du, wenn ich es wäre, würde ich ihn einfach überall rasieren, wenn du verstehst, was ich meine."

Ich wusste, was sie meinte.

„Vielleicht wachsen, wo es nötig ist." Sie kreiste mit ihrer Hand um seinen Schritt. „Das sollte ihn zurückbringen, meinst du nicht?" Sie zwinkerte.

Der Höhlenmensch wich zurück und ich verdrehte die Augen, niedergeschlagen. „Ich werde dir nicht wehtun."

„Also ist das ein Ja? Toll!", quietschte Emma.

Ich schnupperte. „Wann hat er sich das letzte Mal gewaschen? Vor einem Jahrhundert?"

„Ich bin mir nicht sicher, ob ich einen Zeitrahmen angeben kann."

„Ems, ich habe keine Schere mit Klingen, die scharf genug sind, um den Urwald in seinem Gesicht zu bezwingen." Ich zog sie vor die Eingangstür. Der Höhlenmensch blieb an seinem Platz. „Und ich müsste mindestens einen Liter Wachs bestellen. Außerdem sind wir hier kein Wohltätigkeitssalon. Und selbst wenn es einer wäre, könnte ich es nicht einfach zwischen all meinen Kunden herumlaufen lassen."

„Ich habe dir doch schon gesagt: Silver Securities bezahlt alles. Mr. Silver meinte, egal wie hoch die Kosten sind, stell es ihm in Rechnung."

„Dein Onkel?"

„Mein Cousin."

„Welcher?"

„Spielt keine Rolle." Sie winkte ab. „Ich muss los. Ich stehe tief in deiner Schuld, aber ich muss los. Ich hab' ein Date mit einem Kerl."

„Oh nein! Du lässt mich doch nicht etwa allein mit ihm, oder?"

Sie wich zurück.

„Grace, ich tue alles. Ich verspreche es."

„Emma ...", warnte ich.

„Ich liebe dich so sehr, Gracie. Du bist die beste Freundin, die jedes Mädchen haben sollte." Emma eilte zu ihrem illegal geparkten Mercedes-Cabrio und sprang auf den Fahrersitz.

*Scheiße!* Ich warf einen Blick auf das Schaufenster des Salons. Der Höhlenmensch spähte hinter einem blühenden Eukalyptus zu uns herüber. Als ich mich wieder zu Emma umdrehte, fuhr sie los und reihte sich in den Verkehr ein.

„Verdammt nochmal, Emma. Ich werde mich rächen, und das verspreche ich", rief ich ihr hinterher. Reifen quietschten, als sie um die Ecke bog, und meine Arme fielen an die Seiten.

„Du hast mir nicht mal seinen Namen gesagt", jammerte ich vor mich hin und stampfte zurück zum Eingang.

Ich packte den Höhlenmenschen am Arm. „Komm."

Seine knackige Jacke zerknitterte in meiner Hand. Die dicken Schmutzschichten auf der Außenseite ließen mich Böses ahnen, was ich darunter finden würde.

„Scheiß Emma." Ich zog ihn am Ärmel in die Gasse, wo Gus unsere Produkte ablieferte. Ich gab den Code am Bedienfeld ein und öffnete die seitliche Liefertür.

„Folge mir und bleib dicht dran." Ich zog wieder an dieser staubigen Jacke. „Warte mal. Du wirst hier alles verdrecken. Zieh das aus."

Ich ging hinein, holte einen frischen Bademantel aus dem Lagerraum und reichte ihn dem Höhlenmenschen. Er bewegte sich nicht.

Ich knurrte. „Schön. Ich hole dich da drinnen raus. Mach keinen Mucks." Ich wackelte mit dem Finger vor seinem Gesicht. Der Mundwinkel seines Schnurrbarts bewegte sich minimal.

Der Spa erstreckte sich über zwei Etagen: Duschen, Dampfbäder, Saunen und Schlammräume waren unten, Massagen und Körperpflege oben. Wir durchquerten den Schlammraum, wo ein Termin mit einer Gurkenmaske in der Wanne einweichte. Ich führte den Höhlenmenschen durch den Raum und in den privaten Duschbereich. Ein Geruch von Schimmel und Moder, Moos und roher Erde umgab ihn. Ich griff nach dem Lavendel-Lufterfrischer und drückte auf die Düse, um die Luft um uns herum zu besprühen.

Seine Nasenlöcher flatterten und nahmen den Duft auf. Ich senkte die Dose und stemmte die Hände in die Hüften. „Bitte sag mir, dass du schon mal geduscht hast."

Ein Muskel zuckte in seinem Kiefer und ich wünschte, ich könnte seine Augen sehen. Ich rückte meine Brille zurecht und beobachtete, wie er an seinem übergroßen Mantel zog. Eine Reihe Knöpfe platzte bei dem Zug ab. Er streifte den Mantel ab und warf ihn beiseite. Mein Kopf flog mit dem Wurf mit, dann zurück zu dem muskulösen Mann, der vor mir stand. Er sah mehr aus wie ein Bär als ein Gorilla. Ein dicker, bulliger Bär mit der Kraft von zehn Männern. Kraft und Geheimnis strömten von dem Mann aus und weckten einen Urinstinkt in meinem Bauch.

„Zieh deine Hose aus." Meine Stimme zitterte.

Der Mundwinkel seines Schnurrbarts hob sich, oder ich bildete es mir ein. Ich ignorierte die höhere Verschiebung seiner Stirn und folgte seinen überarbeiteten Händen zu seinen Hüften. Er griff nach der Jogginghose und beugte sich zur Hälfte, um aus den Hosenbeinen zu steigen. Der Weg seine haarigen Waden, Knie und schlanken Oberschenkel hinauf, die dreimal so groß waren wie meine, führte zu einer Überraschung. Mr. Höhlenmensch ging freizügig. Sein stattlicher Schwanz hing tief und zur Seite und hielt meinen Blick länger als angemessen. Andererseits war nichts an diesem Moment angemessen. Ich biss mir auf die Lippe. Ich hatte so etwas Großes nicht mehr gesehen seit ... Nun ja ... Es war eine Weile her. Meine Brustwarzen schmerzten bei der süßen Erinnerung an Hunters Lippen um sie herum. So sehr ich auch hasste, was er getan hatte, ich vermisste ihn.

Langsam blickte ich nach oben, aus Angst, der Höhlenmensch würde mich dabei erwischen, wie ich seinen offensichtlichen

Stolz begaffte, aber er stand einfach nur da, wie eingefroren. Dreadlocks bedeckten sein Gesicht und seine Augen. Er brauchte definitiv einen Haarschnitt und möglicherweise einen Psychiater.

*Es ist nur ein Job.*

Ich quetschte mich zwischen ihm und der Wand hindurch und griff in die Dusche. Der Knauf rutschte mir aus der Hand und ich stolperte gegen den Höhlenmenschen, zog mich dann aber schnell zurück. Die rohe Kraft des Mannes hielt mich aufrecht, als ich mich von seinem Körper löste. War er auch im Bett so ein Kraftprotz?

*Reiß dich zusammen, Grace! Ich schüttelte den dummen Gedanken ab, aber es war schon zu spät für den Schub der Erregung in meinen Adern.*

Ich räusperte mich. „Jetzt, wo wir uns kennen, solltest du mir deinen Namen sagen." Ich tippte an seinen Ellbogen und führte ihn weiter in die Dusche hinein, aber er bewegte sich nicht. „Komm schon. Gib mir eine Chance. Du musst duschen und dich waschen, bevor wir versuchen, dir dieses Gorillakostüm auszuziehen".

Wasser tropfte seinen Arm hinunter, wo die Dusche ihn von der Seite erreichte. Schichten von Schmutz rannen seine Haut hinab und auf die Fliesen und enthüllten einen bronzefarbenen Teint, straffe Haut und eine Galerie von Muskeln.

„Hier." Ich schob ihn unter den Wasserstrahl und näher an den Shampoo-Spender heran, pumpte einen Klecks auf meine Hand.

Er bewegte sich nicht. Nur dass jetzt die Dusche seine nackte Pracht durchnässt hatte. Meine rechte Seite war nass, und wenn meine Kundin ihr Schlammbad beendete, bevor der Höhlenmensch geduscht hatte, würde ich vor Verlegenheit sterben. Wir mussten den Schlammraum durchqueren, um zum privaten Waxing-Bereich zu gelangen.

Ich griff nach seiner Hand und streifte das Shampoo von

meiner Handfläche in seine. Er stand wie eine Statue da, und meine Hoffnung rann den Abfluss hinunter.

„Emma kann sich auf was gefasst machen. Die kriegt was zu hören", murmelte ich vor mich hin, zog meine Schuhe aus und stieg hinein. Die Regendusche von oben durchnässte mein Shirt und meine Hose. Ich nahm meine Brille ab und legte sie blind auf ein Ablagebrett.

„Geh runter." Ich drückte auf seine breiten Schultern, und er ließ sich auf die Knie fallen. Ich tupfte mehr Shampoo auf meine Handfläche und verteilte die klebrige Masse in die Kopfhaut zwischen seinen Dreads. Das Wasser prasselte auf uns herab, vermischte sich mit dem Duft des Shampoos und Hunters ganz eigenem Geruch. Meine Finger gruben sich in seine verfilzten Haare, und ich konnte die Hitze seines Körpers durch meine nasse Kleidung spüren. Der Dampf stieg um uns herum auf, und der Kontrast zwischen der Wärme des Wassers und der Kühle der Fliesen an meinen Füßen ließ mich erschaudern.

Ein urtümliches Stöhnen grollte durch das fallende Wasser und ließ meine Glieder erschlaffen. Ich hielt inne.

Was tat ich da? Ich stand in einer Dusche mit einem nackten Neandertaler und wusch ihn, weil Emma es mir gesagt hatte.

Er fegte die Dreads aus seinem Gesicht, während ich mir das Wasser aus den Augen wischte, halb blind.

„Machst du es dir zur Gewohnheit, Höhlenmenschen zu waschen, Grace?" Ich hatte die vertraute Stimme seit fünf langen Jahren nicht gehört. Sie weckte Wut und pure Lust zugleich.

*Das konnte doch nicht sein, oder?*

Ich schluckte durch die Enge in meinem Hals und begegnete Hunters durchdringenden blauen Augen. Sein verhangener Blick, durchbrochen von Strähnen der Dreads, ließ mein Herz fast stillstehen.

„Du ... du bist es."

Mein Herz raste, und für einen Moment wusste ich nicht, ob ich ihn umarmen oder ohrfeigen sollte.

„Hast du einen echten Höhlenmenschen erwartet, Grace?" Er stand auf, was sich wie in Zeitlupe anfühlte, sein voller nackter Bärenkörper so nah an meiner durchnässten Haut, dass meine Gedanken verschwanden. Mein Herz war bis dahin schon ein Dutzend Mal aus dem Takt geraten, und ich konnte kaum atmen.

„W... was machst du hier?" Meine Lippe zitterte.

Ein Querschläger fliegender Kugeln explodierte irgendwo im Salon, und ich sprang in seine Arme.

„Sieht aus, als wäre ich gerade rechtzeitig gekommen."

„Was ist los?" Grace tastete nach ihrer Brille auf der Duschablage, ließ sie fast fallen und setzte sie sich auf die Nase. Früher hatte sie keine Brille getragen. Ein weiterer Schuss krachte und ich wirbelte meinen Kopf in Richtung des ersten Stocks.

„Hol dein Handy." Ich packte sie am Handgelenk und zog sie aus der Dusche. Auch wenn ich Graces dampfenden Empfang zu schätzen wusste, ihr Leben war in Gefahr. Beth hatte mir gesagt, dass wir noch ein paar Tage hätten, bevor die Hartleys Grace zur Zielscheibe machen würden.

„Das Handy ist oben und ich bin klatschnass."

Das bemerkte ich. Ihr weißes Shirt schmiegte sich an ihre Haut, ließ ihren Spitzen-BH erahnen und betonte ihre harten Brustwarzen, was meine Konzentration empfindlich störte. Ich angelte meine Jogginghose vom Boden und schlüpfte hastig hinein.

„Herrgott, Hunter, was ist denn mit dir passiert?"

„Nicht der richtige Zeitpunkt, Grace."

Ich nahm ihre Hand und führte sie durch den Hauswirtschaftsraum, wo sich eine vor Angst erstarrte Kundin in die Ecke der Badewanne klammerte. Ein Schrei drang vom ersten Stock herunter und sie zuckte zusammen. Ich beugte mich zu ihrem Ohr. „Es wird alles gut. Bleib ruhig und beweg dich nicht. Wir holen Hilfe, aber wenn jemand fragt, hast du uns nicht gesehen."

Sie nickte eifrig. Ich schnappte mir ein paar Gurkenscheiben von einem Tablett, stopfte sie mir in den Mund und zog Grace zur Liefertür im hinteren Bereich.

„Die Tür führt in die Gasse und die Gasse zur Vorderseite."

„Grace, ich muss Sie bitten, mir zu vertrauen."

Sie zog an meiner Hand und drückte sie. „Ich kann meine Leute doch nicht einfach hängen lassen!"

„Keine Sorge, sie werden niemanden töten, weil sie nach dir suchen, und sobald sie merken, dass du nicht da bist, werden sie verschwinden."

„Wer sind ‚sie'?"

„Chad Hartleys Schläger. Wir müssen aufs Dach."

„Warum ich?" Sie zitterte und sah sich um, als wäre sie noch nie in ihrem Salon gewesen.

„Nicht der richtige Zeitpunkt, Grace."

„Du gehst in deiner Jogginghose? Was ist mit Schuhen und Shirt?"

Sie stand unter Schock.

„Besser in Jogginghose als mit einer Kugel in der Brust. Und ich kann auch ohne Schuhe genauso gut rennen. Jetzt komm."

Ich öffnete die Hintertür und wir eilten zur Metalltreppe. Das Gebäude war mit einer Reihe anderer Gebäude verbunden. Wir überquerten das heiße Dach und kletterten die Treppe an der Seite hinunter, wo mein Bruder mein Auto geparkt hatte.

„Du hast keine Klamotten, aber deinen Bugatti?"

„James hat ihn abgestellt."

Ich drückte meinen Daumen an die Tür und öffnete die Beifahrerseite. Grace sprang auf ihren Sitz und ich ging um das Auto zur Fahrerseite.

Der Klang von Sirenen hallte aus der Nähe.

„Ich hab dir gesagt, die Polizei würde schnell hier sein. Halt dich fest."

Ich trat aufs Gaspedal und reihte mich in den Verkehr ein. Eine Flotte von Polizeiwagen raste auf der anderen Straßenseite vorbei. An der dritten Ampel bog ich links ab und fuhr in die Tiefgarage.

„Wir bleiben in einem Hotel drei Blocks vom Salon entfernt?"

„Ja, es ist mein Hotelzimmer."

„Es ist nur drei Blocks vom Salon entfernt."

„Das stimmt."

„Drei Blocks."

„Ich verspreche dir, du wirst sicher sein."

Sie schüttelte den Kopf und ich warf ihr einen Seitenblick zu, während ich in meine Parklücke glitt. „Was kann ich dir erklären, Grace?"

„Wie kommst du in den Salon, siehst so aus, wie du aussiehst, und rufst nicht an oder schreibst oder ... irgendwas?", stotterte sie.

„Also, wenn ich mich recht entsinne, fandest du den Anblick gar nicht so übel."

„Hunter, könntest du bitte einmal ernsthaft sein?"

„Ändert nichts an den Tatsachen."

Sie stieß frustriert die Luft aus.

Ich löste ihren Sicherheitsgurt und nahm ihre Hand in meine. Sie zitterte. „Ich bin direkt vom Flughafen zu deinem Salon gerast. Mein Bruder James hat das Auto für mich hier gelassen, und ich hoffe, er hat die Klamotten in meinem Zimmer nicht vergessen. Komm, lass uns uns umziehen, bevor du dir eine Lungenentzündung holst."

Ich stieg aus dem Auto, ging herum, öffnete ihre Tür und nahm ihre Hand. Sie zitterte im Aufzug, also schlang ich meine Arme um sie und hielt sie den ganzen Weg bis zur Suite. Ich stellte mich vor das Türpanel, um meine Netzhaut scannen zu lassen.

Das Schloss klickte auf und ich schob die Tür auf, um sie durchzulassen. Sie trat ein und schlang wieder die Arme um sich.

„Du bist hier sicher, Grace." Ich ging an ihr vorbei. „Und wir beide brauchen eine ordentliche Dusche."

Sie drehte sich um und stellte sich vor mich, um mir den Weg zu versperren. „Ich dusche nicht mit dir."

Ich strich mir die Dreadlocks aus den Augen. „Im Salon warst du dazu bereit."

„Da dachte ich, du wärst-"

„Ein Höhlenmensch?" Ich hob eine Augenbraue. „Stehst du auf Höhlenmenschen, Grace?"

Sie zuckte zurück und runzelte die Stirn. „Kein Höhlenmensch – ein Bär. Ich dachte, du siehst mit all den Haaren aus wie ein Bär." Ihre Wangen wurden knallrot. „Hatten sie dort, wo du warst, keine Rasierer? Oder Duschen?"

„Keine Rasierer. Ich bin mit deiner Mutter auf dem Weg zum Flughafen von meinem Roller gefallen."

„Meine Mutter?" Sie stemmte die Hände in die Hüften und begann, zitternd im Zimmer auf und ab zu gehen. „Wie ist meine Mutter dorthin gekommen, wo du warst?"

„Das musst du sie selbst fragen, aber sie war diejenige, die nach Costa Rica kam, um mich zu holen."

„Lass mich raten. Du hattest kein Handy."

„Ich lebte komplett abgeschnitten von der Außenwelt."

„Und warum musste sie dich nochmal holen?"

„Wie wär's, wenn wir erst mal duschen, Grace?" Ich deutete auf das Badezimmer. „Ich möchte wirklich nicht, dass du eine Lungen-"

„Lungenentzündung bekommst. Ich weiß." Sie warf die Hände in die Luft, und ich zeigte erneut auf das Badezimmer. Sie verdrehte die Augen. „Ich werde trotzdem nicht mit dir duschen."

Ich folgte ihr in das übergroße Badezimmer mit einer Doppeldusche. Ein zweiseitiger Kamin glühte zwischen den Glaswänden.

„Ist das eine Präsidentensuite?", fragte sie.

„Nein. Diese Suite gehört den Silvers. Nur zur Familiennutzung. Such dir eine Dusche aus."

„Ich kann mich nicht erinnern, dass du früher in so kurzen Sätzen gesprochen hast." Sie schnaubte. „Dreh dich um. Ich muss mich ausziehen."

Ich schüttelte den Kopf, gab aber nach. Sie hatte nichts, was ich nicht schon gesehen hatte, aber es war definitiv lange her, seit ich es gesehen hatte, also war es die bessere Option, mich umzudrehen. Ich hörte, wie sie mit ihrer Kleidung raschelte und dann den Wasserhahn aufdrehte.

„Okay, ich bin drin."

Ihr weißer BH und ihr Slip hingen über der Duschtür. Sie stand auf der anderen Seite unter dem Regenwasser, die Kurven ihrer Silhouette zeichneten sich hinter einer flimmernden Trennwand ab. Ich stieg in die andere Dusche und drehte den Knopf. Mein Puls raste, das Blut schoss nach unten, und ich tauchte unter den Wasserstrahl. Das kalte Wasser tat wenig, um die Hitze zu kühlen, die durch meine Adern strömte, und meinen pochenden Schwanz. Was zum Teufel passierte mit mir? Ich war darüber hinweg. Ich war über sie hinweg.

„Mir gefällt deine neue Dessous-Linie", sagte ich.

„Woher wusstest du das?"

„Es sah nett unter deinem weißen Hemd aus." Ein Bild ihrer Brustwarzen, die durch den durchnässten Stoff drückten, blitzte in meinem Kopf auf. „Alles sah nett aus."

Sie antwortete nicht, und ich stellte mir vor, wie ihre Haut rosa anlief. Ich stützte meinen Arm gegen die Wand und spürte meinen Griff um meinen harten Schwanz. Der Drang nach Erlösung wuchs, als ich pumpte. Ich trat zurück und stieß gegen die Glaswand.

„Alles in Ordnung?", fragte Grace, und ich ließ meinen Schwanz los.

„Ja, bin nur ausgerutscht."

Ich seifte den Schwamm ein und wusch mich von oben bis unten. Es war Jahre her, seit ich eine lange Dusche genommen hatte, aber nichts konnte das Waschen unter einem Wasserfall ersetzen. Grace war lange vor mir fertig. Die Hitze ihres Blickes, als sie an der Dusche vorbeiging, brannte sich in meinen Rücken. Oder war es meine Einbildung? Ich griff nach meinem Schwanz, sobald sie weg war, und versuchte noch einmal, einen runterzuholen, aber es funktionierte nicht. Es war nicht dasselbe ohne sie.

*Verdammt nochmal.*

Mein Körper schmerzte, und mein Kopf drehte sich von dem ständigen Angriff der Vergangenheit in meinem Kopf.

*Das ist ein Job. Sie ist ein Job. Das ist alles.*

Ich trat aus der Dusche und schlang mir ein Handtuch um den Körper. Grace saß in einem Paar flauschiger Hausschuhe und einem Bademantel auf der Ecke des Bettes. Sie schaute aus dem Fenster auf die untergehende Sonne. Das orangefarbene Leuchten warf einen warmen Schein über ihren Hals und ihre Brust. Ihre Beine hingen vom Bett und schwangen leicht hin und her. Der Bademantel rutschte zur Seite und glitt von ihrem Oberschenkel. Sie sah so verdammt schön aus.

Ich räusperte mich. Sie blickte auf und bedeckte hastig ihr Bein.

„Ich habe ein paar Klamotten gefunden", sagte sie und zeigte auf den Kleiderschrank.

„Deine Mutter sagte, sie würde dir welche dalassen."

Sie strich mit den Händen über ihre Beine und hüpfte vom Bett. Ich spürte, wie sich mein Mundwinkel hob.

„Ich wollte mich abtrocknen, bevor ich mich anziehe."

„Kein Problem." Ich ging zum Kleiderschrank und nahm eine frische Jogginghose. Ich ließ das Handtuch zu Boden fallen, schlüpfte in die Hose und kehrte ins Schlafzimmer zurück.

„Wie lange bleiben wir hier? Zusammen?", fragte sie.

„Ist meine Gesellschaft nach fünf Jahren nicht länger als zwei Stunden willkommen?"

„Das meine ich nicht, Hunter." Ihre Stimme vibrierte vor Nervosität. „Aber ich habe Angestellte, nach denen ich sehen muss, und mein Geschäft. Und ich bin sicher, die Polizei wird mit mir sprechen wollen."

Ich zog mein Handy hervor und überflog den Gruppenchat meiner Familie. „Ich kann dir versichern, dass alles geregelt ist, aber wenn du auf einer ehrlichen Antwort bestehst: Du wirst eine Weile nicht zu Gracie's zurückkehren. Das steht nicht zur Debatte."

„Wir debattieren?"

„Gracie's? Du hast deinen Salon nach dem einen Namen benannt, den du gehasst hast, wenn ich ihn benutzte?"

Ihr Gesicht wurde rot. „Du hast mich Gracie genannt, wenn du betrunken warst, und wechsle nicht das Thema."

„Das ergibt trotzdem wenig Sinn, Grace."

„Meine Güte", sie stieß einen frustrierten Atemzug aus.

„Was ist los?"

„Nichts." Sie warf die Hände in die Luft. „Es ist nur seltsam, dich so anzusehen."

„Ich dachte, du stehst auf Höhlenmenschen?"

„Bären. Ich sagte Bären, und nicht, dass ich auf sie stehe, sondern dass... Wo ist meine Brille?" Es war niedlich, wie ihre Stimme zitterte. Sie stampfte durch den Raum, fand ihre Brille auf dem Tisch und setzte sie auf ihre Nase. Ihre Sommersprossen traten hervor und ihre Augen weiteten sich. Die Brille stand ihr gut, und wieder erinnerte ich mich nicht an all diese niedlichen Faktoren aus unserer gemeinsamen Zeit. Es verwirrte mich, weckte aber auch das Bedürfnis, sie zu beschützen und glücklich zu machen.

Ich ging auf sie zu und führte sie zum Bett. Sie setzte sich hin und ich goss ihr ein Glas Quellwasser ein.

„Danke", flüsterte sie und nahm einen Schluck.

„Das Essen müsste bald hier sein."

„Ich bin mir nicht sicher, ob ich essen kann."

„Trink zumindest etwas. Aber mal im Ernst, warum ‚Gracie'?"

Sie stellte ihr Glas beiseite. „Es war eine Unabhängigkeitserklärung. Nachdem du gegangen warst, wollte ich meinen eigenen Weg gehen, und ‚Gracie' erinnerte mich daran, wie der Mann, den ich liebte, mich runtergemacht hat. Ich bin wieder aufgestanden, nachdem du gegangen bist, und ich tue es jeden Morgen aufs Neue."

Dass sie von ihrer Liebe zu mir in der Vergangenheit sprach, traf mich tief im Herzen. Ich nahm ein Gummiband aus der Seitenschublade und band meine Dreadlocks zu einem Dutt. Ihre Lippen öffneten sich, als sie mich beobachtete, und die Halsschlagader an ihrem Hals pochte stark.

„Es tut mir leid für den Schmerz, den ich dir zugefügt habe. Ich weiß, es ist zu spät, aber es tut mir wirklich leid."

Sie klopfte auf das Bett neben sich und ich setzte mich.

„Also, erzähl mir von diesem Angriff. Warum sind die Hartleys hinter mir her?"

Jemand klopfte an die Tür. „Zimmerservice."

Ich grinste. „Ich werde dir alles erzählen, was ich kann, aber zuerst essen wir. Ich verhungere gleich."

„Hunter-"

„Ich bin direkt vom Flughafen gekommen, um dich zu retten - weißt du, wie ein Ritter in glänzender Rüstung - und dieser Körper muss gefüttert werden. Ich habe seit dem Flug keinen Bissen gegessen."

Ich öffnete die Tür für den Butler der privaten Suite und er rollte einen Wagen herein, voll mit allem, wovon ich in Costa Rica geträumt hatte: Pizza, Burger, Hot Dogs und Pommes. Plus ein paar Blattsalate und vegetarische Optionen für Grace. Der Butler stellte das Essen auf den Tisch und ging. Ich schloss die Tür ab.

„Mach es dir bequem."

„Wer soll das alles essen?"

„Wir."

„Ich habe keinen Hunger."

Ich zog ihren Stuhl zurück und sie setzte sich.

„Nicht einmal für Kaffee-Eis?", fragte ich.

Sie ließ ihren Blick über den Tisch schweifen und ein Lächeln huschte über ihr Gesicht, als sie die Packung ihres Lieblingseises entdeckte. Ich reichte ihr einen Löffel.

„Also, wann verlassen wir dieses Hotelzimmer?"

„Nicht heute."

„Morgen?"

„Was hast du es so eilig, Grace? Stören dich der Bart oder die Haare?"

Sie hob ihren Blick und ließ ihn über mein Gesicht, meine Schulter und meine Brust wandern. Ein Funkeln erhellte ihre Augen und verriet ihre Kontrolle. Ich würde diesen lüsternen Blick kilometerweit erkennen. Ihre Brust hob und senkte sich mit schweren Atemzügen, ihre Augen suchten nach einer Antwort. Die Halsschlagader an ihrem Hals pochte, während mein Blut in meinen Schwanz schoss, und der erste Zweifel, ob ich meine Hände bei mir behalten könnte, schlich sich ein.

Sie führte den Löffel voll Eis zwischen ihre Lippen, und ich verlor fast die Fassung. Sie legte ihn zurück in die Packung und seufzte. „Ich habe diesen Freitag einen Termin zur Eizellentnahme. Ich habe meine letzte IVF-Spritze genommen, bevor du in den Salon kamst."

Ich legte meinen Kopf schief und ein Hauch von Bedauern durchfuhr mich. „Hol sie nächsten Monat."

„Ich würde lieber nicht noch einen Zyklus durchmachen."

„Du bist noch jung, Grace."

„Siebenunddreißig ist nicht jung, um Kinder zu bekommen. Meine Gebärmutter schrumpft und meine Eizellen werden knapp."

„Warum machst du es nicht auf die altmodische Art?"

„Ich würde lieber einen Kandidaten anhand eines Profilbogens auswählen. Samenspender lügen nicht."

„Soziopathische schon."

„Sie filtern die Samenbank bei Cryogenics."

„Filtern?"

„Überprüfen. Junge, gesunde und gutaussehende Spender mit Masterabschluss."

Ich kicherte.

„Was ist so lustig?"

„Dokumente können gefälscht werden. Vertrau mir."

„Bietest du dich an, Hunter? Denn das letzte Mal, als ich nachgesehen habe, wolltest du keine Nachkommen."

„Tut mir leid, Grace, aber ich habe keinen Masterabschluss. Außerdem habe ich nie gesagt, dass ich keine Nachkommen will. Ich sagte, ich sei nicht bereit für ein Kind."

„Ach Mensch." Der Stuhl, den sie zurückschob, quietschte über den Holzboden. „Ich halte das nicht aus. Ich werde bei meinen Brüdern völlig sicher sein. Ich kann bei Scar bleiben."

Ihr Zwilling arbeitete an ihrem Fall und wollte Grace aus der Sache raushalten. Ich stand auf, schob mich vom Tisch weg und packte sie am Handgelenk, als sie zur Tür ging.

„Verdammt nochmal, Grace! Wie wär's mit 'Hey Hunter, danke, dass du meinen Arsch gerettet hast'? Und du gehst nirgendwo hin."

Sie versuchte, sich herauszuwinden, aber ich umarmte sie wie ein Bär, bevor sie konnte. Ich schlang meine Arme fester um sie, wobei der dünne Bademantel, den sie trug, mich von ihren verdammten hervorstehenden Brustwarzen trennte.

„Genau, weil es sich immer nur um dich dreht", zischte sie zurück.

Das war verdammt falsch, und das wusste sie. Unser Leben hatte sich immer um sie und ihre High-Society-Freunde gedreht und um all die Babys, die sie wollte – aber nicht mit mir. Sie hatte nie in Betracht gezogen, dass ich nicht bereit für Kinder war. Und jetzt war dieselbe Zukunft, die ich einst mit ihr gesehen hatte, unmöglich.

„Lass mich los."

Ich ließ zu, dass sie aus meinem Griff schlüpfte, mir bewusst, dass ich immer noch den Ausgang blockierte. Sie stieß einen frustrierten Atemzug aus, ließ sich aufs Bett plumpsen und schaltete den Fernseher ein.

„Ich sollte die Nachrichten checken, da ich ja dein Gefangener bin."

„Ich bevorzuge ‚Gast'."

Der erste Nachrichtensender berichtete lautstark über den Angriff bei Gracie's.

„Warte, Grace." Ich ergriff ihre Hand.

„Gut. Dann sag mir, warum du mich hier festhältst und warum die Hartleys hinter mir her sind."

Ich setzte mich neben sie aufs Bett und drehte die Lautstärke des Fernsehers herunter.

„Es gab einen Fehler im Testament", log ich. Ich hatte Beth versprochen, Grace die Wahrheit selbst erzählen zu lassen, und ich brach keine Versprechen mehr.

„Chad Hartley denkt, du bist Teil ihrer Nachlassregelung."

„Warum sollte er das denken?"

„Weil es einen Fehler in Jeff Hartleys Testament gab. Deine Mutter arbeitet daran."

„Meine Mutter?"

„Es ist eine heikle Angelegenheit, und sie wollte niemand anderen einbeziehen."

„Aber sie hat dich einbezogen."

„Ich schätze, sie weiß, was das Beste für ihre Tochter ist."

Sie ließ ein kleines Lächeln zu, aber genau in diesem Moment blitzte eine Schlagzeile am unteren Bildschirmrand auf und zog ihre Aufmerksamkeit auf sich.

WEITERER MORD IM CENTRAL PARK MIT DEN HART-
LEYS IN VERBINDUNG GEBRACHT

Ich beobachtete, wie sie sich auf die Details konzentrierte. Sie
faltete ihre Hände über ihren Beinen und sah mich mit angster-
füllten Augen an. „War diese Kugel für mich bestimmt?"

Ich antwortete nicht.

Hunter zog die Vorhänge zu, überprüfte die Türschlösser und ging in sein Zimmer.

„Puh." Ich atmete erleichtert aus.

Als ich heute Morgen zur Arbeit ging, hätte ich mir nie vorstellen können, dass ich am Ende in Hunters Hotelzimmer landen würde. Ich hätte nie gedacht, dass er wieder zu Hause sein würde. Ich hatte davon geträumt, aber meine Träume und die

Wirklichkeit gingen selten Hand in Hand.

Ich wälzte mich bis weit nach Mitternacht hin und her, aber der Schlaf wollte sich nicht einstellen.

Hunter.

Hunter Silver.

Die Luft entwich pfeifend aus meinen Lungen.

Er hatte sich von einem fitten jungen Mann zu einem Mann entwickelt. Ein Bär. Ein köstlich warmer Bär, der mich in seinen Körper wickelte, als gehörte ich dorthin. Seine Wärme verschlang mich, wenn er mich hielt. Ich drehte mich auf meine rechte Seite und zerwühlte dabei die Laken. Ein Streifen Mondlicht lugte zwischen den Vorhängen hervor.

Das Aufleuchten seiner Nachtlampe lenkte meine Aufmerksamkeit auf die Milchglastür, die zu seinem Zimmer führte. Der Schatten seines Körpers bewegte sich zum zweiten Badezimmer. Ich blieb regungslos liegen und hoffte insgeheim, er würde hereinkommen, um nach mir zu sehen, aber er tat es nicht. Das fließende Wasser des Wasserhahns löste einen weiteren Hitzeschub aus und erinnerte mich an seine Dusche, wo er unter dem Wasserstrahl gestanden hatte, den Arm gegen die Wand gestützt, und seinen Kopf abspülte.

Ich hatte schon oft mit Hunter geschlafen. Wir hatten uns geliebt, gevögelt, Orgasmen gehabt und Stellungen erobert, von denen ich nie geträumt hatte. Er hatte nie versagt, und der Sex war großartig gewesen, aber die neue Statue aus Muskeln und Kraft unter der Dusche weckte ein frisches Verlangen in meinem Bauch. Ich stellte mir vor, wie die rohe Kraft seines Körpers mich in die Matratze drückte, meine Haut seiner nachgab. Ich könnte allein durch seinen Anblick einen Orgasmus bekommen.

Hunter war im Bad fertig, drehte den Wasserhahn zu und kehrte zu seinem Bett zurück. Ich wartete, bis das Licht ausging, und wechselte die Seite im Bett.

Und dann ließ er das Handtuch an der Schwelle seines begehbaren Kleiderschranks fallen, als könne er nicht weiter hineingehen, um sich privat umzuziehen. Seine Schultern waren breiter, als ich sie in Erinnerung hatte, und perfekt aufeinander abgestimmte Muskelpakete formten seinen Körper bis hinunter zu den Knöcheln und Füßen. In der Mitte spannte sich sein straffer, behaarter Hintern bei jeder Bewegung. Er bückte sich und präsentierte dabei seinen straffen Hintern in voller Pracht, zog sich die Jogginghose an und drehte sich um.

Mir klappte der Mund auf, als er auf mich zukam. Locker hängend, lang und zur Seite geneigt, bewegte sich die Beule unter seiner Hose bei jedem Schritt. Weiter oben, wo der Bund um seine Hüften hing, tauchte ein V-Schnitt in die Muskeln und seine leicht behaarten Bauchmuskeln ein.

Er hatte wenig Haare auf dem Bauch, aber ich kannte alles darunter. Sein Rücken und Hintern brauchten genauso viel Pflege wie sein Schritt.

Ahh, dieser verdammte Schritt und alles, was er versprach.

Ich spürte, wie Wärme durch meine Adern rauschte, drehte mich auf den Rücken und zog die Decke weg.

*Luft.*

Nur dass sie nach ihm roch und nach ihm schmeckte. Nach einem besseren Ihm. Einem stärkeren Ihm. Einem Mann, den ich hasste und nach dem ich mich sehnte. Ein Mann, der mir auf die einfache Art ein Baby hätte schenken können, der aber keine Kinder gewollt hatte. Vielleicht war es besser so. Dieser sexy Bart würde ein Kind erschrecken. Meine Handfläche zuckte bei dem Gedanken, an seinem Bart zu ziehen und mit den Fingern durch seine Gesichtsbehaarung zu fahren. Die Dreads standen ihm nicht und ich vermisste seine Locken, aber diese durchdringenden Augen darunter, die einzigen, die tief in meine Seele eintauchen konnten, hielten meinen Körper genauso gefangen wie vor Jahren, als...

*... als er trank und mich demütigte.*

Ich gähnte.

Aber die Jahre, die wir miteinander geteilt hatten, waren nie verloren gegangen. Campingausflüge, Jagdausflüge, bei denen wir nie ein Tier töteten, und Yachttouren. Abenteuer floss durch sein Blut, aber was ich brauchte, war Stabilität. Und Alkohol war ein Feind, gegen den wir beide von Anfang an gekämpft hatten. Er war mein Seelenverwandter – bis er zu dem Mann wurde, den ich verachtete. Der Mann, den ich gerne verachtete und der mich „Gracie" nannte.

„Grace, Grace. Wach auf."

Hunters sanfte Stimme und seine warme Berührung an meinem Oberschenkel zwangen mich, die Augen zu öffnen. Der Raum verschwamm um mich herum, und mein Körper erstarrte, als sich Wärme von seiner Handfläche nach oben ausbreitete. Er griff zum Nachttisch.

„Hier ist deine Brille."

Seine Hand kehrte zu meinem Oberschenkel zurück, und ich fummelte an der Brille herum.

Ich hob meinen Kopf und schaute dorthin, wo seine Hand auf meinem Bein ruhte. „Was machst du da?"

Er nahm seine Hand von meinem Oberschenkel. „Du hast dich im Bett herumgeworfen. Ich habe dich festgehalten."

„Ich... mir geht's jetzt gut", log ich und schleppte mich hoch, um mich gegen das Kopfende zu setzen und von ihm wegzurücken. Plötzlich wurde mir bewusst, dass meine Wahl des Outfits für die Nacht alles zeigte, was ich verstecken wollte, einschließlich meiner geschwollenen Brüste und hervorstehenden Brustwarzen. Meine Eizellen würden diesen Freitag so bereit für die Entnahme sein.

„Ja, du siehst toll aus."

Wie auf Kommando pulsierten meine Eierstöcke. Ich schüttelte die Hitze ab und bemerkte schließlich den Wischmopp auf seinem Kopf.

„Hunter, was zum Teufel hast du gemacht?"

„Ich hab versucht, mir selbst die Haare zu schneiden, damit ich nicht wie ein Höhlenmensch aussehe."

Höhlenmensch war gar nicht so schlecht.

„Und du hast dich für Vogelscheuche entschieden?"

„Ich hoffe, du kannst es richten, aber ich hab nicht die richtigen Werkzeuge."

„Ich schon. Im Salon. Oh mein Gott. Mein Salon." Ich schoss aus dem Bett, seinen riesigen Bärenkörper halb ignorierend.

„Beruhig dich, Grace. Alles ist in Ordnung."

Ich wirbelte herum, um ihn anzusehen. Er streckte sich auf dem Bett aus, nur in Boxershorts. Verdammt, sich in seiner Nähe zu konzentrieren würde unmöglich sein.

„Wie kannst du sagen, dass alles in Ordnung sein wird? Ich wäre gestern Nacht fast getötet worden. Sie haben meine Angestellten angegriffen... Ich weiß nicht mal, wie es ihnen geht."

„Allen geht's gut."

Ich verschränkte die Arme vor der Brust. „Woher weißt du das?"

„Ich hab bei Frankie nachgefragt."

„Und was ist mit dem Salon?"

„Es ist ein Tatort. Die Polizei sammelt Beweise." Er legte seine Hände auf meine Schultern und drückte sanft mit seinen Fingerspitzen auf meine Haut. „Du brauchst dir keine Sorgen zu machen, Grace. Ich kümmere mich um alles."

Ich trat einen Schritt zurück. Seine Hände fielen von meinen Schultern, aber ihre Wärme blieb.

„Ich hab diesen Freitag einen Termin in der Klinik."

„Ich erinnere mich."

„Also lässt du mich bald gehen? Heute?"

„Wir ziehen zurück in dein Haus, sobald es fertig ist. Gabe installiert gerade ein neues Sicherheitssystem. Wir stellen sicher, dass das Haus abhörsicher und sicher ist, damit du dich frei auf deinem Grundstück bewegen kannst."

„Kein ‚aber'?" Ich schüttelte den Kopf. „Warte – hast du ‚wir' gesagt?"

„Ich werde nicht von deiner Seite weichen, Grace, bis Chad hinter Gittern ist. Oder tot."

„Tot? Wer würde ihn töten?"

„Du bist nicht das einzige Ziel. Die unehelichen Geschwister gehen aufeinander los. Jeff Hartley war ein Juwel, nicht wahr? Die Hartley-Gene halten sich hartnäckig, wenn es um Geld und Vermögen geht."

„Dieser Mord im Fernsehen gestern Abend-"

„Ist der zweite damit zusammenhängende Mord. Es gibt noch eine Person auf der Liste – und dich."

„Scheiße." Mir war nicht klar gewesen, dass ich das laut gesagt hatte. „Wie lange, denkst du, wird es dauern?"

„Du hast schon genug von mir?" Irgendwo unter dem Bartwuchs wusste ich, hatte sich ein Grübchen in seine Wange gegraben.

„Ich nehme mir gerne Zeit, Grace."

Mein Körper erhitzte sich.

„Aber ich werde versuchen, es kurz und schmerzlos zu halten."

Ich wollte es nicht schnell und schmerzlos. Ich wollte es lang und langsam, bis meine Adern brannten und meine Eierstöcke erblühten.

Er beugte sich zu meinem Ohr. „Deine Sicherheit erfordert volle Kooperation."

„Definiere ‚Kooperation'." Meine Kehle schrie nach Wasser.

Seine Lippen schwebten ein Flüstern entfernt, und sein frischer Minzatem umhüllte mein Gesicht. „Du tust, was ich dir sage."

Ich schluckte, um den Knoten in meiner Kehle zu lösen, und öffnete meinen Mund, als sein Befehl durch meinen Körper strömte, durch mein Herz und meine Adern pulsierte. Mein Körper erzitterte und die aufkommende Feuchtigkeit in meinem Slip ließ meine Knie zusammenpressen. Ich drehte mich von ihm weg und wandte mich dem begehbaren Kleiderschrank zu.

„Ich muss mich umziehen."

Ich trat hinein, schloss die Tür hinter mir ab und lehnte mich gegen die Rückwand.

Was zum Teufel passierte mit mir? Ich flutete meine Lungen mit Luft, erfüllte sie mit dem Geruch von Hunter und seinem holzigen Moschus. Sein neuer, rauer Duft weckte lang vergessene Begierden und Bedürfnisse. Die konstante Wärme erhitzte mein Blut und verwandelte meinen Körper in ein Inferno. Ich riss mich von der Tür los und wühlte durch die Kleiderständer, entschied mich für eine atmungsaktive Jogginghose und ein Tanktop. Die Luft war dick von meinem Schweiß und seinem Geruch. Meine Hormone tanzten durch meinen Körper. Die Injektionen machten mir zu schaffen, aber bis Freitag würde sich alles gelohnt haben.

Ich stützte meine Hände auf die Knie.

„Reiß dich zusammen, Grace. Und atme."

Ich hob den Blick und schaute zur Tür, als könnte ich Hunter auf der anderen Seite stehen sehen, mit diesem Wischmopp auf seinem Kopf. Es passte nicht zu seinem Bärenkörper. Ich sammelte mich, zwang die Kontrolle zurück in meine Glieder, drehte meinen Nacken zur Seite und öffnete die Tür.

Hunter stand am Fenster mit einer Tasse Kaffee in der Hand. Eine Jogginghose umschmeichelte seine Hüften, und meine ganze Kontrolle löste sich in Luft auf. Mein Blick blieb fest auf der Wölbung seines Schwanzes. Ich schloss meine Augen.

*Ablenkung. Ich brauche eine Ablenkung.*

Ich straffte meine Schultern und sah ihm fest in die Augen, die Hand ausstreckend. „Ich brauche mein Handy."

„Wie wär's erst mal mit einem Kaffee?" Er deutete auf den Beistelltisch mit der dampfenden Tasse. Ein Haselnussaroma erreichte mich und mir lief das Wasser im Mund zusammen.

„Danke. Ich brauche trotzdem mein Handy."

„Wofür?"

„Um eine Freundin anzurufen."

„Nochmal – wofür?"

„Weißt du, du warst nie so kontrollierend, bevor du gegangen bist."

„Du standest auch nie auf einer Todesliste, bevor ich gegangen bin. Und ich bin nicht kontrollierend, Grace. Ich bin vorsichtig. Ich habe einen Job zu erledigen."

„Also bin ich jetzt ein Job?"

„Trink deinen Kaffee. Du wirst dich besser fühlen." Er reichte mir die Tasse. Der Funke Wut in meiner Brust verblasste bei der Berührung seiner Finger an meinen. Ich nippte an meinem Kaffee, während er in sein Zimmer schlenderte und mit seinem Handy zurückkam. Total sexy und bärenhaft. Gab es dieses Wort überhaupt?

„Wen musst du anrufen?"

„Frankie. Ich brauche einen Gefallen. Ich kann dich so nicht in die Öffentlichkeit lassen. Ich brauche ein Update vom Salon, und er kann eine gute Schere und Rasierer mitbringen."

Sein Schnurrbart hob sich. „Ich hatte gehofft, du würdest mir mit den Haaren helfen."

„Es wäre peinlich, so herumzulaufen. So haarig und primitiv." Ich wedelte mit der Hand und streifte dabei den verführerischen Pfad hinunter zu seinen Bauchmuskeln.

Er gab mir das Handy, und ich wählte Frankies Nummer und nannte ihm die Adresse des Hotels. Wir aßen das Frühstück, das im Essbereich am Fenster wartete, und eine Stunde später klopfte es an der Tür.

Ich rückte vom Tisch weg, und Hunter flog vor mich.

„Warte. Bleib da."

„Es ist Frankie."

„Nicht, bis ich es überprüft habe." Er wandte sich zur Tür. „Wie lautet das Codewort, das ich dir gegeben habe?"

„Höhlenmensch", antwortete Frankie, und Hunter entriegelte das Schloss und öffnete die Tür.

„Wow. Ich hatte keinen Bären erwartet."

Ich lächelte und rollte meine Lippen nach innen.

Frankie schlüpfte durch den sechzig Zentimeter breiten Spalt zwischen Hunter und der Wand und musterte ihn dabei. Er stolperte fast, als er auf mich zurannte.

„Hi! Es ist so gut, dich zu sehen." Er ließ die Taschen mit Utensilien auf den Boden fallen und stürmte mit offenen Armen auf mich zu. „Hey, Süße. Ich habe mir solche Sorgen um dich gemacht, aber dieser Mann hat gestern und heute angerufen und gesagt, er passt auf dich auf, und die Polizei hat deine Sicherheit bestätigt, aber ich konnte es nicht glauben und wollte es mit eigenen Augen sehen."

„Frankie. Beruhige dich. Mir geht's gut. Wie geht's dir? Wie geht's allen?"

Er holte tief Luft und fing noch einmal an. „Sie haben den Salon verwüstet. Ich weiß nicht, wie viel die Renovierungen kosten werden, aber ich schätze, es wird ein hübsches Sümmchen. Ein goldenes... Nein... Vielleicht ein diamantenes. Allen geht's gut, aber sie haben sich Sorgen gemacht, und Casey hat sich den Arm verstaucht, als sie auf dem Boden ausgerutscht ist. Martina hat sich drei Nägel gebrochen, und Sofia hat sich verbrannt, als sie sich in der Dampfsauna versteckt hat. Ansonsten geht's allen gut."

„Atme, Frankie. Atme." Ich nahm seine Hände in meine und machte die gleiche Atemtechnik, die ich online gesehen hatte. Es war die einzige, die ich kannte, aber sie funktionierte.

Frankie beruhigte sich und fuhr mit den Fingern durch meine Wellen. „Ach du lieber Himmel, Schätzchen. Lass uns sehen, was wir mit diesen Haaren machen können."

„Du bist für ihn hier, nicht für mich." Ich drehte ihn herum, damit er Hunter ansah.

„Frankie, das ist Hunter. Hunter, Frankie."

„Der Höhlenmensch? Lecker. Ich sehe, warum du meine Hilfe brauchst."

„Deine Hilfe?", fragte Hunter. „Ich dachte, Grace würde mich machen."

„Schätzchen, ich kann dich besser machen als deine Freundin."

„Ich bin nicht seine Freundin." Ich schnappte mir die Taschen mit den Utensilien vom Boden und trug sie ins Bad. „Und Frankie ist Experte im Trimmen von Männern, also wenn du nicht willst, dass ich deinen Schwanz anfasse, macht er den Job."

„Meinen Schwanz? Warum muss er meinen Schwanz anfassen?" Hunter lehnte sich mit einem Arm gegen den Türrahmen. Seine Bizepse dehnten sich und die Muskeln spannten sich an. Himmel, er sah köstlich aus in diesem Bärenkostüm, aber ein Trimm würde ihn unwiderstehlich machen.

*Verdammte Hormone.*

Ich erschauderte körperlich und schüttelte die Lust ab. Gott sei Dank war Frankie hier. „Bist du bereit?" Meine Stimme zitterte.

„Okay. Aber er fasst meinen Schwanz nicht an." Er zeigte auf Frankie. „Und du wirst mir alles erzählen, was du bei Gracie gesehen hast."

Der Klang meines Namens, wie er ihn früher gesagt hatte, löste nicht das Gefühl von Furcht aus, das ich erwartet hatte.

Frankie ging an uns vorbei ins Badezimmer, nahm die Taschen mit den Utensilien, die ich auf den Boden gestellt hatte, drehte sich auf dem Absatz um und trug sie durch mein Zimmer. „Ich brauche einen besseren Platz." Wir folgten ihm in Hunters Schlafzimmer, wo er einen Tisch abräumte, ihn neben das Bett stellte und die Ausrüstung aufbaute. Er fand eine Schere und klemmte sie zwischen seine Finger. „Lass uns anfangen zu trimmen. Das wird eine Weile dauern."

Er zog Hunter ins Schlafzimmer und schob mich zur Tür hinaus.

„Warte", sagte ich. „Lass den Bart. Stutze ihn, aber lass ihn dran."

Hunters Schnurrbart zuckte, was ich als Lächeln deutete. Ich genoss es, die subtilen Bewegungen unter seinem Gesichtshaar zu lesen, als wären sie geheim und nur für mich bestimmt.

In der ersten Stunde war ich geduldig und lief im Zimmer auf und ab, dann auch in der zweiten. Mitte der dritten klopfte ich an die Schlafzimmertür. „Wie viel länger noch?"

„Länger", rief Frankie.

Ich knackte mit den Fingern und massierte fünfmal den Stress aus meinen Schultern, bevor sich die Schlafzimmertür öffnete und Frankie sich durch den Spalt an mir vorbei schlich.

„Er gehört ganz dir. Er will rauskommen, aber du musst die Arbeit unten vollenden. Er lässt mich die Ware nicht anfassen, und von dem, was ich unter dem Handtuch sehen kann, braucht die Ware einen Schnitt."

„Okay, okay. Vielen, vielen Dank." Ich umarmte ihn fest. „Wir bleiben in Kontakt."

„Auf jeden Fall. Ich kann nicht glauben, dass das der Mann ist, über den du dich all die Jahre beschwert hast."

„Was meinst du?"

„Er ist ein Beschützer und Versorger. Die Dinge, die er in Costa Rica getan hat-"

„Er hat dir von Costa Rica erzählt?"

„Ich sag dir so viel: Ich würde jeden Mann, der mich seine Königin nennt, mich zum Frühstück wie einen Pfannkuchen einbuttern lassen, also nimm dir ein Beispiel daran, Grace."

Mein Herz schlug heftiger, aber das einladende Bild eines reifen Hunters, das Frankie malte, war schwer einzuordnen. Ich verschränkte die Arme vor der Brust.

„Ich habe mich nicht beschwert. Ich habe Dampf abgelassen."

„Klar. Viel Glück mit dem Höhlenmenschen."

*Der Bär, korrigierte ich in Gedanken.*

„Schließ die Tür hinter ihm ab", rief Hunter.

Frankie umarmte mich noch einmal und ging. Ich überprüfte die Schlösser zweimal, straffte meinen Rücken und kehrte ins

Wohnzimmer zurück. Ich stieß die Schlafzimmertür weit auf und erstarrte. Hunter lag nackt auf dem Bett, mit einem Handtuch über dem Kopf und einem weiteren, das sich zeltartig über seine Hüften wölbte.

„Ich spüre deinen Blick." Seine Stimme vibrierte durch die Luft.

„Ich will deine Haare sehen."

„Nachdem du fertig bist. Ich fürchte, wenn ich dich ansehe... Nun, es ist einfach besser, wenn meine Augen bedeckt sind."

Ich räusperte mich. „In Ordnung. Beweg dich nicht."

Als ich mich dem Bett näherte, verwandelte er sich in die gleiche Statue, der ich im Salon begegnet war, und rührte sich nicht. Ich nahm den Trimmer und entfernte das Handtuch von seinen Hüften. Sein Schwanz lag lang und dick da und bog sich zum V nahe dem Hüftknochen. Ich berührte ihn in der Nähe seines Nabels, und sein Glied zuckte.

„Bitte, mach es schnell."

Dabei wollte ich mir einfach nur Zeit lassen.

# Kapitel 5

## Hunter

„Okay, Zeit für die große Enthüllung." Ihre Stimme überschlug sich.

Ich grinste hinter dem Handtuch. Sechzig endlose Minuten waren vergangen, ohne dass ich einen Muskel gerührt hatte. Na ja, fast keinen Muskel. Ich hatte schon Folter erlebt, aber nichts kam an die Qual heran, die Graces Finger auslösten, als sie meinen Schwanz erst zur einen, dann zur anderen Seite bewegte. Und sie wiederholte die Bewegung ein paar Mal, während sie den Bereich begutachtete, bis ich groß und stolz dastand und ihr Zugang zu meinen verdammten Schamhaaren gewährte. Sie fuhr mit ihren Fingern durch das Haar um meinen Schwanz, und ich war völlig fertig. Das war vor neunundfünfzig einhalb Minuten gewesen, und ich war immer noch hart. Und meine Eier schmerzten.

„Komm schon, Hunter. Nimm das Handtuch von deinem Gesicht. Ich will deinen Schnitt sehen."

Und ich wollte sie sehen. Ich wollte sehen, wann sie endlich den Mann erkannte, der sie verlassen hatte. Aber während dieser qualvollen neunundfünfzig einhalb verdammten Minuten, als sie heiß und schwer über meine Eier atmete und sie trimmte, wollte ich, dass sie diesen Mann vergisst. Ich versuchte, meine Erregung in den Griff zu bekommen, aber Graces Berührung machte das unmöglich.

Ein fernes Kribbeln lief mir den Rücken hinunter, bevor ich an der Ecke des Handtuchs zog. Grace stand neben dem Bett. Ihr Blick glitt über meinen Körper, so wie meiner über ihren. Sie trug ein Tanktop, ihr BH schaute über den Ausschnitt heraus, und hautenge Shorts. Oder vielleicht Unterwäsche? Ich ließ meinen Blick wieder nach oben zu ihren prallen Brüsten, vollen Lippen und weit geöffneten Augen wandern, die das Bild einer lüsternen Frau zeichneten. Und diese verdammte Brille war wie eine Fantasie. Meine Erregung wuchs noch mehr.

„Hunter." Sie bedeckte ihren Mund mit ihrer Hand. „Du ... Du siehst gut aus."

Sie trat näher, ihre Brüste und hervorstehenden Brustwarzen auf Augenhöhe mit mir, und sie berührte meinen Bart. Ein Jucken kroch meine Wange hinauf, und ich wünschte, sie würde daran ziehen.

„Frankie hat gute Arbeit beim Trimmen geleistet."

„Lass mich sehen." Ich setzte mich auf und rutschte vom Bett, an Grace vorbei zum großen Spiegel an der Wand. Der Clowns-schnitt war verschwunden und ... Verdammt, ich war älter geworden. Ich hatte dieses Gesicht seit fünf Jahren nicht gesehen und erkannte die Kieferlinie kaum wieder. Ich fuhr mit den Fingern durch den kürzeren Schnitt und trat vom Spiegel zurück. Die Seitenansicht eines geschundenen Körpers, überar-beitet, aber gepflegt, wurde zurückgeworfen. Es war eine Weile her, seit ich diesen Mann gesehen hatte. Eigentlich war ich mir nicht sicher, ob ich ihn jemals zuvor gesehen hatte.

„Du siehst wirklich gut aus."

„Das hast du schon gesagt." Meine Bizepse spannten sich an, und mein Schwanz verhärtete sich zu einem Stab. Verdammt, ich sah gut aus.

„Ich meine, richtig gut."

Ihre Zunge schnalzte, was meine Aufmerksamkeit erregte, und ich lachte.

„Danke."

Ihre Wangen erröteten knallrosa. „Es tut mir leid. Es ist nur, dass in den letzten vierundzwanzig Stunden so viel passiert ist. Der Angriff und das Spa und der Angriff und ... und du bist zurück."

Sie starrte mich an wie ein verlorenes Reh im Wald, ihre langen Wimpern flatterten auf der Suche nach Antworten. Wo war die selbstbewusste Frau, an die ich mich erinnerte?

Ich drehte mich zum Spiegel. „Frankie ist nicht die Einzige, die gut trimmen kann. Ich sehe größer aus. Du hast mich so zurechtgestutzt, wie du mich am liebsten hast."

Ihr Kopf schoss nach oben. „Was?"

„Der Manscape." Ich drehte mich um, um ihr ins Gesicht zu sehen, und zeigte auf meinen Schritt, sofort spürte ich ihre Augen auf meinem harten Schwanz. „Es ist genauso, wie du mich früher getrimmt hast."

Sie verschränkte die Arme unter ihren Brüsten. „Das liegt daran, dass es hygienisch ist. Du hast gesagt, du wolltest eine Säuberung."

„Ich habe nichts gesagt. Das war Emma."

„Also hast du mich doch gehört."

„Natürlich habe ich dich gehört. Ich habe Emmas Hilfe in Anspruch genommen, um in deinen Salon zu kommen, damit ich dich nicht erschrecke."

„Diese Scheiß Emma." Ihre Lippen verzogen sich, und sie zeigte auf meinen Schwanz. „Zieh dir eine Hose an, bevor das Ding schrumpft."

„Das Ding?"

„Dein Schwanz", formte sie mit den Lippen, als würden sie darum betteln, mich zu kosten. Aber jegliches Schrumpfen in Graces Nähe war unmöglich, also brauchte sie sich keine Sorgen zu machen. Meine Eier hingegen waren verdammt bereit zu explodieren. Ich hatte mich in der Nacht hin und her gewälzt und nur ein paar stille Minuten erwischt, während Grace tatsächlich schlief. Vor vierundzwanzig Stunden war ich in einer anderen Welt, und jetzt war ich zurückgekehrt, um in ihre einzudringen.

Ich ging zum Schrank, drehte mich um, um ihr ins Gesicht zu sehen, und zog die Jogginghose an, wobei ich die Neigung des zeltartigen Stoffs anpasste. Sie beobachtete, wie ich mich anzog, mit weit geöffnetem Mund, und stieß dann einen frustrierten Atemzug aus. Ich könnte diese Frustration so leicht loswerden.

„Du hast dich bei Frankie über mich ausgelassen", sagte ich.

„Du hast gelauscht?"

„Frankie hat die Schlafzimmertür einen Spalt offen gelassen." Ich ging auf sie zu und berührte ihre Schulter.

Sie zuckte zusammen.

„Es tut mir leid, dass ich dich verletzt habe, Grace. Das meine ich wirklich ernst. Ich werde dafür sorgen, dass du so schnell wie möglich wieder auf den Beinen bist. Ich verspreche es."

„Danke."

„Und ich bin sehr stolz auf deine Leistungen und wie du … wie du dich von mir nicht hast unterkriegen lassen."

Ihre Schultern zuckten gleichgültig. „Alles umsonst. Schau mich jetzt an. Kein Baby, keine Familie, ein zerstörter Salon und ein Ziel der Hartleys."

„Und nichts davon ist deine Schuld."

Ihre Augenbrauen zogen sich zusammen, als würde sie über ein Dilemma nachdenken. Was gab es da zu überlegen? Sie war das Opfer.

„Das weiß ich."

Ich strich mit meiner Hand an ihrem Arm auf und ab. „Wir werden alles in Ordnung bringen, Schritt für Schritt. Ich werde einen Besuch bei deiner Mutter arrangieren."

Ein Klopfen hallte von der Tür wider, und ich sprang zum

Schrank, wo ich meine Waffe versteckt hatte. Grace packte meinen Arm.

„Beruhig dich, Hunter. Ich habe Essen bestellt. Burger, Pizza und Pommes inklusive."

Ich packte sie an den Schultern, drängte sie zurück und schob sie in den Schrank. „Bleib hier."

Sie quetschte sich an mir vorbei, und ich manövrierte sie in eine Ecke, drückte sie mit meinem ganzen Körper gegen die Wand. Sie keuchte, und ihre braunen Augen füllten sich mit Fragen. Ihr Herz pochte unter ihrer Haut, und ihre Kurven und sehnsuchtsvollen Atemzüge verlockten mich, das Ganze in eine völlig andere Richtung zu lenken. Stattdessen zeigte ich mit dem Finger auf ihr Gesicht, als würde ich ein Kind zurechtweisen. „Ich sagte, bleib hier."

Sie schlug meine Hand weg. „Ich bin kein Hund."

Ich drückte mich noch mehr gegen sie. „Du wirst auf mich hören und du wirst niemals, und ich meine niemals, die Tür für irgendjemanden öffnen. Hast du mich verstanden, Grace?"

Ihre zusammengepressten Lippen verzogen sich zu einer dünnen Linie. „Es ist dein Butler, und er ist überprüft. Es sollte keinen Grund geben-"

„Das steht nicht zur Debatte. Wenn es sein muss, werde ich dich verdammt nochmal fesseln", warnte ich.

Sie sog scharf die Luft ein. „Sagt der halbnackte Mann mit der ständigen Erektion. Na los, öffne die Tür und begrüße deinen Butler mit dem Ding da."

„Hör auf, meinen Schwanz als ‚das Ding da' zu bezeichnen." Meine Nasenflügel blähten sich und meine Augen müssen sich verdunkelt haben, denn Graces Haut überzog sich mit Gänsehaut, und ich bereute sofort, die Beherrschung verloren zu haben. Ich zog mich zurück, als ich den Blitz der Enttäuschung in ihren Augen sah.

Sie fuhr mit der Hand an ihrem Hals auf und ab, als könnte sie nicht sprechen. Ich schaute auf die Kamera an der Seitentafel.

Er war es. Ich öffnete die Tür, und unser Butler rollte den Wagen voller Essen herein. Er warf einen Blick auf mich und sah nicht wieder auf. Er stellte das Essen auf den Tisch, ging, und ich schloss ab. Grace kam zu mir in den Hauptraum.

„Neandertaler", brummte sie, ein verschmitztes Lächeln zupfte an ihrem Mundwinkel.

Ich hob eine Augenbraue. „Kein Bär mehr?"

„Du bist getrimmt und rasiert. Überall." Sie neigte den Kopf und streckte ihren Hals.

„Ich habe immer noch einen Bart." Ich zupfte an der Landschaft auf meinem Gesicht.

„Wer sagt, dass ich Bärte mag?" Ein Achselzucken rollte über ihre Schulter, und ich lächelte.

*Sie hat es gesagt, bevor Frankie ging.*

Mein Magen knurrte hörbar, und sie kicherte, zeigte auf die mit Essen gefüllten Teller. „Du solltest besser essen, Bär. Ich möchte nicht, dass du über mich herfällst."

Sie erkannte ihre Worte eine Sekunde zu spät, und ich konnte nicht anders. „Du irrst dich gewaltig, Grace. Glaub mir, all die Zeit, die ich in Costa Rica damit verbracht habe, an Kokosnüssen zu knabbern und Früchte zu vernaschen, war alles andere als verschwendet."

Ihre Lippen öffneten sich, und die Zeit stand still. Waren es wirklich fünf verdammte Jahre gewesen? Denn es fühlte sich nicht so an. Es fühlte sich an, als wäre überhaupt keine Zeit zwischen uns vergangen. Außer, dass sie besser aussah. Sie war zu einer wahren Königin gereift, wie ein edler Wein, wobei sie unseren Altersunterschied mit Würde trug. Ich war zu hart zu ihr gewesen, und sie hatte jedes Recht gehabt, mich in die Schranken zu weisen, als ich trank.

„Möchtest du etwas Wein?" Ich hob die Flasche ihres Lieblingsweins. Meine Erektion hinderte mich daran, bequem neben Grace zu sitzen.

„Nein, danke. Ich lasse am Freitag meine Eizellen entnehmen."

Das sollte es tun.

Aus den neuen Informationen, die ich letzte Nacht durchgelesen hatte, war die Klinik Hartleys Ziel, und ich würde Grace nicht erlauben, einen Fuß in die Nähe des Ortes zu setzen. Ich goss ihr ein Glas Sprudelwasser ein und eines für mich.

„Ich schätze deine Entschuldigung. Von vorhin, weißt du. Aber ich muss dir auch danken."

Sie biss in ihren Veggie-Burger.

„Mir danken?"

„Wenn du nicht gewesen wärst, bin ich mir nicht sicher, ob mein Salon auf das Niveau gewachsen wäre, das er jetzt hat. Ich habe nach deinem Weggang einen Zweck gefunden. Ich habe mich auf die Kunden und das Geschäft konzentriert, bis sich die langen Stunden ausgezahlt haben."

Ich dachte, sie war schon ziemlich erfolgreich, als wir zusammen waren. Trotz des riesigen Treuhandfonds, den sie vor Jahren von ihren Großeltern geerbt hatte, wollte Grace arbeiten. Sie hatte einen Teil des Geldes verwendet, um ihr Geschäft zu gründen, und sich selbst zur Millionärin gemacht.

Ich räusperte mich. „Also war ich eine Belastung."

„Das habe ich nicht gesagt. Du warst ... jung."

„Ich bin sechsundzwanzig, Grace. Ich würde nicht sagen, dass das alt ist. Manche würden sagen, ich bin in meinen besten Jahren."

Sie biss sich auf die Lippe und musterte mich. „Na gut, du warst jünger und ... anders. Du scheinst jetzt anders zu sein."

Ihre Stimme stockte, und die rötliche Färbung kehrte auf ihre Wangen und Arme zurück. Ich nahm einen Schluck Wasser, um meinen Mund zu klären. Schließlich blickte sie auf und sah mir in die Augen. „Ich schulde dir auch eine Entschuldigung, Hunter. Ich hätte dich an jenem Abend nicht wegen der öffentlichen Wahrnehmung ausschließen sollen. Die Öffentlichkeit kann mich mal."

Na, das war neu. Ich wagte zu lächeln und aß meine Pommes auf. „Also bin ich vergeben?"

„Für diese Nacht? Ja, das bist du."

*Und für alles andere?*

„Wann verlassen wir dieses Hotelzimmer?" Sie legte ihre Gabel hin und rückte vom Tisch weg.

„Heute Abend."

Eine kühle Brise wehte durch den Raum, und ich zog mein Hemd an.

„Perfekt. Ich kann es kaum erwarten, nach Hause zu kommen."

Ich konnte es auch kaum erwarten und erkannte, was ich in Costa Rica am meisten vermisst hatte: ihre Gesellschaft.

„Ich habe einen Termin in der IVF-Klinik."

„Grace, es tut mir leid, aber du wirst unter meiner Aufsicht bleiben und dich jederzeit auf deinem Grundstück aufhalten."

„Was?" Sie stampfte auf mich zu, die Hände fest in die Hüften gestemmt.

„Der Fall mit den Hartleys ist noch anhängig."

„Und wie lange wird das dauern? Denn wenn du nicht weniger als achtundvierzig Stunden sagst, will ich es gar nicht hören. Ich gehe zu dieser Klinik."

„Ist ein Baby mit einem Fremden wichtiger als du? Denn du weißt, wenn sie dich töten, wäre der ganze Schwangerschaftsplan ruiniert."

„Willst du wissen, wer mich wirklich ruiniert hat, lieber Hunter?"

Da war es. Ich wusste, dass sie etwas zurückhielt. Sie mochte mir für diese Nacht vergeben haben, aber nicht für alles andere, was ich ihr genommen hatte.

„Geh da nicht hin, Grace."

„Du hast mir alles gestohlen, was ich wollte, und jetzt willst du es mir wieder wegnehmen. Du ... du ... du hast alles ruiniert. Wenn wir ein Baby gehabt hätten, hätten wir eine Familie gründen können. Ich werde nicht zulassen, dass du meine Träume in Albträume verwandelst."

„Verdammt nochmal, Grace. Reiß dich zusammen."

Ich ahnte, sie hatte mir nicht alles vergeben. Diese Frau kitzelte jeden meiner Nerven und stellte meine Geduld mit ihren Träumen auf die Probe. Ich verstand es; sie wollte ein Baby. Aber manchmal bekamen wir nicht die Dinge, die wir uns wirklich wünschten.

Ich ging zur Bar, goss mir ein Glas Guaro ein, nahm einen langen Schluck und kehrte in ihr Zimmer zurück. Grace drehte sich vom Fenster weg, und ihre Arme fielen an die Seiten. Ein grauer Schleier ersetzte sofort den rosa Ton ihrer Haut. Ihre Lippen wurden weiß, und ihr Körper zitterte.

„Grace?"

„Du trinkst."

Ich blickte auf das Glas in meiner Hand und dann zu ihr zurück. „Es ist nur ein Drink."

„Das hast du früher auch immer gesagt." Ihre Stimme brach, mehr vor Angst als vor Enttäuschung.

Ich stellte den Drink ab und ging auf sie zu.

„Nein." Sie streckte abwehrend den Arm aus.

Ich ignorierte die Aufforderung, nahm ihre Arme, legte sie um mich und schloss meinen Körper um ihren zitternden Leib. Ich verstärkte meinen Griff um sie, strich ihr fließendes Haar zurück und küsste ihre Schläfe.

„Du musst dir keine Sorgen um das Trinken machen, Grace. Ich bin nicht mehr derselbe Mann."

„Das ist die Ausrede eines Alkoholikers."

„Ich bin kein Alkoholiker, Grace. Ich war jung und dumm. Ich hatte keine Ahnung, wie ich mit dem Leben und dem Stress umgehen sollte, und Costa Rica war das Beste, was mir passieren konnte. Ich weiß nicht, wie ich es dir zeigen soll, aber ich werde dich nie wieder auf diese Weise verletzen, meine Königin. Ich verspreche es."

Ihr Zittern legte sich, und sie blickte auf, wobei sich ein kleines Lächeln zeigte. Ich wischte mit meinem Daumen eine Träne von ihrer Wange.

„Und du kannst jetzt mit all dem Stress umgehen? Denn wie du siehst, ziehe ich Stress an wie Honig Bären."

Ich erlaubte mir ein schiefes Lächeln. „Ich wäre nicht hier bei dir, wenn ich keine Selbstkontrolle hätte."

Sie atmete beruhigend ein und blieb in meinen Armen. Es fühlte sich so gut an, sie wieder zu halten, aber ich konnte nicht den Weg einschlagen, der ihre Träume zerstören würde. Ich konnte sie nicht noch mehr verletzen.

„Grace?" Ich löste mich von ihr. „Ich verspreche dir, du wirst mich nie wieder mit einem Drink sehen."

Sie strich mit der Hand über ihre Augen und blinzelte mit ihren feuchten Wimpern.

„In Ordnung. Was ist jetzt der Plan?"

„Wir gehen nach Hause."

# Kapitel 6

## grace

Der Duft von Kokosnuss und frischem Wasser durchströmte mein Haus. Ein leichter Hauch von Desinfektionsmittel schwebte in der Luft. Hunter hatte uns nach Hause gefahren und war sofort nach oben gerannt, um zu duschen. Er hatte früher inoffiziell hier gewohnt. Am Tag nach seinem achtzehnten Geburtstag war er vorbeigekommen, um das Öl in meinem Auto zu wechseln. Zwei Tage später reinigte er den Pool und reparierte das gesprungene Fenster im Poolhaus. An diesem Nachmittag besprühte er mich spielerisch mit einem Gartenschlauch, wurde dabei ganz schmutzig und wusch sich in derselben Dusche, in der er sich jetzt oben befand. Beim ersten Mal wusste ich nicht, dass er nackt herauskommen würde. Ich wusste nicht, dass ich ihn so wieder sehen wollen würde. Beim zweiten Mal ging er nachts nackt in meinem Pool schwimmen und wusste nicht, dass ich ihn durchs Fenster beobachtete und mich selbst berührte. Als er mich beim dritten Mal halbnackt in den Gärten überraschte, konnte ich ihn nicht gehen lassen. Es kam mir alles wie gestern vor.

Ich stellte den Wasserkocher an und suchte im Erdgeschoss nach meinem Laptop. Silver Securities hatte Überwachungskameras im Haus und in den Außenanlagen installiert. Das Team hatte alle Schlösser und Eingangscodes aktualisiert, die Auffahrt beleuchtet und das Vordertor durch verstärkten Stahl ersetzt. Ich durchsuchte mein Arbeitszimmer, überprüfte das Bücherregal und alle Schränke, fand aber nichts. Mein Handy war im Salon geblieben, aber der Laptop musste im Haus sein. Ich wollte meinen Zyklus-Tracker aktualisieren und so schnell wie möglich mit Emma in Kontakt treten.

Ich konnte ihn unten nicht finden und ging ins Hauptschlafzimmer. Hunter hatte die Badezimmertür halb offen gelassen. Das Geräusch der laufenden Dusche verursachte Schmetterlinge in meinem Bauch. Es war eine Weile her, dass ich irgendwo Schmetterlinge gespürt hatte. Fünf Jahre voller Sorgen und Reue waren nicht schnell genug vergangen. Meine Tage waren erfüllt von seiner Abwesenheit und die Nächte von Träumen, die ich einst hatte und verlor. Und jetzt, wo er hier war, ganz anders und bärenhaft, völlig unter Kontrolle, konnte ich den Funken Hoffnung nicht abschütteln. Seine leuchtenden Augen durchbohrten mich und weckten süße Erinnerungen. Ich konnte nicht aufhören, den veränderten Mann anzusehen.

*Bär.*

Ein Bär mit zwei gestapelten Säulen von Bauchmuskeln, die sich zu einem V-Schnitt in Richtung Hüfte verengten. Melonengroße Bizepse schwollen um seine Arme an, und wenn er sich umdrehte, liefen gemeißelte Schnitzereien seinen Rücken hinunter. Narben von Kugeln zeichneten seinen Bauch und warfen Fragen auf, die ich nicht zu stellen wagte. Aber für mich war er schön und würde schön bleiben, egal wie viele Narben er hatte. Die silberne Haarsträhne, die alle Silver-Brüder teilten, kräuselte sich durch die dunkleren Locken. Ich sah meinen Brüdern überhaupt nicht ähnlich.

Die Dusche wurde abgestellt, und ich verlor meinen Gedankengang. Ich konnte ihn nicht wieder Fuß in meinem Leben fassen lassen. Ich durfte ihn nicht wieder in mein Leben lassen, wo meine Fruchtbarkeitsbehandlungen nach Plan liefen und alles gut gegangen war - bis er zurückkam und alles auf den Kopf stellte. Und jetzt konnte ich meinen Laptop nicht finden.

Ich schloss die Schublade des Nachttisches, drehte mich um und erschrak. Hunter stand im Türrahmen des Badezimmers und trocknete sich die Haare mit einem Handtuch. Glücklicherweise hatte er bereits eine Jogginghose angezogen, und nach dem festen Hängen zur Seite zu urteilen, nichts darunter. Schon wieder. Der Anblick von ihm ließ Wärme durch meine Adern wirbeln und sich überall dort sammeln, wo sie nicht sein sollte. Ich wusste nicht, dass Penisse mit der Körpermasse mitwachsen. Hunter würde prahlen, dass es an der Erfahrung lag. War das der Grund, warum er so groß war? Weil er so viel gevögelt hatte?

„Willst du einfach dastehen und starren?", fragte er.

Mein Kopf flog hoch. „Ähm, nein. Ich suche meinen Laptop. Hast du ihn gesehen?"

Er sah nach unten. „Den findest du garantiert nicht an meinem Schwanz."

*Richtig.*

Ich bedeckte meine Augen mit meiner Hand. Er war zu ablenkend. „Musst du nackt herumparadieren?"

Das Geräusch von Donner rollte in der Ferne, und Regen prasselte gegen das Fenster.

„Ich bin angezogen, Grace, und du bekommst deinen Laptop morgen. Gabe fügt Sicherheitssoftware hinzu."

Ich nahm die Hände von meinem Gesicht. Hunter trug ein T-Shirt, das wenig tat, um den Bären darunter zu verbergen.

„Geht Gabe durch meine Dateien?"

„Nein. Er liest Code, der nichts mit dir zu tun hat. Vertrau mir, es ist langweiliges Zeug."

„Ich bin nicht langweilig." Ich folgte ihm aus dem Schlafzimmer und die Treppe hinunter, trottete hinterher. Seine Breite nahm so viel Platz ein, dass ich mich kaum neben ihm quetschen konnte. Er blieb am Fuß der Treppe stehen, und ich stieß gegen seinen harten Arm.

„Entschuldigung."

„Du bist nicht langweilig, Grace, aber du bist temperamentvoller, als ich mich erinnere. Ich mag eine Herausforderung."

Er ging weiter in die Küche, und ich beschleunigte meine Schritte. Herausforderung? Ich war eine Herausforderung? Frustration schoss durch meine Adern, erhitzte mein Blut und weckte überraschenderweise mit jedem Schritt Erregung, während meine Hormone außer Sync summten.

„Ich glaube, wir hatten genug Herausforderungen, Höhlenmensch."

Er drehte sich an der Theke um. Diesmal stieß ich gegen seine Brust und prallte ab.

„Das ist eine einzigartige Herausforderung. Die mag ich."

„Okay, ich bin verwirrt. Von welcher Herausforderung reden wir?"

„Hast du Hunger?"

„Hör auf, das Thema zu wechseln, und nein, ich habe keinen Hunger. Ich bin hormonell, frustriert und ..."

*... und völlig verloren.*

Ich war nicht mehr so verloren gewesen, seit Hunter gegangen war. Blitze zuckten über den Nachthimmel, und Donner grollte in der Ferne.

„Orgasmen bauen Frustration ab, und deine Spielzeuge sind noch am selben Ort." Er zeigte nach oben, und ich schlug nach seiner Hand.

„Du hast in meinen Schubladen rumgeschnüffelt?"

„Wir wissen beide, dass deine Spielzeuge nicht in einer Schublade sind." Er lehnte sich auf seine Ellbogen zurück, während seine Bauchmuskeln das Küchenlicht einfingen und wie ein Leuchtfeuer glänzten.

*Verdammt, Hunter.*

Ich war mir nicht sicher, wie lange ich durchhalten würde, wenn er wie ein Bär herumlief und von Orgasmen sprach, bevor ich zu einer Pfütze werden würde.

„Ich brauche keine Spielzeuge. Was ich brauche, ist ein neues Handy."

*Und einen Orgasmus.*

„Ich hab schon eins für dich."

„Echt?"

„Warum bist du so überrascht?" Seine Schultern bebten vor Lachen. „Ich tue alles, um dir wieder auf die Beine zu helfen."

Ich schaute nach unten und grinste, bevor ich meinen Blick wieder zu seinen durchtrainierten Bauchmuskeln und seinem halbsteifen Schwanz hob. „Ich wusste gar nicht, dass ich von den Beinen gefallen war."

„Brauchst du sonst noch was, Grace?"

Ich brauchte das Ding in seiner Hose, das war's, was ich brauchte, und keins meiner Spielzeuge hatte, was er hatte. Der Donner krachte näher am Haus, und ich zuckte zusammen. Hunter stand auf und strich mit seiner Hand meinen Arm hinunter, was meine Hormone verrückt machte. Er gab mir diesen Blick – als wüsste er besser als ich selbst, was ich brauchte.

„Kommst du mit ins Solarium?" Er deutete auf die offene Tür hinter der Küche, wo Lichterketten zwischen den Pflanzen und Blumen flackerten. Im Laufe der Jahre hatte er meine Gärten in eine Oase verwandelt.

„Ja." Eine trockene Stelle in meinem Hals widersetzte sich meinem Schlucken. Ich setzte mich in einen der Korbstühle, und Hunter brachte den Tee, den ich gebrüht hatte. Er nahm seinen Platz auf der Liege ein und streckte seine kräftigen Beine aus.

*Lang, schlank und stark.*

Ich schielte zur Seite, um zu sehen, ob er mich beobachtete, aber seine Augen waren geschlossen.

„Ich liebe diesen Klang. Er erinnert mich an zu Hause", sagte er.

„Zu Hause?"

„Die Regenstürme in Costa Rica sind verrückt. Palmen biegen sich unter dem Wind, und Wasser fließt wild die Berge hinunter.

Bäche stürzen Klippen hinab und Wasserfälle füllen die Flüsse, und am nächsten Tag scheint die Sonne und das Leben wächst."

„Klingt wunderschön."

„Wäre noch schöner, wenn du dabei wärst." Er öffnete die Augen und drehte sich zur Seite, sein dicker Bart flauschig und glänzend. Ich blieb still, als seine Stimme durch meinen Körper strömte. „Es war genau das, was ich nach der Arbeit brauchte."

Ich hatte vergessen, dass er tatsächlich dort gearbeitet hatte, und soweit ich wusste, brauchte sein Job Eier so groß wie die eines Bären.

„Erzähl mir von deiner Arbeit. Was hast du in Costa Rica gemacht?"

„Jobs."

„Musstest du jemanden töten?"

„Manchmal."

Gänsehaut breitete sich auf meiner Haut aus. Seine Augen verdunkelten sich und spiegelten ein Flackern der Lichterketten über uns wider.

„Böse Menschen?", fragte ich.

„Immer."

„Und das hast du alleine gemacht?"

„Wir hatten ein Team, also nein, ich war nicht allein. Und wir waren gut in unserem Job. Wir passten aufeinander auf, und das hielt uns sicher." Er blinzelte und setzte sich auf, schwang seine Beine über die Liege. Ich nahm einen Schluck des abkühlenden Tees und wartete darauf, dass er seine Gedanken sammelte.

„Fühlst du dich sicher?", fragte er.

Ich lächelte. „Ja. Ich verstehe ehrlich gesagt nicht, warum die ganze Sicherheit nötig ist."

„Den Plan eines Verrückten vorherzusagen, ist Wissenschaft."

Nahm ich die Bedrohung zu leicht? „Ja, aber sie können nichts tun. Ich meine, ich will nichts mit den Hartleys zu tun haben."

„Ich weiß das, und du weißt das, aber sie wissen es nicht."

„Also lass es mich ihnen sagen."

Er brach in Gelächter aus. „Du kommst Chad nicht mal in die Nähe."

„Aber wenn man der Schlange den Kopf abschlägt-"

„Könnte ein neuer nachwachsen. Lass mich das regeln, Grace."

„Wie lange wird es dauern? Nicht, dass es mich stören würde, dass du hier bleibst. Ich schätze die extra, ähm, unnötige Vorsicht."

„Bis wir die Bedrohung beseitigt haben und du wieder auf den Beinen bist. Der Salon wird Renovierungen brauchen, die wir virtuell durchführen werden, und wenn du wieder zur Arbeit gehst, wird alles vorbei sein."

„Und danach? Was wirst du tun, wenn ich kein Ziel mehr bin?", fragte ich.

Er holte tief Luft und stieß sie pfeifend aus. „Ich weiß es nicht."

Der Regen prasselte im Takt meines Herzens gegen die Scheibe, aber ich war mir nicht sicher, ob er mit Hunters im Einklang war. Er hatte keine Ahnung, was er wollte, und keine Zukunftspläne. Aber er hatte Platz für mich, und meine Zeit lief ab. Ich trank meinen Tee aus und stand auf.

„Ich sollte schlafen gehen. Ich rufe Emma gleich morgen früh an, damit sie herkommt." Wenn mich jemand zur Klinik bringen konnte, dann meine beste Freundin.

„In Ordnung."

„Und ich hätte gerne ein Update zu den Hartleys und wer ihnen erzählt, dass ich irgendetwas mit ihrem Anwesen zu tun haben will."

„Natürlich." Er nickte.

Ich ging verwirrt zu Bett, konzentrierte mich aber wieder auf das Ziel. Nur irgendwo tief in meinen Träumen malte dieses Ziel ein Bild von Hunter, der unseren Sohn auf einer Schaukel unter der Weide am Teich anschubste. Sie fütterten die Koi-Fische und kickten einen Ball, während ich meinen geschwollenen Bauch rieb. Das Geräusch ihres Lachens übertönte das Quaken der Kröten.

Das Klappern von Geschirr zwang meine Augen auf und holte mich aus dem kurzen Traum. Die Sonne schien zwischen den Vorhängen hindurch, und Vögel zwitscherten vor dem offenen Fenster. Ich streckte mich, sprang aus dem Bett, putzte mir die Zähne und zog meinen Schlafanzug aus, bevor ich Emmas Nummer wählte.

„Ich brauche dich sofort hier. Es ist ein Notfall."

Unten hatte Hunter das Frühstück im Wintergarten angerichtet. Der Duft von Kaffee und Croissants erfüllte das Haus.

„Du hast gebacken?", fragte ich.

„Sie waren tiefgefroren. Ich habe sie nur in den Ofen geschoben. Guten Morgen. Hast du gut geschlafen?"

Ich rückte meine Brille auf der Nase zurecht.

„Guten Morgen. Ja. Emma sollte bald hier sein. Was sind deine Pläne?"

„Ich wollte in deinem Pool schwimmen, aber es scheint, als hätte er sich in einen Teich verwandelt. Hast du die Seerosen und Kröten gesehen?" Er steckte sich ein Croissant in den Mund.

Tja. Fünf Jahre Vernachlässigung, und schon wird aus 'nem Pool ein Sumpf.

„Du wirst ihn reinigen?"

„Ich sollte bis zum Abend fertig sein, also ist es nett von Emma, dir Gesellschaft zu leisten."

*Perfekt.*

„Danke. Ich weiß das zu schätzen. Vielleicht können wir heute Abend schwimmen gehen?"

Er sah mich an, stellte aber keine Frage, und ich wollte wissen, was ihm durch den Kopf ging. Dachte er an all die Male, als wir herumgeplanscht hatten, nur um am Ende unter dem Mond auf den Poolstufen zu ficken? Denn ich tat es.

Er trank die Hälfte seines Kaffees aus, zog seine Badehose an und holte die Werkzeuge aus dem Poolhaus. Zehn Minuten später fuhr Emma in ihrem Jeep durch das Vordertor. Ich hielt die Tür auf und eilte sie hinein.

„Wo brennt's denn?"

„In meinem Uterus. Du hättest mich warnen sollen, dass er zurück ist."

„Du hättest ihn nicht gesehen, wenn ich es getan hätte. Und ist er nicht die perfekte Lösung für deinen brennenden Uterus?"

Ich griff nach meiner Handtasche. „Ich habe keine Zeit, Ems. Hunter reinigt den Pool. Wenn er dort bleibt, verschafft mir das die Zeit, die ich brauche."

„Lass mich raten. Du schleichst dich raus. Wusstest du, dass deine Nachbarschaft dieses Wochenende eine jährliche Poolparty veranstaltet? Ich habe auf dem Weg hierher mit Bev geplaudert."

*Scheiße.*

Mit Hunters Rückkehr hatte ich die Mädels von der Straße vergessen. Während die Party an Bevs Pool begann, erstreckte sie sich über ihre Einfahrt bis in den Hof, wo sie einen nassen Hindernisparcours aufbauen würde. Und ich hatte mich eingetragen, Hummer-Sandwiches mitzubringen. Ich musste bei Oliver in der Marina eine Bestellung aufgeben.

„Wenn Hunter mit seiner Arbeit fertig ist und reinkommt, sag ihm, ich hätte mir ein Schaumbad eingelassen und höre ein Hörbuch. Das sollte mir eine weitere Stunde verschaffen."

„Vielleicht solltest du die Hartley-Drohung ernst nehmen. Ich sollte mitkommen."

„Das ist die Ermittlerin in dir, die da spricht. Was du tun solltest, ist, mich zu decken, Emma. Das tun beste Freundinnen, und du schuldest mir was."

Ihre Schultern sackten nach vorne. Emma war nicht die Einzige, die ihren Willen bekam.

„Na gut. Sei einfach vorsichtig. Kann ich wissen, wohin du gehst und wie du dorthin kommst?"

„Ich lasse meine Eizellen entnehmen, und du bestellst mir ein Uber."

ICH SAß AUF dem weichen Sofa im Wartebereich der Klinik und zappelte wie ein Fisch auf dem Trockenen. Ein Pärchen kuschelte auf dem Sofa neben mir. Er war mindestens ein Jahrzehnt älter als sie, und sie wirkte jung. Anfang zwanzig war schon hochgegriffen. Er versteckte sich hinter einer Pilotenbrille und war wie Maverick gekleidet. Der Mann umklammerte die Hand der jungen Frau. Ein Kloß der Traurigkeit bildete sich in meinem Hals. Ich unterdrückte den Impuls zu schlucken. Ich hatte mir gewünscht, diese Reise mit einem Partner anzutreten, aber Hunter war mehr mit Seerosen und Kröten beschäftigt. Mir gegenüber flüsterte die Frau dem Mann etwas ins Ohr, und sein Griff verstärkte sich. Sein besitzergreifendes Festhalten ließ mich erschaudern.

*Hurra für's Alleinerziehend-Sein. Toll gemacht, Grace.*

In ein paar Wochen würde nicht nur mein Leben auf dem Spiel stehen. Sobald ich einen Spender gefunden hätte, könnte ich ein Baby in mir tragen, und ich würde über seinen oder ihren Weg entscheiden. Lorelei oder Lucas, oder beide, würden meine Babys sein. Kontrollierende Männer waren nicht mein Ding.

Ich sah auf meine Uhr. Wir waren fünfzehn Minuten hinter dem Zeitplan. Ich hatte Dr. Riley angerufen und um einen früheren Termin am Tag gebeten. Meine Eizellentnahme würde stattfinden, und es gab nichts, was Hunter dagegen tun könnte. Ich hatte das Handy, das er mir gegeben hatte, im Bad gelassen, damit er mich nicht orten konnte.

Meine Knie wippten und mein Herz schlug so laut, dass ich es in meinen Ohren hören konnte. Ich fixierte meinen Blick auf die Tür, sicher, dass Hunter hereinkommen und alles ruinieren würde. Schon wieder.

„Nervös?", fragte der Mann.

„Ein bisschen."

„Implantation oder ...?"

„Entnahme. Und ihr?", fragte ich.

Die Frau rutschte auf ihrem Sitz hin und her.

„Implantation."

„Glückwunsch." Ich lächelte. „Ihr müsst ja überglücklich sein."

„Hoffentlich nistet sich der Embryo ein. Wir haben noch einen verdammt langen Weg vor uns. Es ist nicht unser erstes Mal, aber wir wollen, dass unser Baby stark und gesund ist. Doktor Riley ist der Beste. Er wird sicherstellen, dass unser Baby ... rein ist."

*Rein? Das Wort ließ mich innerlich zusammenzucken. Was meinte er damit?*

„Viel Glück", sagte ich.

Die Empfangsdame rief, als ich gerade eine Zeitschrift aufnahm. „Grace? Dr. Riley ist bereit für Sie."

Ich schoss zu schnell vom Sofa hoch, stolperte fast und folgte der Krankenschwester nach drinnen. Eine halbe Stunde später lag ich in einem Papierkittel, während Dr. Riley den Ultraschall durchführte.

„Gibt es neue Spender auf der Liste?", fragte ich.

„Ja, heute Morgen wurde eine neue Liste in dein Konto in der Klinik hochgeladen."

Ich hatte keine Zeit gehabt, mein Konto zu überprüfen. Ich hatte immer noch keinen Laptop, und ich war zu beschäftigt damit gewesen, meine Flucht zu planen.

„Was denkst du aus deiner Erfahrung, Stephen, ist es besser, seinen eigenen Spender zu finden oder einen von der Klinik?"

„Du kannst mich hier auch Stephen nennen, Grace."

Dr. Riley war mit meiner Tante Mary zusammen – mehr oder weniger.

„Wenn du Zweifel an dem Ruf der Spender der Klinik hast –"

„Nein, habe ich nicht. Ich frage nur nach deiner Erfahrung."

Er bewegte den Ultraschallkopf und konzentrierte sich auf den Bildschirm.

„Sieht so aus, als müssten wir uns darüber noch keine

Gedanken machen. Es tut mir leid, Grace, aber es gibt zu wenige Follikel und keine reifen Eizellen. Sie sind größer als beim letzten Zyklus, aber immer noch nicht lebensfähig. Du wirst einen weiteren IVF-Zyklus durchlaufen müssen, und wir können es nächsten Monat versuchen."

Ich sank niedergeschlagen in die harte Matratze.

„Grace, das Beste, was du für dich tun kannst, ist entspannen. Druck und Stress können auf verschiedene Weise schädlich für deine Gesundheit sein. Nimm dir frei von der Arbeit. Ich weiß, dass du das kannst. Und unternimm etwas Schönes für dich selbst. Während du das tust, sieh, ob du einen guten Freund hast, der bereit wäre, Spender zu sein. Bester Freund."

„Ich weiß, dass du meine Vorgeschichte kennst, Stephen, und ich werde Hunter nicht fragen."

„Warum nicht? Ich habe gehört, er ist zurück."

„Es ist kompliziert. Zu kompliziert."

„Na ja, du weißt am besten, was gut für dich ist, aber lass dich nicht runterziehen. Und ich sehe dich auf der Nachbarschaftsparty."

„Du kommst als Date meiner Tante?"

„So in der Art." Er zwinkerte.

Dr. Riley war einer der jüngsten und brillantesten Fruchtbarkeitsspezialisten im Bundesstaat, und meine zweimal geschiedene Tante Mary war seit zehn Jahren mit ihm zusammen. Sie lebte in meiner Nachbarschaft, und obwohl Stephen in ihrem Poolhaus wohnte, war er der feste Freund meiner Tante.

„Bringst du jemanden mit?"

Wenn Hunter zustimmte, hätte ich keine andere Wahl, als ihn mitzubringen.

„Hunter. Er besteht darauf, mich zu beschützen."

„Die Hartley-Sache?"

Ich nickte. „Ich sollte gehen. Ich glaube, dein nächster Termin wartet schon."

Seine Augenbrauen zogen sich zusammen. „Ich habe keinen

weiteren Termin bis zum Mittagessen, weil ich eigentlich erst zum Mittagessen hier sein sollte. Deshalb konnte ich dich heute Morgen noch dazwischenschieben. Die sind wahrscheinlich wegen eines anderen Arztes hier."

„Danke für deine ganze Hilfe, und es tut mir leid, dass ich deinen Vormittag in Anspruch genommen habe."

„Das wird dein dritter Zyklus sein, Grace, und du weißt ja, was man sagt – aller guten Dinge sind drei."

Ich zog mich an und verließ die Klinik mit einem überwältigenden Druck in der Brust. Verlust, obwohl ich wenig verloren hatte, erfüllte mich. Die Enttäuschung nagte an mir. Ich überquerte die Straße zum Café, holte mir einen Vanille Latte und machte mich auf den Weg zum Bäcker. In diesem Moment spürte ich, wie mich jemand von der anderen Straßenseite anstarrte. Ein Mann stand im grellen Sonnenlicht, die Kapuze seines Sweatshirts über den Kopf gezogen. Er scrollte durch sein Handy und schaute gelegentlich auf den Verkehr.

Ich beschleunigte meine Schritte und warf einen verstohlenen Blick auf den Mann in der Spiegelung des Schaufensters. Der Mann überquerte die Straße, wurde dabei fast von einem Taxi angefahren und ging schneller. Ich bog links in die erste Tür ein und betrat ein Geschäftsgebäude. Der Korridor war weitgehend leer. Eine Reihe von Büros erstreckte sich über die gesamte Länge: Versicherungsagentur, Immobilien, Anwälte. Leider keine Polizei, aber eine Anwaltskanzlei würde genügen. Ich steuerte auf die Kanzlei Mercer & Williams zu und hoffte insgeheim, dass einer meiner Brüder dort sein würde.

Ich blickte über meine Schulter und atmete erleichtert auf, als ich ihn nicht mehr sah; doch genau in diesem Moment packte jemand meinen Arm. Ein großer Mann zog mich in einen Waschraum-Korridor und legte seine behandschuhte Hand über meinen Mund.

# Kapitel 1

## Hunter

„Wo ist sie, Emma?", fragte ich, nachdem ich die Nummer meiner Cousine gewählt hatte, sobald mir klar wurde, dass Grace kein Bad *nahm*.

*Wenn ich zu spät komme, ist Emma dran.*

„Wer denn?"

„Ich schwöre bei Gott, Ems, wenn du es mir nicht sofort sagst, erzähle ich Julian, dass du dich rausgeschlichen hast, um Eric Waters auf seiner Ranch zu treffen."

„Wenn du das tust, erzähle ich Grace, dass du sie immer noch liebst."

„Du wirst Grace gar nichts erzählen können, wenn du ermordet wirst. Wo ist sie?"

Sie stieß die Luft mit einem Grunzen aus. „Fruchtbarkeitsklinik. Ihr Termin müsste bald vorbei sein."

Als Nächstes wählte ich Scars Nummer. Er war näher an der Klinik und konnte Grace schneller erreichen als ich. Fünfzehn Minuten später hielt ich am Bordstein vor Mercer & Williams. Jemand hatte einen unmarkierten SUV auf der gegenüberliegenden Straßenseite geparkt. Ich sprang aus dem Auto und nahm den Haupteingang ins Gebäude. Scar und Grace standen im Hauptflur und stritten.

„Du hättest was sagen können, anstatt mich zu Tode zu erschrecken." Ihre Arme flogen wild durch die Luft, während sie sprach.

„Du solltest im Haus bleiben, Grace. Bei Hunter. Es ist sein Job, dich zu beschützen."

Ihre Augen funkelten vor Ärger, während sie die Arme vor der Brust verschränkte. Ich eilte auf sie zu.

„Und es ist dein Job, in meinen Angelegenheiten herumzuschnüffeln und mir zu folgen?"

„Ich bin dir nicht gefolgt-"

„Wenn wir noch eine Minute hier bleiben, kommen sie rein", unterbrach ich. „Du hättest nicht weggehen sollen, Grace. Du wirst verfolgt."

Sie verdrehte die Augen.

„Ja, von meinem Bruder, und ich verstehe nicht, warum."

„Ich habe Scar angerufen."

„Und wie hast du mich aufgespürt?"

„Zum Glück weiß deine beste Freundin, was das Richtige für dich ist."

„Scheiß Emma." Sie biss die Zähne zusammen, Frustration pulsierte durch die Adern an ihrem Hals. Ich griff nach ihrer Hand, und sie riss sie weg.

„Lass mich los, Hunter. Niemand verfolgt mich außer ihr beiden Idioten."

Ich holte die Handschellen aus meiner hinteren Tasche und schloss eine Schlaufe um ihr rechtes Handgelenk. Ihr Kopf schoss nach oben. „Was machst du da?"

Ich klickte die andere Schlaufe um mein Handgelenk. „Ich stelle sicher, dass ich dich nicht wieder verliere. Scar, nimm meine Schlüssel."

Ich warf ihm die Schlüssel meines Bugatti zu. „Da ist eine Frau bei der Versicherung, Grace' Größe und Statur. Warum gibst du ihr nicht eine Mitfahrgelegenheit?"

Grace drehte mich herum. „Was tust du da?"

„Ich bringe dich in Sicherheit." Ich zog meinen Pullover aus und fädelte das Kleidungsstück über unsere Hände, um die Handschellen zu verbergen. „Versuch mitzuhalten."

Scar ging, und wir eilten in die andere Richtung. Ich bestellte einen Uber um die Ecke und zwei Blocks die Straße runter. Der Cadillac wartete bereits, als wir den Südausgang des Gebäudes erreichten. Ich rutschte neben Grace auf den Rücksitz.

Sie hob ihre gefesselte Hand. „Kannst du sie jetzt abnehmen? Wie du siehst, gehe ich nirgendwohin."

„Die Handschellen bleiben dran."

Der Fahrer warf einen Blick in den Rückspiegel, und ich gab ihm einen festen Blick, damit er seine Augen auf der Straße behielt.

„Ich will heute ein Update von meinen Brüdern. Einschließlich Scar."

„Sie werden vorbeikommen, wenn es ein Update zu geben gibt. Es ist wichtiger, dass du deine Mutter siehst. Ich habe sie zum Abendessen eingeladen."

„Toll, und wie soll ich bitte mit diesen Dingern kochen?" Sie schüttelte ihre Hand.

„Du müsstest dir keine Sorgen um Handschellen machen, wenn du zu Hause geblieben wärst, wie ich es dir gesagt habe."

„Wenn du mir erlaubt hättest, zur Klinik zu gehen, hätte ich mich nicht rausschleichen müssen. Was ist das? Anfängerfehler beim Babysitten? Ich bin verdammt nochmal siebenunddreißig."

Grace und ihr gelegentlich schmutziger Mund waren nichts, womit ich nicht schon früher umgegangen wäre. Ich stieß frustriert die Luft aus und behielt die Straße im Auge, um zu prüfen, ob wir verfolgt wurden. Grace verschränkte die Arme vor der Brust und zog dabei meine Hand über ihre Brust.

Ich drehte mich zu ihr. „Wie lief dein Termin?"

„Schrecklich. Meine Eizellen sind nicht gereift, und ich muss einen neuen Zyklus von Injektionen beginnen."

„Das tut mir leid."

„Tut es dir leid, Hunter? Denn du stehst mir im Weg, seit du zurückgekommen bist."

„Ich dachte, ich versuche, dein Leben zu retten."

„Na ja, alles nach diesem Teil."

„Du bist frustriert."

„Das haben wir schon festgestellt. Hast du mein Handy mitgebracht? Ich sollte mich nach dem Fortschritt im Salon erkundigen."

„Die Kostenvoranschläge für den Bau kommen heute rein. Ich habe in ein paar Stunden einen Anruf geplant."

„Super! Und ich nehme an, du wirst dabei sein?" Sie zog erneut an meinem Handgelenk und zog mich auf sich. Der gleiche süße Duft, der mich schon im Haus gequält hatte, traf mich hier, und ich strich ihr die Haare aus dem Nacken und schmiegte mich an ihr Ohr.

„Ich werde überall sein, Grace. Ich werde nicht schwimmen, wenn du es nicht tust, und ich werde nicht trainieren, wenn du es nicht tust. Ich werde dich rund um die Uhr im Auge behalten."

Sie versteifte sich. Ich zog mich zurück und lehnte mich im Sitz zurück. Wenn sie dachte, ich würde sie noch einmal aus den Augen lassen, irrte sie sich. Wir fuhren vor ihrem Haus vor, und Grace marschierte die Verandatreppe hinauf und zog dabei an meinem Handgelenk.

„Kein Grund zur Eile. Wir haben Zeit."

Sie blieb stehen und drehte sich um. „Du meinst wohl, du hast Zeit. Ich nicht. Meine Eizellen vertrocknen, und meine Gebärmutter wird jeden Tag feindseliger." Sie streckte ihren Arm mit der Handschelle aus. „Nimm die ab. Ich möchte mich frisch machen."

„In Ordnung, aber wenn du dieses Haus noch einmal ohne mein Wissen verlässt, kommen sie wieder dran."

Ich öffnete die Handschellen und beobachtete, wie ihr Hintern hin und her wackelte, als sie die Treppe hinaufging, was meinem

Schwanz völlig falsche Signale sendete. Ich hörte, wie der Wasserhahn aufgedreht wurde, und wählte Scars Nummer. „Deine Mutter kommt heute Abend zum Essen, um mit Grace zu sprechen."

„Sag es ab. Sie darf ihr nicht die Wahrheit sagen. Noch nicht. Du kennst Grace. Wenn sie merkt, wie wichtig sie als Ziel ist, dreht sie durch."

„Ich glaube, sie dreht noch nicht genug durch."

„Dann ist es deine Aufgabe, dafür zu sorgen, dass sie es tut. Chad hat sich Zugang zu Beths Krankenakte verschafft. Es ist nur eine Frage der Zeit, bis er eins und eins zusammenzählt."

„Ich glaube, er hat es schon getan. Ich weiß nicht, wie, aber er weiß es bereits. Sonst wäre der Salon nicht angegriffen worden. Ich würde meine Kronjuwelen darauf verwetten. Habt ihr eine ID für den unmarkierten SUV?"

„Nein. Wir überprüfen die örtlichen Überwachungskameras, um den Fahrer zu identifizieren. Du musst Grace einfach aus der Schusslinie halten. Oh, und tu mir einen Gefallen?"

„Ja?"

„Komm ihr näher. Sie wird dich brauchen, wenn sie die Wahrheit erfährt."

„Ja. Wir sprechen uns." Ich stieß einen Atemzug durch die Nase aus und legte auf.

Die Dusche lief weiter oben, und mein Magen drohte einzufallen. Ich öffnete den Kühlschrank und die Vorratskammer und holte die Zutaten für ein vegetarisches Casado, ein traditionelles costa-ricanisches Gericht, das ich während meiner Zeit dort schätzen gelernt hatte. Ich deckte gerade den Tisch im Wintergarten, als Grace hereinkam.

„Es riecht köstlich."

„Das sind die sautierten Gemüse. Ich weiß, du magst Avocado, Bohnen und eigentlich alles, was auf diesem Teller ist. Ich hoffe, du hast Hunger."

Sie lächelte breit. „Danke. Ich bin am Verhungern."

„Gut. Wein? Oh, Entschuldigung. Ich habe vergessen, dass du nicht mehr trinkst."

Sie straffte ihre Haltung. „Weißt du was? Ich glaube, nach diesem Morgen brauche ich ein Glas."

Ich schenkte ihr Lieblings-Roséschaumwein ein. Sie hielt das Glas unter ihre Nase und schloss die Augen. Ihre Wangen nahmen schnell die Farbe des Weins an, und ihre Schultern entspannten sich. „Es ist so lange her."

Ich hob eine Augenbraue. Ihre Augen flogen auf, als hätte sie gerade ihre eigene Heuchelei gehört. Sie war verletzt, und ich war derjenige, der den Schmerz verursacht hatte. Grace hatte jedes Recht, mein Trinken in Frage zu stellen.

„Das wird meine Chancen auf reife Eizellen nicht beeinträchtigen, oder?"

„Ich weiß es nicht. Ich bin kein Arzt."

Sie nahm einen winzigen Schluck, dann noch einen, und entspannte sich sofort in ihrem Stuhl. „Wie lief die Poolreinigung?"

„Gut. In ein paar Tagen können wir reinhüpfen."

„Weißt du, ich könnte eine Firma beauftragen."

„Trotzdem hast du es in fünf Jahren nicht getan."

Sie wandte sich wieder ihrem Essen zu.

Der frische Duft von Koriander und Limette umwehte meine Nase, aber ich legte meine Gabel beiseite und lehnte mich am Tisch nach vorn. „Wenn Paare Probleme mit der Fruchtbarkeit haben, aber sich zuerst um ihre geistige Gesundheit und ihre persönlichen Bedürfnisse kümmern, erhöhen sich ihre Chancen auf eine Schwangerschaft. Sie hören auf, sich um tägliche Temperaturen, Zyklen, Positionen und pH-Werte zu sorgen. Sie genießen den Prozess und den ganzen Sex der Welt, verlieren das Gefühl für Zeit und Ort, entspannen sich und werden schwanger. Du solltest es mal versuchen."

Sie nahm noch einen Schluck. Ihre Augenbrauen zogen sich zusammen und ihr Mund verzog sich langsam zu einem Grinsen.

„Na ja, es ist ja nicht so, als könnte ich dreimal am Tag Sex mit einer Pipette voller Sperma haben."

Wir brachen in schallendes Gelächter aus. Sie prustete los, und ich folgte, bis mein knurrender Magen mich ans Essen erinnerte.

„Du weißt viel über Fruchtbarkeit." Sie stach ihre Gabel in die Avocado.

„Was?"

„Die Temperaturen, Zyklen, pH-Werte?"

Ich zuckte mit einer Schulter. „Ich weiß nicht. Man lernt diese Dinge eben. Ich sage nur, da war eine Frau in Costa Rica, die das Baby ihrer verstorbenen Schwester adoptiert hat. Sandra und ihr Mann Tony hatten fünfzehn Jahre lang versucht, schwanger zu werden. Drei Monate nach der Adoption ihrer Nichte wurden sie schwanger. Außerdem hat Abuela – die Groß- mutter im Dorf – eine Truthahnbrust benutzt, um ein Schwein zu schwängern. Ich sage nicht, dass du ein Schwein bist, aber ich sage, du solltest dich entspannen und der Natur ihren Lauf lassen."

„Ich habe nicht mal eine Truthahnbrust, geschweige denn das Sperma." Ihre Schultern sackten herab, und ich kicherte.

„Du machst dir zu viele Gedanken. Alles, was du brauchst, ist direkt vor dir. Du bist gesund, erfolgreich und schön. Vielleicht ist dein Uterus wegen all des Stresses in deinem Leben noch nicht bereit."

„Aber ich hatte alles vor dem Angriff."

„Hattest du das wirklich?"

Sie schluckte gegen den Kloß in ihrem Hals. Ich hielt ihrem Blick stand, verzweifelt bemüht, in ihren braunen Augen zu lesen und sicher, dass sie vor dem Angriff nicht alles gehabt hatte, denn ich war nicht hier gewesen. Der Schatten einer vorbeiziehenden Wolke unterbrach das Wunder, das zwischen uns hin und her sprang, und wir wandten uns wieder unserem Essen zu.

„Wir hatten hier einige gute Zeiten, nicht wahr?", fragte sie.

„Gute Zeiten, schlechte Zeiten. Jeder hat sie, nur in unterschiedlichen Proportionen."

„Seit wann bist du so klug?"

Ich zeigte ihr das Lächeln, das für Niederlagen reserviert war, und rieb meine Hände. „Leider ein bisschen zu spät."

Ich würde die Reue über meine vergangenen Entscheidungen bis zu meinem Tod mit mir tragen. Grace zu verlassen, hatte uns beide verletzt und alles verändert. Ihre Lippen öffneten sich, und sie sah mich an, als würde sie mich zum ersten Mal wirklich sehen. Ich widmete mich wieder meinem Casado und nahm einen weiteren Bissen.

„Ich habe die Hummerrollen vom Marina für das Nachbarschafts-Barbecue bestellt."

„Danke. Ich schätze deine Hilfe wirklich sehr. Ich fühle mich sicherer, wenn du hier bist."

„Natürlich." Ich nickte.

Grace leerte ihr Weinglas, und ich füllte es nach. „Gibt es etwas Neues von den Hartleys? Kannst du ihnen nicht sagen, dass sie alles falsch verstanden haben?"

Ich zog beide Augenbrauen hoch. „Mit Mafiakönigen vernünftig reden?"

„Wisch mich nicht ab, Hunter. Ich meine es ernst. Weißt du, heute sollte eigentlich ein glücklicher Tag sein, und das war er nicht, also kannst du mir wenigstens die Wahrheit sagen, damit ich diesen Stress loslassen kann."

Ich legte meine Gabel wieder hin. Bei diesem Tempo würde ich das Mittagessen erst zum morgigen Frühstück mit Eiern Benedict beenden, das mich seit fünf langen Jahren gerufen hatte.

„Du willst nicht gestresst sein? Mach einen Spaziergang durch die Rosengärten. Setz dich in den Whirlpool. Du hast all diese Annehmlichkeiten um dich herum, aber du nutzt sie nie. Betrachte es als einen Kurzurlaub. Und ich verspreche dir, ich versuche nicht, dich abzuwimmeln."

„In Ordnung." Sie legte ihre Gabel hin und schob sich vom Tisch weg. „Ich werde sie nutzen. Whirlpool, sagst du?"

Sie ging drei Schritte zurück und blieb in meinem Blickfeld. Ihre Augen schimmerten schelmisch, und ihre Lippen hoben sich zu einem verschmitzten Lächeln. Sie zupfte an ihrem Hemd und öffnete die Knopfreihe, wobei ein Spitzen-BH zum Vorschein kam. Mein Blick glitt entlang ihrer Brustlinie und wurde dann von ihren scharfen Handbewegungen angezogen, als sie das Hemd abstreifte und aus ihrer Shorts schlüpfte. Mein Blut schoss nach unten. Graces Dessous waren keine gewöhnliche von der Stange. Ihre gesamte Unterwäsche stammte aus dem Luxusgeschäft ihrer Tante Mary in Manhattan, und Das von ihr gewählte Spitzenkleidungsstück enthüllte alles, was meinen Schwanz in Ekstase versetzte. Der hautfarbene Stoff schmiegte sich an ihre Haut und gewährte einen Blick auf ihre rosafarbenen Brustwarzen, die von Sekunde zu Sekunde härter wurden. Ihr diamantener Bauchnabelpiercing funkelte in der Sonne, und ihre gebräunten Oberschenkel glänzten.

Grace übertraf an Sexappeal jede Frau, der ich je begegnet war. Mein Schwanz pochte, und die Enge in meiner Hose wurde unangenehm. Schnelle Herzschläge trommelten in meinen Ohren. Ich hätte sie verdammt nochmal an meine Seite gefesselt halten sollen.

„Was tust du da, Grace?" Ein Grollen rollte durch meine Brust.

Sie drehte sich um und präsentierte den String, der sich in ihren Hintern schnitt. Sie bewegte ihre Hüften hin und her, während sie in den Garten ging.

Die Stuhlbeine quietschten über den Holzboden, als ich mich wegschob, meine Brust vor Panik eng wurde.

„Ich entspanne mich im Whirlpool", sagte sie. „Wie wäre es, wenn du mir Gesellschaft leistest, Hunter?"

Da war es: ihr betrunkenes Angebot, all das Falsche zu tun, das ich wollte. Sie würde mir morgen vergeben, aber ich könnte mir selbst nicht vergeben. Ich konnte sie nicht auf den Pfad der Hoffnung führen, wenn es keine gab.

„Hunter? Kommst du zu mir?"

Sie neigte ihre Hüfte zur Seite und winkte mich mit ihrem Finger heran. Mein Magen zog sich zusammen. Ich war hungrig, aber nicht nach Essen. Das neue Menü in meinem Kopf buchstabierte nur ein Wort: Grace.

Ich stand auf und zog mein Hemd aus, dann blickte ich auf meine ausgebeulte Jogginghose. Mein Schnurrbart zuckte in der Ecke und verbarg ein Grinsen. Ich trat vom Tisch weg und ging ihr nach. Grace stieg in ihrem kaum vorhandenen BH und Slip in den Whirlpool. Ich wartete, bis sie sich in der Wanne niedergelassen hatte und mich ansah, dann ließ ich meine Hose fallen. Sie biss sich auf die Lippe.

*Was zum Teufel tue ich da?*

Mein Verstand kämpfte gegen meine Begierde, während ich sie betrachtete.

Die Düsen sprudelten Wasser, und der Duft des Blaureggens, der an der Pergola über uns hing, erfüllte die Luft. Ich hatte Grace nicht viel Romantik gegeben, als wir zusammen waren, aber sie hatte es immer verstanden. Lagerfeuerabende, Kajakausflüge, abgeschiedene Inselausflüge, die Hängemattennickerchen unter der Weide und überraschende Picknicks in ihren Rosengärten - das war alles Grace. Sie war romantischer, abenteuerlustiger und anmutiger als jede Frau, die ich je getroffen hatte.

Ich ließ mich unter Wasser nieder, mein Schwanz hart und bereit und mein Kopf drehte sich mit all dem, was hätte sein können. Und doch war sie hier, bereit, willig und bei mir.

„Hilf mir, den Stress loszuwerden, Hunter."

Sie rutschte rüber, um sich neben mich zu setzen, aber ich hatte nicht erwartet, dass sie sich auf meinen Schoß setzen würde. Ihr weicher Hintern schmiegte sich auf meinen Schoß, als sie meinen Schwanz zwischen uns einklemmte. Ich strich mit meiner Hand ihren Arm hinauf und legte sie um ihren Nacken. Meine Finger verwoben sich in das Haar an ihrem Hinterkopf.

„Ich will nicht, dass du etwas tust, was du bereuen würdest." Ich zog sie näher an mich heran, meine Stimme kaum mehr als ein Flüstern, während ich meine Lippen über ihren schweben ließ. „Was ist mit deinen netten Nachbarinnen? Was wirst du ihnen beim Grillfest über uns erzählen?"

Ihr Atem strömte in meine Lunge und erinnerte mich daran, dass sie heute Abend Wein getrunken hatte, was meine Gedanken überlagerte. Sie bewegte sich und fuhr mit ihren Fingern durch mein Haar.

„Ich werde ihnen erzählen, dass du mich gegen meinen Willen festhältst, sexuelle Gefälligkeiten forderst und mich mit schmutzigen Namen beschimpfst."

*Verdammt, ja.*

„Ist es das, was du möchtest, Grace?"

„Was ich wirklich möchte", flüsterte sie, „ist, mir deinen Zauberstab auszuleihen."

# Kapitel 8

## grace

Das Zwitschern der Vögel weckte mich auf. Die Sonnenstrahlen leuchteten hinter meinen Augenlidern, und ich bedeckte mein Gesicht mit meinen Händen und drehte mich um. Die Laken hatten sich um meine Beine gewickelt, und mein Kopf dröhnte, als würde er gleich explodieren.

„Argh ...", grummelte ich. Ich schob die Bettdecke beiseite und merkte, dass ich nackt war.

Scheiße.

Ich schlüpfte wieder unter die Decke und stützte mich auf meine Ellbogen, dann griff ich nach meiner Brille. Der Nebel vor meinen Augen verzog sich, als ich mich auf Hunter konzentrierte. Er saß auf dem Stuhl neben dem Balkon mit einem Croissant in der einen Hand und einer dampfenden Tasse Kaffee in der anderen. Seine Jogginghose schmiegte sich an seine muskulösen Oberschenkel, seine Muskeln spielten unter der Haut wie lebendige Wesen und seine Bauchmuskeln glänzten im Morgenlicht, als hätte er sich eingeölt.

„Guten Morgen." Seine tiefe Stimme hallte durch den Raum und ließ mich erschaudern. Mein Gehirn vernebelte sich und in meinem Kopf hämmerte es.

„Morgen? Wie kann es schon Morgen sein, und was ist mit

gestern passiert?" Ich massierte meine Schläfen, und Erinnerungen an das gestrige Abendessen schossen mir durch den Kopf. „Wo sind meine Klamotten?"

Ich schaute auf, als Hunter aufstand und auf mich zukam. Seine festen Schritte auf dem Holzboden hallten in meinem Kopf wider. Das Croissant baumelte in seiner Hand, als er mir eine Tasse Kaffee reichte. Ich nahm einen Schluck und spürte sofort die belebende Wirkung des Koffeins.

„Letzte Nacht hast du hast dich im Solarium ausgezogen und bist dann in den Whirlpool gesprungen."

Mein Kopf schoss nach oben.

*Oh mein Gott! Der Whirlpool.*

„Dein Slip und BH waren durchnässt, also habe ich sie ausgezogen. Sie hängen im Waschraum."

Ich erinnerte mich an den Wein, die sanfte Brise und den sprudelnden Wasserstrahl zwischen meinen Schenkeln. Das Wasser blubberte; die Sonne briet mein Gehirn … und dann kam Hunter dazu, nackt. Die Erinnerung an seinen harten Schwanz, der sich gegen meinen Bauch drückte, weckte meine morgendliche Erregung.

Mein Kopf flog hoch, gerade rechtzeitig, um ein verschmitztes Lächeln zu sehen, das seinen Schnurrbart dehnte.

„Seh', der Kaffee hilft."

„Was ist gestern passiert?"

„Wir haben zu Abend gegessen, und du hast dich im Whirlpool entspannt."

Ich biss die Zähne zusammen. „Nein, ich meine, nachdem ich mich auf dich gesetzt habe."

Er schob das letzte Stück Croissant in seinen Mund. „Weißt du, was ich am meisten an Costa Rica vermisse?"

„Sind es Croissants?"

Er kaute zu Ende und schluckte. „Nicht nur Croissants. Gebäck. Alle Arten von Gebäck. Französisches Sauerteigbrot, Muffins und hausgemachtes Brot."

Er quälte mich, aber ich ging darauf ein.

„Gibt es kein Gebäck in Costa Rica?" Je schneller wir mit dem Gespräch über Essen fertig waren, desto schneller konnte ich herausfinden, was gestern passiert war.

„Es war nur schwieriger zu bekommen, wo ich war."

„Was hast du gegessen?"

„Fisch, Reis und Obst. An den Wochenenden holte ich mir im Dorf ein saftiges Steak."

Warum klang das in meinem Kopf so primitiv: Hunter, der auf Fleisch kaut und seine Kiefermuskeln arbeiten lässt? Ein Schauer lief meinen Rücken hinunter.

„Also, was gestern passiert ist-"

Er schob seine Hand unter die Decke und glitt mit seiner Handfläche über meinen Oberschenkel. Seine Finger strichen nach oben, entlang der weichen Haut zwischen meinen Beinen, als er sich zu meinem Ohr beugte.

„Was ist mit gestern?" Seine ruhige Stimme machte mich nervös, oder vielleicht war es die Nähe seiner Finger zu meinem Verlangen.

„Ernsthaft, Hunter. Was ist passiert? Haben wir ..." Ich brach ab, weil ich ihn nicht fragen konnte, ob ich mit ihm geschlafen hatte. Ich wusste, dass ich es gewollt hatte.

„Grace, du würdest dich daran erinnern, wenn ich dich gefickt hätte." Ein Hauch seines Atems erweckte einen Sturm von Hormonen in mir. Meine Brustwarzen verhärteten sich und heiße Erregung schoss durch meine Adern.

„Was, wenn ich dich gevögelt hätte?", fragte ich.

Sein Bart kitzelte meinen Hals. „Träum weiter."

Meine Augenbrauen zogen sich zusammen und er zog sich zurück.

„Wo hast du letzte Nacht geschlafen?"

„In der Nähe."

„Warum?"

„Du warst kurz davor, dich zu übergeben." Er machte eine Pause. „Und ich fühle mich besser, wenn du in Sicherheit bist."

Das Komische war, dass ich mich trotz des Angriffs sicher fühlte. Hunter war derjenige, der mich aus dem Gleichgewicht brachte und verwirrte. Hunter und der Wein. Ich nahm meine Brille ab und wischte den Beschlag von den Gläsern.

Ich schaute auf die Uhr. „Ich habe lange geschlafen."

„Schlaf ist Energie."

Die vibrierenden Hormone in meinem Körper gaben mir genug Energie. Ich setzte mich aufs Bett. „Zieh dir ein Shirt an, Hunter. Deine Bauchmuskeln lenken ab."

Seine Lippen verzogen sich zu einem Grinsen, bevor er ein Tanktop griff und es sich über den Kopf zog. Der hautenge Stoff tat wenig, um die gestapelten Muskeln zu verbergen.

„Ibuprofen steht auf dem Nachttisch, und das Frühstück ist in der Küche fertig. Du hast deinen Anruf mit dem Renovierungsteam verpasst, den ich für heute neu angesetzt habe. Und deine Mutter."

„Scheiße. Meine Mutter."

„Ruf sie einfach zurück und vereinbare einen neuen Termin. Das Ersatzhandy liegt in deinem Büro. Olivier wird die Hummerrollen morgen früh als Erstes liefern."

Wo war der unverantwortliche Mann geblieben, für den Partyplanung bedeutete, mit einer Flasche Alkohol aufzutauchen?

„Danke. Hast du Ibuprofen gesagt?" Ich blickte zum Nachttisch und nahm die Tablette.

„Das sollte gegen die Kopfschmerzen helfen."

„Woher wusstest du, dass ich Kopfschmerzen habe?"

„Du hast immer welche, nachdem du getrunken hast."

Ich hatte gedacht, es läge daran, dass Hunter nach einer durchzechten Nacht ausnüchtern musste, aber wenn ich darüber nachdachte, war er nicht der Einzige mit einem Glas in der Hand gewesen. Er hatte sich in fünf Jahren so sehr verändert. Der

Junge, der gegangen war, war als Mann zurückgekehrt. Ein muskulöser Mann... nach dem ich mich verzehrte. Vielleicht war es noch nicht zu spät für den Traum.

„Danke", sagte ich.

„Ich warte unten auf dich." Seine Augen kräuselten sich zu einem Lächeln.

Ich beobachtete die sich windenden Muskeln an seinem Rücken, als er wegging. Mein Blut erhitzte sich und mein Inneres vibrierte. Ich riss mich zusammen und gesellte mich zu ihm am Esstisch, wo er auf einem Laptop herumtippte.

„Der Smoothie ist für dich." Er zeigte auf das grüne Glas, das mit einem Minzblatt garniert war. „Er ist hydrierend."

Ich war ausgetrocknet, aber nicht wegen eines Katers. Es war er. Seine Präsenz, sein Körper und seine alpha-dominante Art über mein Leben hatten meinen Mund in eine Wüste verwandelt.

„Es tut mir leid, dass ich betrunken und dumm geworden bin."

„Du warst angeheitert und süß. Das ist alles."

Ich setzte mich ihm gegenüber an den Tisch. „Woran arbeitest du?"

„Ich hole den Rückstand mit meinem Team im Süden auf und organisiere die Sicherheit für die Grillparty. Scar kommt zur Party."

„Du hast ihn eingeladen?"

„Er kommt geschäftlich."

„Du meinst, er kommt, um auf mich aufzupassen."

„Seit wann seid ihr beide denn auf schlechtem Fuß?"

„Sind wir nicht, aber ihr beide verheimlicht etwas. Ich bin nicht dumm."

Er stieß einen lang gezogenen Atemzug aus. „Das bist du nicht, Grace. Du bist verletzlich, und wir versuchen, dich zu beschützen."

„Was ist mit den Narben, die ihr hinterlasst, wenn alles vorbei ist?"

„Narben?" Er rieb sich das Kinn.

„Die auf meinem Herzen." Ich sah ihm direkt in die Augen.

„Ich versuche nicht, dir wehzutun."

„Genau. Du bist dieser perfekte Mann, der halbnackt durch mein Haus schlendert, und ich weiß nicht, woher er kam. Ich verstehe nicht, warum das nicht vor fünf Jahren hätte passieren können. Ich meine, wir waren doch mal glücklich, oder?"

Er hielt meinem Blick stand. Seine dicken Augenbrauen zuckten, und Bedauern blitzte in seinen Augen auf.

„Du stresst dich schon wieder, Grace."

„Ich versuche zu verstehen."

„Das Einzige, was du im Moment verstehen musst, ist, dass du in Gefahr bist. Echte Gefahr. Wie viele Leute kommen zu dieser Party?"

*Oh nein.*

Er würde mich doch nicht an diesem Wochenende ins Haus sperren, oder? Ich brauchte meine Mädels. Ich musste mich über all die Hitze auskotzen, die Hunter in meinem Körper aufwirbelte.

„Wir sagen nicht ab, und ich verspreche, nicht von deiner Seite zu weichen."

„Wie viele Leute, Grace?"

„Ich weiß nicht. Fünfzehn Nachbarn mit jeweils etwa zehn Gästen, also 150, mehr oder weniger."

„Mehr oder weniger?"

„Manche sagen ab und andere ersetzen die Absagen, aber niemand führt eine genaue Zählung."

„Toll. Und du nennst das eine kleine Party?"

„Ich habe sie nie als kleine Party bezeichnet."

Er drehte seinen Kopf zur Seite und ließ die Schultern hängen. „Wird dir das nicht peinlich sein vor Bev und Susanne?"

Was gab es da peinlich zu finden? „Was? Wieso?"

„Weil ich die ganze Zeit an deiner Seite sein werde, Grace."

„Nein, natürlich wird mir das nicht peinlich sein. Sie kennen dich, und ... Es tut mir leid, dass du so empfindest. Ich ... ich habe dich nicht richtig behandelt, und das tut mir leid."

Er warf sich ein paar Trauben in den Mund.

„Du bist nicht die Einzige, die Schuld an unserer Trennung trägt. Ich war ein Arschloch und habe schreckliche Entscheidungen getroffen. Wenn ich zurückgehen und alles noch einmal machen könnte, würde ich mich anders entscheiden."

Sand kratzte in meinem Hals, und die Luft blieb weg. Es fühlte sich an, als würde auch mein Herz eine Pause einlegen. Hunter hörte auf zu kauen und lehnte sich über den Tisch. Seine blauen Augen wurden weich und versetzten mich zurück in die Vergangenheit.

„Ich hätte mich für dich entschieden."

Warum tat das so weh? Und warum würde er mich jetzt nicht wählen?

„Ich musste nach Costa Rica, um erwachsen zu werden."

„Es hat funktioniert", sagte ich, meine Worte kaum mehr als ein Hauch. „Es hat wirklich funktioniert."

Er saß still da und sah mich an, als wollte er mehr sagen, tat es aber nicht. Was entging mir?

„Ich habe einen langen Tag vor mir, und du hast in fünfzehn Minuten einen Anruf mit dem Renovierungsteam."

„Richtig. Arbeit. Verstanden. Danke für den Smoothie." Ich hob das Glas, stand auf und drehte mich auf dem Absatz um, um mich in mein Büro zurückzuziehen. Meine Gedanken rasten auf der Suche nach Antworten, die ich nicht finden konnte. Ich trommelte mit den Fingern auf den Schreibtisch. Sie hatten eine neue Kamera in der Ecke des Raumes installiert. Das Sicherheitssystem in meinem Haus schien übertrieben, und ich begann zu denken, dass die Polizei sich geirrt hatte. Der Angriff auf den Salon musste zufällig gewesen sein. Andererseits genoss ich es, Hunter in der Nähe zu haben.

Nach meinem Anruf beim Renovierungsteam nahm ich Kontakt zu Frankie und meinen Mitarbeitern auf und bestätigte ihre Anwesenheit für morgen. Cathy war vom Angriff noch immer erschüttert und blieb zu Hause, aber ich konnte es kaum erwarten, alle anderen zu sehen. Hunter saß den größten Teil des Tages am Esstisch und knabberte gleichzeitig an Keksen, Obst und Gemüse. Am Nachmittag machte ich ihm seinen dritten Kaffee und rief meine Mutter an.

„Hey, Mama. Es tut mir leid wegen gestern."

„Hunter sagte, du seist erschöpft eingeschlafen."

Ich schnaubte, und ihre Stirn runzelte sich. „Ja, so was in der Art. Mama, warum hast du ihn engagiert?"

„Um dich vor den Hartleys zu schützen."

„Nein, ich meine - warum ihn?"

„Musst du das wirklich hören?"

„Ja, das muss ich."

„Ich habe Hunter engagiert, weil jemand, der dich liebt, dich am besten beschützen wird."

*Wunderbar.*

Meine Cheerleaderin würde das bis zum bitteren Ende durchziehen, bis ich mit dem Höhlenmenschen vor dem Altar stünde.

„Wir sind getrennt, und wir werden nicht wieder zusammenkommen. Was ist jetzt los mit den Hartleys?"

„Es gab einen Fehler in den rechtlichen Unterlagen."

„Welche rechtlichen Unterlagen?"

„Grace, Schatz, lass deine Brüder sich um den Papierkram kümmern. Sie sind die Anwälte."

Ich seufzte. „Und wie geht es Papa?"

„Sie haben seine Dialyse auf viermal pro Woche erhöht, und er besteht immer noch darauf zu arbeiten."

„Er wird in diesem Büro sterben. Bring ihn nach Hause."

„Wir haben gerade sein Büro zurück nach Hause verlegt, also ist er zu Hause, und er treibt mich in den Wahnsinn. Ich vermisse dich, Grace. Es tut mir leid, dass ich morgen nicht kommen kann, aber ich sehe dich nach dem Wochenende. Wir müssen persönlich sprechen."

„Über die Hartleys?"

„Ja, auch über sie."

„In Ordnung. Ich sehe dich nach dem Wochenende, Mama. Ich liebe dich."

Wir legten auf, und ich nahm meinen Videoanruf vom Salon entgegen. Der Ort war ein Chaos, aber Frankie übernahm die Führung, und der Plan, den er ausgearbeitet hatte, war perfekt entworfen. Mein Manager brauchte eine Beförderung und eine Gehaltserhöhung. Nach dem Anruf beantwortete ich E-Mails und kaufte online neue Ladenausstattung ein. Meine Fruchtbarkeits-App klickte auf dem Bildschirm für ein Update, und ich sank in meinem Sitz zusammen. Was hatte es für einen Sinn, über nichts zu aktualisieren? Ich würde in ein paar Tagen meine Periode bekommen und dann zum Kalender zurückkehren.

Am Nachmittag pflückte ich einige Rosen aus dem Garten und machte vier Sträuße. Hunter verlegte seinen Laptop und sein Tablett mit Nüssen auf die Außenterrasse, von wo aus er mich beobachtete. Ich machte eine Margherita-Pizza, und Hunter verschlang die Hälfte, bevor sie abgekühlt war. Am Abend fand ich ihn schnarchend auf der Wohnzimmercouch. Er bewegte sich, als ich ihn mit einer Decke zudeckte.

„Alles okay?"

„Tut mir leid. Ich wollte dich nicht wecken", sagte ich.

„Wie spät ist es?"

„Halb elf. Ich gehe ins Bett. Kommst du mit nach oben?"

„Ja, ich komme."

Er setzte sich auf und schob die Decke beiseite. Seine Jogginghose wölbte sich, als er aufstand, und ich sah weg. Er folgte mir die Treppe hinauf ins Schlafzimmer und bog ins Bad ab. Er zog seine Jogginghose aus, bevor er die Tür schloss, und ich erhaschte einen Blick, bevor ich unter die Decke schlüpfte. Ich hörte die laufende Dusche und stellte mir das fließende Wasser über seinen neuen Körper vor. Wir hatten so oft zusammen geduscht, und ich hatte ihn unzählige Male nackt gesehen. Nur hatte er jetzt einen anderen Körper und war ein anderer Mann. Ein Mann, dem ich endlich vertrauen konnte.

MUSIK DRÖHNTE, und ein Summen fröhlicher Unterhaltungen durchzog den Hof. Die Organisatoren hatten ein Zelt mit Reihen von Tischen voller Essen aufgebaut. Die sexy Diener meiner Tante liefen in ihren Smokings und Shorts herum und trugen Tabletts mit Getränken und Häppchen. Bev hatte eine aufblasbare Wasserrutsche und eine Menge anderer Wasserspielzeuge bestellt. Am Abend würden wir die Party in ihren Hinterhof verlegen, wo sich die Nachbildung von Hugh Hefners Pool befand.

Ich blickte hinüber zur nördlichen Ecke, wo meine Freundinnen sich an der Tiki-Bar versammelt hatten, und richtete die Blumenkränze um meinen Hals.

„Bist du nervös?", fragte Hunter.

„Nein." Meine Stimme zitterte. Sobald ich mich dem Gespräch mit meinen Cougar-Freundinnen anschließen würde, würden sie ihre manikürten Krallen in meinen Bären schlagen.

Er lehnte sich an mein Ohr. „Lügnerin."

Schauer liefen mir über den Rücken. „Okay, vielleicht bin ich ein bisschen nervös. Ich brauche Champagner."

Seine Augenbrauen schossen nach oben.

„Oh, schau mich nicht so an. Ein Glas Champagner wird mir nicht schaden."

„Champagner kommt sofort." Er schnippte mit den Fingern, und ein Diener brachte mir ein Sektglas.

„Trinkst du keins?", fragte ich.

„Nicht mein Favorit, und ich bin im Dienst."

Ich drehte mich im Kreis und streckte meinen Arm komisch

aus. „Siehst du irgendeine Gefahr? Denn alles, was ich sehe, ist ein Haufen geiler Weiber, die tratschen und Spaß haben."

„Es ist wie bei den Hausfrauen von Cougar Court." Er kicherte.

„Das sind keine Hausfrauen, Hunter. Meine Freundinnen sind erfolgreiche Geschäftsfrauen-"

„Die die jungen Diener deiner Tante genießen."

„Diener. Und sie sind professionell. Jetzt hör auf zu necken und geh auf die Rutsche."

„Ich klebe den ganzen Tag an deiner Seite, Grace. Ich gehe überall hin, wo du hingehst."

„Perfekt. Dann also die Rutsche." Ich hakte mich bei ihm ein, als jemand auf meine Schulter tippte.

„Grace? Da bist du ja."

Emma umarmte mich fest und flüsterte mir ins Ohr. „Ich hab dir so viel zu erzählen. Wie krieg ich dich weg?"

Sie wandte sich an Hunter. „Hey, Cousin. Hast du was dagegen, uns ein paar Minuten zu geben?"

„Tut mir leid, Ems, aber ich verlasse Grace's Seite nicht."

„Na gut, kannst du dich ein paar Schritte entfernen? Uns etwas Privatsphäre geben?"

Hunter kratzte sich am Bart, schnappte sich eine dampfende Brezel von einem Tisch und trat beiseite. Emma zog mich weiter weg.

„Hast du den neuen Typen gesehen, den deine Tante eingestellt hat?"

„Den mit dem Cowboyhut? Ja, hab ich gesehen, aber was zum Teufel, Ems? Warum hast du Hunter erzählt, dass ich in der Klinik war?"

„Er hat mich erpresst. Ich hatte keine Wahl! Aber es klingt, als hätte Scar dich gerade noch rechtzeitig gefunden."

„Woher weißt du das?"

„Es ist überall bei Silver Securities bekannt. Meine Brüder und Cousins versuchen alle, es unter Verschluss zu halten."

„Verdammte Hartleys. Kein Wunder, dass ihre Schwester durchgedreht ist."

Simone Hartley war mit Emmas Bruder zusammen gewesen, bevor er seine jetzige Frau Allie kennenlernte. Dann rastete sie aus und versuchte, Allie umzubringen, und verbüßt jetzt eine Strafe in einer psychiatrischen Einrichtung.

„Was hat Hunter gegen dich in der Hand?"

„Eric Waters."

Ich seufzte. Dafür hatte sie einen Freifahrtschein. „Na gut. Kannst du mir helfen, die Cougars in Schach zu halten?" Ich nickte zur Bar. „Sie werden Hunter in Stücke reißen."

„Ich bin bereit, wenn du es bist. Lass uns gehen und erobern."

Hunter folgte uns zwei Schritte hinterher. Unterwegs schnappte er sich einen Hot Dog und stopfte ihn in seinen Mund. Wir bestellten zwei Piña Coladas und gesellten uns zu Lexie, Carly und Susanne auf die Liegestühle. Hunter hielt sich bei der Palme zurück und scannte die Umgebung.

Die Mädels drängten sich um mich. „Also? Wer ist der neue Mann?"

„Er ist nicht neu. Es ist Hunter."

„Hunter der Poolboy?"

„Hunter der Mechaniker?"

„Hunter der Gärtner?"

Die drei fragten alle auf einmal, richteten sich in ihren Sitzen auf und senkten ihre Gläser. Sie starrten ungeniert, bis Hunter sich unbehaglich bewegte.

„Jap. Dieser Hunter", sagte ich.

„Lecker."

„Hey, das ist mein Cousin." Emma sprang auf. „Aber habt ihr den Typen gesehen?" Sie zeigte auf einen der Kellner, aber die Mädels schenkten ihr keine Beachtung.

„Mein neuer Gärtner sagt, Hunter wohnt hier." Lexie entfernte den seidenen Schal von ihren Schultern und hob ihre neuen Implantate.

„Hunter ist vorübergehend hier. Du hast einen neuen Gärtner?"

„Ziemlich süß, aber nicht so muskulös wie Hunter. Und er ist älter, also nicht mein Typ. Hey Ems, du stehst doch auf ältere Typen, oder? Vielleicht solltest du Rick eine Chance geben." Carly hob einen Margarita in die Luft.

„Tut mir leid, aber ich nehme keine Second-Hand-Ware, Carly." Emma zwinkerte.

Ich sah zu Hunter hinüber. Er lief zwischen der Palme und der Bar auf und ab und telefonierte. Als er fertig war, blickte er in meine Richtung und kam herüber.

„Grace, ich muss dich kurz entführen."

Carly jubelte, und ich verdrehte die Augen.

„Was ist los?", fragte ich.

„Sie haben die Angreifer geschnappt", flüsterte er.

„Perfekt."

„Scar ist auf dem Weg, und ich habe eine Akte im Haus."

„Dann hol die Akte."

Er kniff sich in den Nasenrücken.

„Ich komme schon klar. Ich warte hier."

„Bleibst du für mich bei den Mädels und Emma da drüben?"

„Ja – entspann dich, Hunter. Sie haben die Bösewichte gefunden. Das sind gute Nachrichten." Ich strich mit meiner Hand seinen kräftigen Arm hinunter, um seine Sorgen zu lindern. „Ich bleibe genau da." Ich zeigte auf die Liegestühle. Dann ging ich zurück zu den Mädels. Hunter behielt mich im Blick, solange er konnte, während er rückwärts ging.

„Ist er besessen?", fächelte sich Carly Luft zu. „Das muss er sein. Weißt du, was das bedeutet, Grace? Er würde dich im Bett verschlingen."

Emma sprang von ihrem Sitz auf. „Okay, das ist mein Cousin, über den wir hier reden, also werde ich mich mal zurückziehen. Ich verhungere. Lass uns ein paar von Oliviers Hummersandwiches holen." Sie packte meine Hand und zog mich von meinem

Sitz weg, fort von der Gruppe. „Ich dachte, du könntest eine Pause gebrauchen."

„Danke. Hunter spielt den Bodyguard für mich."

„Das liegt in der Familie."

Ich reichte ihr einen Teller mit einem Hummersandwich und knabberte an einer Selleriestange. „Hunter hat sich verändert."

„Du meinst, er ist erwachsen geworden."

„Nein, ich meine, da ist etwas anders an ihm."

„Nun, ich bin sicher, der Unfall-"

„Welcher Unfall?"

„Vor vier Jahren in Costa Rica wurde Hunter angeschossen und wäre fast lebendig verbrannt, aber das ist alles, was ich weiß. So ein Scheiß kann dir PTBS geben."

Ich erinnerte mich an die Narbe an seinem Oberschenkel und Bauch, als ich ihn gewachst hatte. „Ich kann nicht glauben, dass er mir das nicht erzählt hat." Der alte Hunter hätte mit Schusswunden geprahlt.

Emmas Handy klingelte mit der Melodie von „Achy Breaky Heart", und ihr Kopf schnellte hoch. „Das ist Eric."

„Eric Waters? Du solltest besser rangehen."

Ihr Blick flog vom Handy zu mir und wieder zurück zum Handy.

„Schnell, bevor er auflegt", drängte ich.

Sie nahm ihr Handy und ging ein paar Schritte zur Seite.

„Diese Hummersandwiches sind das Gesprächsthema der Party." Ich drehte mich bei der unbekannten Stimme um.

„Hallo", sagte ich. „Die sind Oliviers Spezialität."

„Vom Marina?", fragte er.

„Ja."

„Ich bin Rick. Ich bin Carlys neuer Gärtner."

„Stimmt. Sie hat dich erwähnt. Wie gefällt dir die Nachbarschaft?"

Und woher kannte ich ihn?

„Was gibt's da nicht zu mögen? Die Luft ist klar, die Drinks fließen, und die Frauen sind heiß."

Ich lachte.

Er schob seine Aviator-Sonnenbrille auf seinen Kopf.

„Woher kenne ich dich?", fragte ich.

„Ich glaube, wir haben uns in der Fruchtbarkeitsklinik getroffen."

Die Erkenntnis setzte ein.

„Stimmt. Ist deine Frau bei dir?"

„Nein, sie besucht ihre Schwester in Chicago, also konnte sie nicht zur Party kommen. Ich saß zu Hause fest, als Carly mich freundlicherweise eingeladen hat. Es wird anders sein, wenn wir erst mal Kinder haben, weißt du? Wir werden Picknickausflüge machen, Campingtouren und Disney-Urlaube."

Es war alles, was ich wollte. Ich stellte das leere Piña-Colada-Glas auf den Tisch.

„Darf ich fragen, ob bei eurem Termin alles gut gelaufen ist?"

„Unsere Embryonen wachsen jetzt in einem Labor. Nächste Woche ist die Implantation."

„Glückwunsch. Das sind tolle Neuigkeiten. Und wie lange hat es gedauert?"

„Dritter Zyklus. Meine Frau hat vor dem letzten eine homöopathische Behandlung gemacht, und es muss gewirkt haben."

„Wirklich?"

„Weißt du, ich glaube, ich habe einen Prospekt in meiner Tasche bei Carly, falls du einen Blick darauf werfen möchtest. Alles natürlich und sicher. Dr. Riley hat die Behandlung genehmigt. Du kannst ihn selbst fragen. Ich war mir ziemlich sicher, dass er heute hier sein würde."

„Ich würde gerne den Prospekt sehen, aber ich brauche erst mal einen Drink."

„Ich empfehle die Limonade. Die löscht den Durst."

Rick drehte sich zum Tisch und goss mir einen Becher aus dem Spender auf dem Tisch ein.

„Danke. Erzähl mir jetzt von dieser homöopathischen Behandlung." Ich nippte an der Limonade.

Wir überquerten die Reihe Hortensien, und ich folgte ihm zum Seiteneingang zwischen Bevs und Carlys Häusern.

„Meine Frau hat die Pillen jeden Tag einen Monat lang genommen. Es soll helfen, die Eizellen reifen zu lassen, und es hat funktioniert."

Die Sonne strahlte von oben, und der Schweiß lief mir den Rücken hinunter. Ich trank die Limonade aus und stellte den Becher draußen auf einen Stein, fühlte mich benommen.

„Geht es dir gut?", fragte Rick. „Du siehst blass aus."

„Mir ist ein bisschen schwindelig."

Er nahm meine Hand und zog mich hinein, ein bisschen zu kraftvoll. Meine Knie wurden weich und knickten unter mir ein, aber Rick fing mich an den Armen auf und ließ mich zu Boden sinken.

„Was passiert hier?", flüsterte ich. „Ich ... ich bekomme keine Luft."

„Versuch einfach, dich zu entspannen, Grace." Er strich mit seiner Hand über meine verschwitzte Stirn. „Braves Mädchen. Es wird bald vorbei sein."

„Grace! Grace!" Ich hörte Hunters Stimme in der Ferne, aber meine Augen fielen zu, bevor ich antworten konnte.

# Kapitel 9

## Hunter

„Grace? Grace, wach auf, Schatz." Ich strich sanft über ihre Wange. Ihre Lippen waren blau und ihre Haut durchscheinend. „Es tut mir so leid. Ich hätte dich nicht allein lassen sollen."

Während wir mit Blaulicht ins Krankenhaus rasten, heulten die Sirenen des Krankenwagens. Der Sanitäter legte ihr einen Tropf, aber die Ärzte würden eine Magenspülung durchführen müssen.

Dieser verdammte Chad Hartley hatte Grace' Haus wochenlang observiert. Ich schoss aus dem Haus, sobald Silver Securities mich anrief. Keine Zeit zu verlieren. Jede Sekunde zählte. Scar folgte mir, während er nach seiner Schwester rief. Ich schrie ihren Namen und suchte in der Menge nach ihr.

„Grace!"

Ich erhaschte einen Blick auf Chads Kopf, als er die Seitentür zu Carlys Haus schloss.

„Grace!"

Ich rannte so schnell ich konnte, mein Leben zog an mir vorbei, und ich stürmte durch die Tür, gerade als Chad durch den Hinterausgang flüchtete. Grace lag bewusstlos im Flur, ihr Körper schweißgebadet. Wir hatten Sanitäter in Bereitschaft auf der Party, aber ich hätte nie gedacht, dass wir ihre Dienste in Anspruch nehmen müssten. Eine Minute später waren sie an Grace' Seite.

„Wird sie es schaffen?", fragte ich.

„Wissen Sie, was sie genommen hat?"

„Sie wurde unter Drogen gesetzt, aber es sollte nicht tödlich sein."

„Woher wissen Sie das?"

„Weil der Mistkerl, der ihr das angetan hat, sie lebend will", murmelte ich. „Und es ist meine Schuld, dass er sie fast gekriegt hat."

Mein Handy klingelte, es war Scar, und ich ging ran.

„Wie geht es ihr?"

„Genauso wie vor drei Minuten. Bewusstlos."

„Ich habe einen Limonadenbecher mit Rückständen gefunden und ins Labor geschickt. Ich gebe dir die Ergebnisse so schnell wie möglich."

„Danke, Scar. Hör zu, ich glaube, sobald es Grace besser geht, werde ich abhauen."

„Du willst sie verlassen?"

„Nein – ich nehme sie mit. Zumindest für eine Weile, weißt du? Ich weiß, er hat sich verkalkuliert, aber Chad ist zu nah dran. Er wird rasend sein, dass er sie nicht gekriegt hat. Er wird es wieder versuchen, und ich kann sie nicht hier lassen, wenn das passiert."

„Verstehe. Pass einfach gut auf sie auf, okay?"

„Scar?" Ich holte tief Luft und nahm Grace' Hand in meine. „Ich weiß nicht, was ich tun würde, wenn ich sie verlieren würde."

„Aber das hast du nicht."

„Wir waren direkt da. Wie konnte er durchkommen?", fragte ich.

„Er hat sich als Carlys neuer Gärtner ausgegeben, also werden wir unser Netz erweitern. Es heißt, er prahle jetzt damit, seine reine Rasse zu erschaffen."

„Scheiß auf seine reine Rasse. Sobald wir das Land verlassen haben, kommen wir nicht zurück, bis er eliminiert ist."

„Alles, um sie von diesem Bastard fernzuhalten. Halt mich über ihren Zustand auf dem Laufenden."

Ich legte auf und nahm ihre Hand in meine.

Grace' Familie hielt in den nächsten vierundzwanzig Stunden im Krankenhaus Wache. Sicherheitspersonal stand an ihrer Tür, und wir überprüften jede Krankenschwester und jeden Arzt. Sie führten eine Magenspülung durch, spülten ihn mit Aktivkohle und gaben ihr Flüssigkeit, aber sie erlangte das Bewusstsein nicht wieder. Nach vielen Untersuchungen und Tests sagte der Arzt, dass Grace einfach schlafe.

„Sie meinen, sie liegt im Koma?"

„Nein. Ich sage, dass bei Grace alles in Ordnung ist, aber der Stress und die Drogen halten sie im Schlaf. Weitere Flüssigkeitszufuhr wird ihr System spülen, und sie wird aufwachen."

„Sorgen Sie dafür, Dr. Simmons."

Vierundzwanzig Stunden später drückte Grace meine Hand, und ich hob meinen Kopf von ihrem Bett. Sie öffnete die Augen.

„Hey, Schöne. Du schnarchst wie ein Bär."

„Tu ich nicht." Sie lächelte und sah sich um. „Warum bin ich im Krankenhaus?"

„Chad Hartley hat dich auf der Party unter Drogen gesetzt."

Sie blinzelte mehrmals, und ihre Stirn runzelte sich.

„Denk jetzt nicht darüber nach. Ruh dich einfach aus. Wir fliegen ab, sobald du stark genug bist."

Sie hob ihren Kopf, und ich drückte sanft auf ihre Schulter, damit sie sich wieder hinlegte.

„Abfliegen? Wohin gehen wir?"

„So weit weg von diesem Bastard wie möglich."

„Hunter...", hauchte sie und schloss die Augen. Ich umschloss sanft ihre zarte Hand mit meiner. Er war ihr so nahe gekommen.

Zu nahe, und es war meine Schuld. Ich wüsste nicht, was ich ohne sie machen sollte.

Sie schlief innerhalb von Minuten ein.

Einen Tag später wurde Grace aus dem Krankenhaus entlassen. Ich fuhr sie von dort direkt zum Flughafen.

„Ist das wirklich nötig?", fragte sie.

„Ja. Ich wünschte, du könntest dich an den Drogenmissbrauch erinnern. Dann würdest du die Sache vielleicht ernster nehmen."

„Ich nehme es ernst. Es fällt mir nur schwer zu glauben, was du sagst. Warum sollte ich ihm zu Carly gefolgt sein?"

„Er hat sich als Carlys Gärtner anstellen lassen, dich unter Drogen gesetzt und in ihr Haus gelockt. Er hat GHB in deine Limonade gemischt. Hör zu, es spielt keine Rolle, warum du hingegangen bist, aber du warst dort, was bedeutet, dass ich besser auf dich aufpassen muss, das ist alles."

„Es tut mir leid."

Ich parkte meinen Bugatti auf dem Rollfeld in der Nähe meines Jets.

„Wohin fahren wir?"

„Costa Rica."

DER WEG VOR uns wurde enger. Wir hatten einen Doppelroller vom Flughafen genommen, und Grace konnte kaum ihre Augen offen halten. Der Flug war vielleicht erschöpfend gewesen, aber erst als ich ihr ein Bild von Chad Hartley zeigte, während wir in zehntausend Fuß Höhe den Himmel überquerten, setzte das Bewusstsein ein. Sie kannte ihn irgendwoher von früher, aber sie konnte sich nicht erinnern. Scar sagte, der Bastard hätte sie wochenlang gestalkt. Mein Fehler hätte sie fast das Leben gekostet. Ich hätte ihr schon lange ein Bild zeigen sollen.

Sie klammerte sich wie ein Äffchen von hinten an mich, ihre Arme um meinen Oberkörper geschlungen und ihre Front an meinen Rücken geklebt. Die Nacht war gerade eingebrochen, als wir ankamen, und hüllte den Boden in Dunkelheit. Das nächtliche Konzert des Dschungels umhüllte uns – das rhythmische Zirpen der Grillen, das ferne Heulen der Brüllaffen und das gelegentliche Rascheln im Unterholz. Es war eine Symphonie der Wildnis, gleichzeitig beruhigend und beunruhigend. Ich würde bis morgen warten müssen, um Grace den Regenwald zu zeigen - und die Gefahren, die er verbarg. Sie umklammerte meinen Arm mit ihren Fingern.

„Du lebst im Dschungel?", fragte sie.

„Es ist ein Regenwald, und ich lebe in einem Öko-Haus." Ich nahm ihre Hand und bahnte uns einen Weg durch das überwucherte Grün. Mateo hatte es nicht geschnitten, seit ich weg war, aber ich sollte auch nicht so früh zurückkommen. Eine Woche weg von zu Hause machte diesen Ort unkenntlich. „Es muss geregnet haben, denn alles ist gewachsen."

„Ist es das, wie du gewachsen bist? Indem du Regenwaldwasser geschluckt hast?"

„Nein." Ich lachte erstickt. „Ich glaube, es war das Essen."

Wir hielten am Baumstamm an, einem Gewirr aus Wurzeln, die sich wie Brezeln verzweigten und verschlangen, alles unsichtbar in der Nacht.

„Okay, Grace. Du musst mich jetzt loslassen, und du musst mir vertrauen."

„Das gefällt mir nicht. Ich kann nichts sehen."

„Ich werde das gleich in Ordnung bringen, aber für den Moment vertrau mir einfach, okay? Mein Zuhause ist oben in einem Baum."

„Ich dachte, du machst Witze."

„Das tat ich nicht. Es gibt ein Seil-und-Flaschenzug-System. Ich werde morgen früh eine Leiter herunterlassen, damit es einfacher wird. Komm, tritt hierher." Ich führte sie zu der dreißig Zentimeter breiten Plattform. „In der Mitte ist ein Seil. Klemm das Seil zwischen deine Füße und halt dich fest. Ich sage dir Bescheid, wenn du absteigen sollst."

Ich setzte sie auf das Brett, meine Hände länger an ihrer Taille verweilend als nötig, und vergewisserte mich, dass sie den Knoten im Seil festhielt, bevor ich zog. Die Plattform wackelte, als sie sich erhob.

„Oh mein Gott! Hunter! Hunter!"

„Es ist okay. Noch fünf, vier" – ich zog bei jeder Zahl am Seil – „drei, zwei, eins. Steig ab. Egal in welche Richtung, aber mach einen großen Schritt."

Einen Moment später rief sie: „Hab's geschafft."

Ich zog am Flaschenzug und brachte die Plattform nach unten, dann benutzte ich dasselbe Seil, um in das Baumhaus zu klettern. Ich zündete ein paar Kerzen an, dann die Öllampe, und brachte den Generator zum Laufen. Grace stand in der Mitte des Raumes und beobachtete mich.

„Ich glaube, ich bin gar nicht mehr müde. Bleiben wir wirklich in einem Baumhaus?"

„Ich bevorzuge Öko-Haus."

„Und hier hast du gelebt?"

„Ja. Fünf Jahre lang. Es sieht bei Tageslicht besser aus. Es gibt ein komplettes Badezimmer in einem anderen Abschnitt und eine Dusche unten, aber die ist nachts nutzlos wegen all der Insekten und Schlangen. Ich bevorzuge den Wasserfall und habe dort drüben eine Schüssel mit Wasser gefüllt, und wenn du –"

„Hunter, stopp. Mir geht's gut. Ich bin ein bisschen durstig und müde, aber mir geht's gut. Du kannst mir morgen alles zeigen."

Ich griff nach der Tasche, die ich am Flughafen mit Softdrinks vollgestopft hatte, und öffnete eine Dose Cola.

„Genieß es. Die werden wir unten im Dorf nicht bekommen. Wasser ist so ziemlich alles, was du hier zum Trinken bekommst."

Sie nahm einen Schluck. „Und wie lange bleiben wir hier? Wie lange wird es dauern, Chad zu fangen?"

„Schon gelangweilt? Komm – das Bett ist im zweiten Stock."

„Es gibt einen zweiten Stock?"

Ich lachte. „Ja, mit einer besseren Aussicht. Es sieht nachts nicht nach viel aus, aber ich verspreche dir, es ist wunderschön am Tag." Ich zeigte ihr die Leiter. Sie stellte die Cola-Dose beiseite und kletterte hinauf. Ich trug die Laterne hinter ihr her und hängte sie an einen Asthaken, wo sie einen sanften Schein über das Bett warf. Das Kopfende des Bettes schmiegte sich an die Rückwand und erstreckte sich über die gesamte Breite des Raumes. Weißes Netzgewebe floss um seinen Umfang. Grace ging im Schlafzimmer umher und blieb am Fenster stehen. Mondlicht sickerte durch die Wolkendecke und beleuchtete das Blätterdach des Waldes. Sie wirbelte auf dem Absatz herum, die Augen weit aufgerissen. Das Flackern der Laterne erhellte die Aufregung, die ihre Augen erfüllte. Ich erwartete, dass sie auf mich zurennen würde, aber sie blieb an ihrem Platz stehen und zitterte.

„Ist dir kalt?"

„Nein, ich ... es fühlt sich an, als wären wir mitten im Nirgendwo."

Das waren wir.

„Ich bleibe in der Nähe. Du bist hier sicher."

Sie beäugte das Bett.

„Schlafen wir beide hier?" Ihre Mundwinkel zuckten, als würde sie ein Lächeln unterdrücken.

„Nein. Ich schlafe da oben." Ich zeigte auf das Netz über uns, und sie blickte nach oben.

„Ich fühl mich blöd, dir dein Bett wegzunehmen."

„Keine Sorge, es ist stabil, also werde ich nicht auf dich drauf fallen. Außerdem hattest du früher nie Skrupel, mein Bett zu besetzen. Genieß die Nacht, wir sehen uns morgen früh."

Ich drehte mich zur Leiter und kletterte die ersten drei Sprossen hoch, hielt aber inne, als ich ihre Stimme hörte.

„Hunter?"

„Ja?" Ich schaute über meine Schulter zurück.

„Danke. Für alles."

„Klar doch." Ich nickte. „Mach das Netz hinter dir zu, sonst fressen dich die Mücken bei lebendigem Leib."

„Mach ich. Gute Nacht."

„Nacht."

Ich erklomm die Leiter und kroch auf das Netz. Die Seile federten, als ich mich hinlegte. Die Wolken lichteten sich hinter dem Himmelsfenster, und um Mitternacht kam der Mond heraus. Grace schlief im Licht unter mir. Sie drehte sich auf die Seite und streckte ihre langen Beine über die Laken aus. Ihre Lippen öffneten sich leicht, und ein Anflug eines Lächelns umspielte ihren Mund.

Mein Schnurrbart zuckte. Ich muss beim Starren auf sie eingeschlafen sein, denn als ich aufwachte und sie nicht da war, schoss ich hoch. Mein großer Zeh verfing sich im Netz und riss fast ab, als ich mich abmühte.

„Grace?", rief ich.

Der verführerische Duft von frisch gebrühtem Kaffee stieg mir in die Nase, und ich erstarrte.

„Grace?" Ich sprang in meine Boxershorts und kletterte den Baum hinunter, aber sie war nirgends in der Nähe. Eine kleine Feuerstelle qualmte, und ein Topf mit kochendem Wasser stand neben dem Felsen. Zwei dampfende Tassen Kaffee standen auf einem Baumstumpf. Ich bahnte mir einen Weg durch das Blattwerk zum Flussufer, wo ich Grace unter dem Wasserfall baden sah. Ich formte meine Hände zu einem Trichter und rief: „Grace!"

Sie drehte sich um und wischte sich das Wasser aus den Augen. Ihr T-Shirt klebte an ihrer Brust und zeichnete ihre Brüste und Brustwarzen nach, und ihr Spitzentanga hätte genauso gut nicht da sein können.

„Hast du die Anakonda gesehen?", rief ich ihr zu.

„Anakonda?"

Sie presste ihren Rücken gegen die Felswand, mied den

Wasserrand und schob sich seitwärts, bis sie mich am Ufer erreichte. Ich wickelte ein Handtuch um sie.

„Du hättest mich warnen können."

„Du kannst dich nicht einfach so alleine davonschleichen. Es ist zu gefährlich. Das mit der Anakonda war ein Scherz, aber du musst mir Bescheid geben, wenn du weggehst."

„Wie kann ein so schöner Ort gefährlich sein?"

Während ich sie vor mir stehen sah, mit triefenden Haaren, nassen Wimpern und schmollenden Lippen, fragte ich mich das Gleiche. Mein Herz raste vor Sorge. Sie war so zerbrechlich in dieser rauen Umgebung, und der Gedanke, dass ihr etwas zustoßen könnte, ließ mich erschaudern. Ich musste wachsam sein, sie beschützen, ohne ihr die Freiheit zu nehmen, die sie so sehr liebte. In den fünf Jahren, die ich hier gelebt hatte, hätte ich mir nie vorstellen können, dass Grace mit mir nach Costa Rica kommen würde. Doch hier war sie, als wäre sie von der Schweizer Familie Robinson großgezogen worden.

Sie umklammerte das Handtuch vor sich und schaute nach oben. „Ich habe keinen Badeanzug." Wasser tropfte von ihren nassen Wimpern.

„Hier ist meilenweit niemand."

„Also sind es nur du und ich?"

„Plus ein paar Affen, Jaguare und Pumas."

„Keine Bären?"

Ich hielt meinen strengen Blick auf ihren gerichtet und senkte das Kinn.

„Du meinst das ernst?"

„Ja. Ich zeige dir alles, aber bleib in der Nähe. Immer. Es gibt einen Ultraschall-Zaun um das Grundstück, aber Tiere können durchschlüpfen."

„In Ordnung. Ich verspreche, in der Nähe zu bleiben, wenn du mir eine Tour durch dieses Paradies gibst. Lass mich raten – kein WLAN?"

Ich lachte. „Nein. Wir müssen den Berg hinaufwandern, um ein Signal zu bekommen."

„Hast du ein Handy?"

„Noch nicht."

„Kann ich Frankie anrufen, wenn du eins hast?"

„Ich habe Frankie gesagt, dass wir in den Urlaub fahren, bevor wir abgereist sind. Er hat die ausdrückliche Anweisung, dich nicht zu stören, und ich habe ihn für die Wiedereröffnung des Salons bei unserer Rückkehr verantwortlich gemacht."

„Wow. Danke. Und ... wann fahren wir zurück?"

„Scar und meine Brüder sind Chad auf den Fersen. Ace und Axel kümmern sich um die rechtlichen Unterlagen."

„Welche rechtlichen Unterlagen? Ich verstehe immer noch nicht, warum Chad hinter mir her ist. Warum hat er mich unter Drogen gesetzt? Was will er von mir?"

„Erschrick nicht, wenn ich dir das sage, aber wir glauben, er will, dass du ihm ein Kind schenkst."

„Was? Das... das kann nicht sein. Warum ich? Warum sollte er...?" Ihre Stimme brach, und sie zitterte sichtbar.

„Ich weiß. Es ist krank."

Ihr Gesicht wurde aschfahl und ihre Lippen verfärbten sich lila. „Oh mein Gott. Er war es."

„Wer?"

„Du nennst ihn Chad, aber ich kenne ihn als Rick. Wir haben uns in der Klinik getroffen und uns unterhalten. Deshalb fühlte ich mich auf der Party wohl mit ihm. Er wollte eine Broschüre über die naturheilkundliche Medizin holen, die seine Frau einnahm-"

„Er hat keine Frau. Er hat dich reingelegt."

Ihre Knie gaben nach und sie setzte sich zitternd auf den Stein. „Warum ich?"

„Der letzte Wunsch seines Vaters war ein Erbe."

„Und er hat mich ausgewählt? Was zum Teufel? Wollte er mich bei Carly vergewaltigen?"

Ich antwortete nicht. Sie schauderte und zog das Handtuch enger um ihren Körper.

„Du brauchst dir jetzt keine Sorgen mehr zu machen. Er wird dich nie finden, und er wird hinter Gittern sitzen, wenn wir zur Wiedereröffnung von Gracie's zurückkehren."

„Du lässt das alles so einfach klingen, während ich das Gefühl habe, dass mein Leben ein komplettes Chaos ist."

„Es ist kein komplettes Chaos." Ich nahm ihre Hand und half ihr vom Felsen. „Du bist hier bei mir, das ist perfekt. Jetzt sag mir, Jane, wie hast du Kaffee gemacht?"

Sie kicherte. „Ich habe ein Feuer angezündet und Wasser gekocht."

„Nein, ich meine, wie hast du das Feuer angezündet? Wir haben keine Streichhölzer."

„Ach so. Mit meiner Brille. Ich habe sie als Lupe benutzt, und sobald die Sonne das Papier und die trockenen Blätter traf, ging es schnell."

*Einfallsreich.*

„Wir haben Strom. Ich habe gestern Abend nur die Generatoren nicht eingeschaltet. Diese Öko-Lodge wird mit Solarenergie betrieben und ist völlig autark - typisch für die nachhaltige Lebensweise hier im Dschungel."

„Ich weiß nicht, was das bedeutet, aber wenn es der neue Name für Tarzans Zuhause ist, dann passt es für mich."

„Also bin ich jetzt Tarzan?"

„Wenn ich Jane bin, dann bist du Tarzan."

Ich zuckte mit den Schultern. „Wir nehmen die Roller runter ins Dorf, nachdem du dich angezogen hast, um Streichhölzer und Vorräte zu besorgen. Wir können dort frühstücken, denn ich bin am Verhungern."

„Hunter, ich werde bald Tampons brauchen."

„Das könnte ein Problem werden."

„Nein, nein, nein. Ich muss Tampons haben, oder zumindest Binden."

„Beruhige dich, Grace. Ich werde schon eine Lösung finden, auch wenn die meisten Frauen im Dorf ohne Hilfsmittel auskommen."

„Vielleicht hättest du ein anderes Reiseziel wählen sollen?"

„Keine Sorge. Wir kriegen das hin. Zieh dich an."

Ich räumte auf und zog mich an, während Grace in eine kurze Hose und ein Tanktop schlüpfte. Der schwarze Kaffee, den sie gebrüht hatte, schmeckte wie zu Hause. Wir nahmen den Roller runter ins Dorf, wo ich vor der Bäckerei parkte.

Paula begrüßte uns vor Abuelas Bäckerei.

„Cariño!" Ihre Arme flogen in die Luft und schlangen sich um meinen Hals. Sie küsste mich auf beide Wangen. „Dónde has estado? Te he echado de menos."

„Buenos días, Abuela. Ich habe dich auch vermisst."

Paula, eine von Abuelas Enkelinnen, trat nach draußen. „Buenos días, cariño. Du kommst zurück, um deine Frau zu holen?", fragte sie mit ihrem sexy spanischen Akzent.

„Was?" Graces Kopf schoss hoch, und ich warf Paula einen warnenden Blick zu – den sie ignorierte.

„Ich gebe dir hier Erinnerungen" – sie berührte meine Lippe und senkte ihre Hand zu meinem Schritt – „und gebe Erinnerungen hier, aber du gehst."

Ich bemerkte Graces Kichern und entfernte Paulas Hand von meinem Schwanz.

„Was passiert mit Haaren?" Sie fuhr mit ihren Fingern durch meinen kürzeren Haarschnitt.

„Ähm, ich habe mich ein bisschen gepflegt. Hör mal, querida. Puedes traer agua, por favor?"

„Cualquier cosa por ti, cariño." Ich lächelte dankbar und wechselte nahtlos zwischen Spanisch und Deutsch.

Paula und ihre Großmutter gingen nach drinnen, während wir uns an den einzigen abgestaubten Tisch vor der Bäckerei setzten.

„Hast du Hunger?", fragte ich.

„Ein bisschen."

„Ich werde zu Hause Fisch fürs Abendessen zubereiten, aber ich bin sicher, Abuela ist in der hinteren Küche und macht Frühstück."

„Oh, ich wusste nicht, dass wir bestellt haben."

Ich lachte. „Haben wir nicht, aber sie weiß, dass wir spät angekommen sind, und das reicht. Abuela ist die Chefin dieses Dorfes."

„Eine Oma?"

„Wer wäre besser geeignet, all die Frauen und Mädchen zu beschützen, als eine wilde Löwin? Ihr Mann starb beim Schutz der Mädchen, und sie war diejenige, die mich fand und meinen Arsch hierher schleifte."

„Sie hat dich gefunden?"

„Als ich meinen Kummer in einer Bar in San José ertränkte. Arme Abuela. Ich habe mich den größten Teil des Weges von dort bis zur Küste übergeben."

„Das ist widerlich."

„Sie ist eine entschlossene Frau."

Paula kam mit einem Tablett und zwei leeren Gläsern nach draußen. Sie ging über die Straße, drückte dreimal einen Hebel an einer Pumpe und füllte sie.

„Oh mein Gott. Ist das für uns?" Grace beobachtete, wie Paula die Gläser zu unserem Tisch zurückbrachte. Ich war ausgedörrt.

„Direkt aus einer Quelle. Sie speist sich aus dem Fluss, in dem du geschwommen bist."

Paula stellte die Gläser auf den Tisch, zwinkerte mir zu und wandte sich wieder der Küche zu. Der Duft von Eiern, Maispfannkuchen und gebratenen Kochbananen lag in der Luft. Ich hob das Glas, aber Grace hielt meinen Arm fest.

„Warte. Ich muss dir was sagen."

„Was denn?"

„Du kannst das nicht trinken. Ich hab in den Wasserfall gepinkelt."

Ich kicherte. „Okay."

„Du willst also verseuchtes Wasser trinken?"

Diesmal lachte ich lauter.

„Das Quellwasser kommt von tief unten, also ist dein Pipi längst weg und kommt gar nicht in die Nähe der Quelle. Trink einfach, du wirst dich dran gewöhnen müssen. Es ist das einzige Trinkwasser hier."

Sie nahm einen vorsichtigen Schluck, dann noch einen, bis sie ein halbes Glas geleert hatte. „Hunter, ich sehe hier keinen Supermarkt für irgendwas."

Ich lachte aus voller Brust.

„Komm schon, Grace. Wir haben Arbeit zu erledigen."

# Kapitel 10

## grace

Die Hitze nagte in meinen Nacken, und ich bedeckte mich mit einem Schal, den Abuela mir geschenkt hatte. Nach dem Frühstück machten wir einen Abstecher zur örtlichen Schule, wo Hunter eine Weile mit den Kindern Fußball spielte. Ich saß auf einer Bank und beobachtete sie, während sich vor mir eine Schlange von Einheimischen bildete. Der erste ältere Herr hielt eine Schere in der Hand.

„Corte", sagte er.

„Hunter! Was bedeutet corte?"

Aber er konnte mich nicht hören. Der Gentleman schnippte mit der Schere zwischen seinen Fingern und zog mit der anderen Hand an seinen Haaren.

„Schneiden?", fragte ich, und er nickte.

Mehr Einheimische reihten sich in die Schlange ein. Ich stand auf. Jemand hatte einen Stuhl vor mich gestellt und ich lächelte. „In Ordnung. Setzen Sie sich bitte."

Ich schnippelte drauf los und verlor nach dem vierzehnten Kopf die Zählung, während die Jungs Hunter über die Straße zu einer Hütte voller Roller brachten. Er werkelte an den Bikes herum, reparierte sie und startete einen nach dem anderen. Zwei

Stunden später kam er zurück, völlig verschmiert und verschwitzt. Ich hatte acht Frauen frisiert, einschließlich Paulas jüngerer Schwester, die, soweit ich es verstanden hatte, in wenigen Tagen heiraten würde. Hunter fuhr sich mit seinen öligen Händen durch die Haare. Schweißperlen rannen seine muskulöse Brust hinab. Seine Arme waren angeschwollen und Gott, sah er heiß aus. Paula brachte ein Tablett mit Ananas-Empanadas und steckte ihm eine in den Mund. Jesus, war sie sexy.

„Come, mi amor."

Er nahm einen Bissen, sie wischte die Krümel von seinem Bart, und ich beschloss, dass ich Spanisch lernen wollte. Eifersucht kitzelte in meinem Magen.

„Paula, ven!", rief Abuela, und Paula zog sich zurück. Ich beendete den vorletzten Haarschnitt und legte die Schere beiseite, knackste mit den Fingern.

„Wohin will sie, dass du gehst?", fragte ich ihn. „Sie sagte, come mi amor."

„Come heißt auf Spanisch iss. Sie wollte, dass ich esse."

Die Eifersucht in meiner Magengrube gewann an Kraft und sickerte in meine Adern. Verdammt, warum war ich so eifersüchtig auf diese Frau?

„Oh, jetzt verstehe ich, wie du all diese Muskeln über die Jahre gefüttert hast. Ich meine, Paula hat sie gefüttert."

„Paula, Maria, Rosetta ..." Sein Schnurrbart hob sich zu einem selbstgefälligen Muster, und ich verdrehte die Augen. Machte er das mit Absicht?

„Ich dachte, du hättest gesagt, sie hätten kein Gebäck, und trotzdem stopft Paula dir den ganzen Tag Muffins, Kekse und Ananas-Empanadas in den Mund. Und Gott weiß was noch."

„Würdest du mir lieber den Mund stopfen?"

*Ja.*

Und wie auf Knopfdruck verwandelte sich meine Eifersucht in Erregung. Hitze schoss durch meinen Körper und trieb mir den Schweiß aus den Poren. Ich nahm den Schal ab und fächelte mir Luft zu.

„Ich wasche mich kurz im Fluss, und dann fahren wir den Berg hoch, um ein WLAN-Signal zu bekommen."

*Ja!*

In Gedanken ballte ich triumphierend die Faust. Frankie stand ganz oben auf meiner Anrufliste, dann Emma und Carly. Ich würde mich auch bei Bev melden.

„Grace? Hörst du zu?"

„Ja, klar", log ich.

„Ich sollte nicht lange brauchen, und es sieht aus, als hättest du deinen letzten Kunden." Er zeigte auf ein kleines Mädchen, das auf dem Stuhl saß.

„Alles klar. Bis gleich", sagte ich.

Hunter ging, und Paula packte zusammen mit einem jungen Jungen zwei Taschen auf unseren Roller, eine auf jeder Seite, und brachte einen Behälter voll mit Kokosnusshörnchen.

„El favorito de Hunter", sagte sie.

„Gracias."

„De nada."

Ich saß auf dem Roller hinter Hunter, die Arme um ihn geschlungen. Als wir losfuhren, winkten die Kinder und liefen bis zur Dorfgrenze mit. Er schlängelte sich zwischen Bäumen und Büschen hindurch, Farne schlugen gegen seine Arme, bis er auf einen Pfad abbog, der den Berg hinaufführte.

„Hast du ein GPS im Kopf?", rief ich.

„Ja, hab ich." Mein Körper bebte mit seinem Lachen.

Wir fuhren an uralten Bäumen und mannshohen Farnen vorbei. Eine Affenfamilie folgte unserem Weg eine Weile, bevor sie sich in den Regenwald zurückzog. Etwa eine halbe Stunde später erreichten wir etwas, das wie ein Gipfel aussah. Er stellte den Roller an einen Baum und schaltete sein Handy ein. Die Luftfeuchtigkeit hing dick in der Luft. Tröpfchen klebten auf meiner Haut. Mein Herz trommelte, während ich auf das Piepen der Technik wartete, als das Handy ein Signal empfing.

„Mach's dir bequem. Es wird eine Weile dauern", sagte er.

Ich saß am Rand einer Klippe mit Blick auf ein Tal. Unten schäumte das Weiß der Stromschnellen eines Flusses. Weiter oben erstreckte sich die grüne Landschaft, so weit das Auge reichte. Der baumgekrönte Horizont erinnerte an militärische Tarnfarben in allen Grünschattierungen. Die Nachmittagssonne sank am Himmel. Ein Schwarm Aras flog vorbei. Ein Paar löste sich von der Gruppe und landete auf einem Ast. Sie beobachteten, wie ich sie beobachtete, und ich konnte einfach nicht aufhören zu lächeln. Ich schloss die Augen und lauschte dem Rascheln der Blätter, dem Zwitschern der Vögel und hin und wieder einem Tiergeräusch, das ich nicht zuordnen konnte. Gott, das war genau das, was ich brauchte. Die beruhigenden Geräusche verdrängten die Gedanken an dichten Verkehr, nörgelnde Kunden und ständiges Sirenengeheul in den Hintergrund meines Kopfes. Und Hunters beschützende Präsenz brachte mir die Freiheit zurück, von der ich nie wusste, dass ich sie brauchte. Endlich fühlte es sich an, als könnte ich wieder atmen.

„Grace?"

Ich sprang auf und presste meine Hand auf meine Brust.

„Heilige Scheiße, du hast mir fast einen Herzinfarkt verpasst." Ich nahm seine angebotene Hand und zog mich hoch. „Wie ist der Anruf gelaufen?"

„Gut. Sie haben alle von der Party befragt. Chad hielt sich bedeckt, und Cindy hatte ihn niemandem vorgestellt."

„Ich wette, das Gericht ist ein Bienenstock voller Klatsch. Was noch?"

„Sie haben eine Spur von Chad, aber das ist alles, was ich weiß. Auf jeden Fall bleiben wir hier, bis er gefasst ist. Wir können zurückkehren, sobald er hinter Gittern sitzt."

Wie würde das aussehen, wenn Chad aus dem Bild wäre – unser Leben? Würde Hunter bleiben? Würde er gehen? Wollte ich das? Ich wusste nicht, wie ein Leben ohne Hunter aussehen würde. Moment mal – ich wusste es doch, denn ich hatte die letzten fünf Jahre ohne ihn verbracht. Trotz meines Erfolgs waren es die elendsten Jahre meines Lebens, und ich wollte nicht länger allein sein. War dies unsere Chance?

„Kannst du Emma für mich anrufen? Ich muss auch mit Frankie sprechen."

„Tut mir leid, aber das kann ich nicht machen."

„Warum nicht?"

„Weil es nur eine Nummer gibt, die ich von hier aus anrufe, und die ist verschlüsselt, um unter dem Radar zu bleiben."

„Du machst das mit Absicht", ich schmollte.

„Das tue ich nicht, Grace. Wir können nicht riskieren, aufgespürt zu werden."

Ich zog einen Schmollmund.

„Wenn dich das beruhigt, mein Bruder James hat bei Frankie wegen des Salons nachgehakt, und alles läuft gut. Komm jetzt – wir müssen es nach Hause schaffen, bevor die Sonne untergeht."

Er startete den Roller wieder, und ich setzte mich hinter ihn. Meine Gliedmaßen schmerzten, und die Tageshitze stieg mir zu Kopf. Ich hielt mich fest und lehnte meinen Kopf an seinen Rücken. Er hielt an einer Hängebrücke und drehte sich um.

„Ich brauche, dass du hierfür die Augen schließt."

„Warte – wir fahren da rüber?" Ich zeigte auf die Reihe von Planken, die mit Seilen verbunden waren.

„Ja."

„Die wird nicht halten."

„Sie hat schon mehr gehalten. Jetzt schließ die Augen, lass nicht los und schwanke nicht. Verstanden?"

Wenn es so sicher war, warum gab er mir dann all diese Anweisungen?

„Verstanden."

Ich verstärkte meinen Griff und schloss die Augen. Er gab Gas und beschleunigte. Der Untergrund wechselte von Erde zu

Planken und Luft. Mein Körper bebte mit seinem, als er über die Brücke fuhr. Das Geräusch loser Planken klapperte in meinen Ohren. Der Wind blies stärker durch das Tal und drückte von rechts gegen uns.

Was, wenn wir fielen? Was, wenn wir unsere Chance verlören? Was, wenn ich ihn verlöre?

Wir kehrten auf festen Boden zurück, und die Vibrationen hörten auf, aber mein Körper zitterte immer noch. Hunter ließ mit einer Hand den Lenker los und strich über meine, während ich mich an seiner Brust festhielt. Je tiefer die Sonne sank, desto schneller fuhr Hunter, und als wir ankamen, berührte die orange Scheibe der Sonne gerade die Bergspitzen.

„Wir werden den Sonnenuntergang verpassen", sagte ich.

„Nicht, wenn wir uns beeilen. Komm."

Er stellte den Roller an seinen Platz, schlang die beiden Taschen über seine Arme und nahm meine Hand, während er mich durch das Blattwerk und den felsigen Hügel hinauf führte. Lichterketten flackerten um den Baumstamm, und ich blickte hinauf in das Blätterdach, wo Tausende weitere durch die Äste geschlungen waren.

„Hunter, das ist wunderschön."

„Es ist solarbetrieben, sollte aber bis zum Morgen halten. Lass uns gehen. Es ist fast so weit."

Er half mir den Seilaufzug hinauf, und ich rannte zum Rand des Schlafzimmers und kletterte vorsichtig auf das Netz darunter.

„Hunter, beeil dich."

„Das ist nicht der richtige Ort, Grace. Wir müssen höher klettern. Komm schon."

Ich folgte ihm zu dem Netz nahe der Decke. Er öffnete eine Luke und zog eine Leiter herunter, dann streckte er die Hand nach mir aus. „Du gehst zuerst. Ich führe und sichere dich. Schau nur nicht nach unten."

„Okay."

Ich kletterte Sprosse für Sprosse und blickte in das Blätterdach hinauf. Lichterketten funkelten um uns herum, und ich erhaschte die Sonne zwischen dem Laub.

„Die Aussicht durch die Blätter ist wunderschön. Ich bin schon ganz gespannt darauf, sie von oben zu sehen", sagte ich.

„Von unten sieht's auch nicht schlecht aus."

Ich hielt inne und blickte hinunter auf Hunters selbstgefälliges Lächeln - nur dass mir dabei auch klar wurde, wie hoch wir geklettert waren. Meine Knie wurden weich und mein Bauch drehte sich.

„Wow."

Hunter schob an meinem Hintern. „Schau nicht runter. Weiter, Grace."

Gott, ich wollte gar nicht wissen, wie wir wieder runterkommen würden. Ich nahm die letzten fünf Stufen, passierte das Blätterdach und trat auf eine Holzplattform. Meine Knie zitterten und mein Herz raste. Ich ging in die Hocke und berührte mit den Händen den Boden.

„Keine Sorge. Es ist stabil." Hunter hüpfte auf und ab.

„Hör auf damit! Bitte."

Er berührte meine Schultern und drehte mich sanft herum, damit ich die Aussicht sehen konnte.

„Oh mein Gott."

Die Sonne berührte den Horizont, ihr Glühen erfasste den Regenwald, so weit ich sehen konnte. Rosa- und Orangetöne zogen über den Himmel. Ich setzte mich hin, streckte meine Beine nach vorne aus und schloss die Augen, während ich den zwitschernden Vögeln und den sich wiegenden Bäumen lauschte. Hunter setzte sich neben mich, seine Schulter berührte meine.

„Wunderschön, nicht wahr?"

„Ich glaube, ich habe das Leben verpasst."

„Wovon redest du? Du hast das Leben beim Schopf gepackt. Du hast die Kontrolle übernommen und ein erfolgreiches Schönheitsimperium aufgebaut. Es ist alles, was du wolltest."

„Fast alles."

Er atmete ruhig durch die Nase aus. „Ich weiß, dass es stressig war, Grace, aber du kannst immer noch ein Baby bekommen", flüsterte er.

Ich? Nicht wir?

„Ja... ich, ähm, ich werde den neuen Fruchtbarkeitszyklus beginnen, sobald wir zurück sind."

„Siehst du, du hast einen Plan, und das ist mehr, als die meisten Leute haben."

Aber ich hatte doch Hunter, oder? Er war zurückgekommen, um mich zu beschützen, und ich konnte spüren, dass da immer noch etwas zwischen uns war. Ich zog meine Knie an die Brust, schlang meine Arme darum und blickte zu ihm hinüber, meine Augen bettelten um einen Hauch von Emotion, aber er blieb auf den Horizont fokussiert. Sein Gesicht und sein Bart hielten das Leuchten der Sonne, und obwohl er neben mir saß, fühlte es sich an, als wäre er auf der anderen Seite der Welt. Ich wünschte, er würde mich ansehen.

„Was ist mit uns passiert, Hunter?"

„Ich weiß nicht." Er folgte mit seinem Blick einem Schwarm Aras. Die Vögel verschwanden, die Sonne verbarg sich hinter der Baumgrenze, und er wandte sich endlich mir zu.

„Das ist eine Lüge. Ich weiß genau, was passiert ist. Ich war ein Arschloch."

Ich nahm seine große Hand in beide meine und drehte ihn zu mir. „Lass uns ehrlich sein - du warst ein einundzwanzigjähriger Junge, der auf Abruf Pussy bekommen konnte."

Er brach in Gelächter aus. „Ist das, was du dachtest, wonach ich aus war?"

„Nein. Ich wollte nur, dass du mich ansiehst."

„Ich sehe dich an, Grace."

Warum konnte ich nicht hinter die Wolken in seinen wunderschönen blauen Augen blicken? „Warum willst du nicht mit mir zusammen sein?"

„Das ist das Gegenteil von der Wahrheit."

„Also willst du mit mir zusammen sein?"

Er atmete lang und langsam aus, bevor er mit den Fingern durch sein Haar fuhr. „So sehr ich dich auch will, ich kann dir nicht geben, was du brauchst."

„Und woher weißt du, was ich brauche?", fragte ich leise.

„Weil ich dich kenne."

Der Himmel wurde dunkler, und seine Augen leuchteten wieder auf. Ich griff nach seinem Bart und strich mit meiner Hand über den Wuchs, dann höher zu seinem Wangenknochen. Er saß still wie eine Statue, aber der Schleier in seinen Augen lichtete sich langsam.

„Ich werde dich jetzt küssen, Hunter." Ich lehnte mich vor und nahm seine zögernden Lippen. Sein Schnurrbart kitzelte, und der würzige Duft des Waldes umhüllte mich.

Er zog sich zurück. „Grace-"

„Du willst mich nicht. Oh Gott, das ist so peinlich. Hier werfe ich mich dir an den Hals und denke, wir könnten-"

„Grace, hör auf. Ich möchte nur, dass du für einen Moment nach oben schaust."

„Was?"

„Schau nach oben."

Ich folgte seinem Finger zum Nachthimmel und den abertausenden von Sternen, die Lichtströme bildeten. Ein Meteoritenschauer zog über den Himmel. Mein Mund öffnete sich weit, und ich legte mich auf der Plattform zurück. Hunter kuschelte sich neben mich und benannte Sternbilder und Sterne. Ich hörte nur halb zu, weil das Atmen in meiner Brust seine Stimme übertönte. Ich wollte nicht, dass die Magie endete. Schließlich wurde er still und beruhigte das Chaos in meinem Kopf. Eine Sternschnuppe zog über den Nachthimmel, und ich machte einen unrealistischen Wunsch.

„Hast du dir etwas gewünscht?" Seine Stimme verklang zu einem Hauch, und wir drehten unsere Köpfe zueinander.

„Ja. Möchtest du helfen, ihn wahr werden zu lassen?"

Sein Körper spannte sich an und seine Augen verdunkelten sich. Seine Hitze umhüllte meine Glieder und entfachte Verlangen in meinem Schoß. Er strich mit seiner Hand meinen Arm hinauf zu meiner Wange, die rauen Polster seiner Finger zogen eine Wärmespur über meine Haut.

„Ich werde mein Bestes geben."

Seine heisere Stimme schickte Schauer mein Rückgrat hinunter.

„Aber ich sollte runtergehen. Ich meine, wir sollten nach unten gehen, bevor die Insekten rauskommen." Er schauderte, als ob er den Gedanken an Insekten hasste, und der Moment war vorbei.

„Du lebst im Regenwald und hast Schiss vor Insekten?", fragte ich.

„Frag mich nochmal, wenn dir eine riesige Tarantel in die Hose kriecht."

Mir wich alle Farbe aus dem Gesicht.

„Oder ein Käfer, aber das ist nicht so schlimm wie ein Waldskopion."

„Skorpion?"

Jetzt verstand ich die Notwendigkeit für all die Netze um das Haus herum.

„Der Stich ist nicht tödlich, aber du wirst ihn tagelang spüren."

Ich sprang auf die Füße. „Lass uns nach unten gehen."

Ich wartete nicht darauf, dass Hunter mir von all den anderen Krabbeltieren erzählte, und eilte die Leiter hinunter, ohne eine Stufe auszulassen. Ich wurde besser in dieser Kletter-Sache. Er schloss die Luke zum Dach und traf mich im Hauptraum, wo ein ovales Bett mit einem Netzbaldachin gegenüber der sich verdunkelnden Regenwaldaussicht stand. Lichter funkelten um den Umriss des Hauses, und Grillen zirpten.

„Geh duschen. Ich mache etwas zu essen und treffe dich in der Küche."

„Duschen unter dem Wasserfall?"

„Nein, im Badezimmer."

„Was?"

„Dusche im Badezimmer."

„Du hast ein Badezimmer?"

Er lachte. „Ich bin überrascht, dass du nicht danach gefragt hast. Moment – dachtest du, ich würde in die Büsche kacken und im Fluss baden?"

„Natürlich dachte ich das. Du hast im Fluss im Dorf gebadet. Ich... ich weiß nicht mehr, was ich von dir halten soll, Hunter Silver. Du hast dich in einen Höhlenmenschen, einen Bären und Tarzan gleichzeitig verwandelt."

„Tarzan? Ich dachte, du würdest mich für John Robinson halten."

Den Patriarchen der Schweizer Familie Robinson? Warum sollte er einen Familienvater erwähnen?

„Dann... warum hast du mich im Wasserfall baden lassen?"

„Falls du dich erinnerst: Ich habe geschlafen, während du dich alleine hinausgewagt hast."

Ich stieß einen Atemzug durch meine Nasenlöcher aus. Er stand grinsend vor mir, seine strahlenden Augen auf meine gerichtet.

„Also, zeigst du mir jetzt das Badezimmer, oder muss ich unter dem Mond im Wasserfall baden?"

„Klingt... interessant."

„Und gefährlich. Badezimmer?"

Er nahm meine Hand. Sofort schoss Hitze durch meine Adern. „Hier entlang."

Das riesige Öko-Haus wickelte sich um den Stamm des Baumes. Elegante Vorhänge wehten über den Netzfenstern. Ich folgte ihm an der Küche vorbei und durch eine Abtrennung zu einem Raum, der größer war als der Wohnbereich und das

Schlafzimmer. Überall funkelten Lichter. Seine enormen Füße klatschten im Takt meiner pulsierenden Eierstöcke gegen das polierte Holz. Ich fühlte mich, als würde ich in einem romantischen Märchen leben, einen attraktiven Mann inklusive.

„Ist das noch ein Schlafzimmer?", fragte ich, blieb stehen, zog an seiner Hand und zeigte auf das Bett hinter einem weißen Vorhang.

„Ja."

„Warum hast du letzte Nacht im Netz über mir geschlafen?"

„Weil es deine erste Nacht hier war. Ich wollte nicht, dass du allein oder ängstlich bist."

Es hatte mich beruhigt zu wissen, dass er in der Nähe war und über mich wachte.

„Danke. Also schläfst du heute Nacht hier?"

„Wir werden sehen."

War das ein Zwinkern? Was sollte das bedeuten?

Er öffnete eine Netzabtrennung nach draußen. Die Magnete verschlossen die Abdichtung hinter uns, und wir stiegen eine kleine Hängebrücke hinauf, die ebenfalls mit Netz bedeckt war. Als ich das Schwanken unter uns spürte, verstärkte ich meinen Griff um seine Hand. Wir betraten eine weitere Plattform, gingen durch noch eine Abtrennung und betraten ein ovales Badezimmer.

Mir klappte der Mund auf. „Hunter ... das ist ... das ist unglaublich."

Holz bedeckte den gesamten Raum, mit Ästen, die sich an den Wänden entlangzogen. Weitere Lichterketten funkelten um den Umriss herum und tauchten den Raum in ein warmes Glühen. Ein Schrank stand nahe dem Hauptast, mit zwei Waschbecken. Auf der anderen Seite, nahe dem Netzfenster, befanden sich zwei offene Duschen. Ich ging vorwärts und nahm die natürliche Dekoration und Schönheit in mich auf.

„Warum hast du zwei Duschen?", fragte ich.

„Als ich diesen Ort baute, dachte ich an dich."

Ich drehte mich um und fand ihn direkt hinter mir.

„Hunter ..."

Seine Hände glitten langsam an meinen Armen hinauf zu meinen Schultern. Er ragte über mir auf und zog mich langsam in seinen bärenartigen Körper. Mein Kopf hob sich und senkte sich dann auf seine Brust, bis er die Oberseite meines Kopfes küsste und ausatmete. „Grace ... meine Königin."

Ich zog mich zurück und sah auf. Da war er. Mein Hunter. Mein überfürsorglicher bester Freund, Liebhaber und Bodyguard. Er nahm mein Gesicht in seine Hände und strich mit seinen Daumen über meine Wangen.

„Ich ... ich liebe dich immer noch, Hunter. Ich habe nie aufgehört, dich zu lieben, und ich bin mir nicht sicher, ob ich es je kann." Mein Herz klopfte gegen meinen Brustkorb. Lag ich falsch? Denn es fühlte sich sehr richtig an. „Hunter, bitte sag etwas."

Stattdessen bedeckte sein Mund meinen und entlockte mir einen sinnlichen Kuss, der meinen Kopf durcheinanderbrachte. Seine Zunge glitt zwischen meine Lippen, und meine Arme fielen schlaff und reaktionslos an die Seiten.

Als er sich zurückzog, lehnte er seine Stirn gegen meine und atmete schwer.

„Ich habe auch nie aufgehört, dich zu lieben, Grace."

„Bitte sag jetzt nicht aber-"

„Aber wir verhungern beide."

Ja. Ja, das taten wir. Nur dass ich nach ihm hungerte.

Er küsste mich noch einmal, ganz sanft, und trat zurück, während er sich ein weißes Shirt über den Kopf zog. Es waren nur er und ich ... und Tausende funkelnder Lichter mitten im Nirgendwo.

„Und ich brauche eine Dusche."

Er stieg aus seiner Shorts, sprang heraus und stellte beide Duschköpfe an. Mein Bauch machte einen Salto, und meine Eierstöcke drohten vor emotionaler Überladung zu platzen, pochend durch mein Becken. Ich beobachtete, wie er unter den Wasserstrahl tauchte und seinen Kopf zurücklehnte. Er fuhr mit den Fingern durch sein Haar und drehte sich mit einem verschmitzten Grinsen um. „Sei ein braves Mädchen und wasch dich, Kleines, bevor das Wasser kalt wird."

Da war es. Zwei Worte, die das lodernde Verlangen in meiner Brust in ein Inferno verwandelten.

*Braves Mädchen.*

Na schön. Dieses Spiel konnten wir auch zu zweit spielen.

# Kapitel 11

## Hunter

Sie zog sich in Zeitlupe aus, und ich erstarrte, während ich ihren verträumten Blick hielt. Zuerst ging das Tank-Top, dann die Shorts, BH und Slip. Grace stand nackt da und beobachtete, wie mein Schwanz stramm stand. Ich ließ meinen Blick über ihren Körper wandern und sog ihre Kurven und ihre gebräunte Haut in mich auf. Erinnerungen an ihre weiche Haut überfluteten meinen Kopf. All die einsamen Nächte, die ich hier verbracht hatte, in denen ich meinen Schwanz zu Träumen von diesem Moment gestreichelt hatte, erschienen mir wie eine Verschwendung. Ich hätte das schon früher tun sollen, sie schon vor langer Zeit hierher bringen sollen.

Sie kam näher und streifte mit ihrem Arm meinen, bevor sie unter den Duschkopf schlüpfte. Ich schloss meine Augen und trat unter meinen eigenen Wasserstrahl. War das ein Fehler? Führte ich sie zu einer Zukunft, die sie niemals glücklich machen würde?

Ich zuckte zusammen, als ich ihre Hände auf meinem Rücken spürte.

„Entspann dich, Hunter. Ich gebe diesem Bären nur eine Bürste."

Ihre Hände strichen über meine Haut, ihre Nägel kratzten

sanft über den vernachlässigten Bereich und trieben mich in den Wahnsinn. Mein Blut schoss nach unten. Als ihre Hände tiefer wanderten, machten die Schauer, die meinen Rücken hinaufkrochen, eine Kehrtwende und folgten dem Pfad ihrer quälenden Berührung. Die lang vergessenen Streicheleinheiten kreisten über meine Haut und erweckten ein Verlangen, das ich zu unterdrücken versuchte. Meine Eier zuckten vor Dringlichkeit und mein Schwanz pochte. Sie nahm ihre Hand weg und raubte mir ihre Berührung, aber ich konnte spüren, dass sie immer noch hinter mir stand. Ich drehte mich um und sah sie an. Es waren nur sie und ich, und tausende verlorene Momente, die ich bereute.

Ein Brüllen ertönte von draußen, und Grace sprang in meine Arme, wobei mein Schwanz zwischen uns eingeklemmt wurde. Ihr nasser, weicher Körper schmiegte sich an meine Haut und stellte meine Geduld auf die Probe.

„Was war das?" Sie zitterte in meinen Armen.

„Wahrscheinlich ein Puma."

„So ein wilder?"

„Nein, die sind alle aus dem Zoo trainiert." Ich grinste.

Sie schlug mit ihrer Hand gegen meinen Arm und wich zurück, meine Augen lesend. „Ich meine es ernst. Ist schon mal einer eingebrochen?"

„Ja, bevor ich das Haus richtig gesichert habe."

Sie trat näher, berührte mich fast wieder.

„Hat er dich angegriffen?"

„Hast du die Narbe auf meiner Brust nicht gesehen?" Ich drückte meine Handfläche über mein Herz, und sie entfernte sofort meine Hand, auf der Suche nach der Wunde. Das war ein Fehler meinerseits. Ihre Finger fuhren durch meine getrimmten Brusthaare und entfachten meine Erregung. Merkte sie nicht, dass sie sich an mir rieb? Ich packte ihr Handgelenk, und sie sah auf.

„Ich mache nur Spaß. Ich hatte eine Signalpistole, und er ist gegangen. Nichts passiert." Ich drehte meinen Wasserhahn zu. „Dein Wasser wird langsam lauwarm. Beeil dich besser."

Sie räusperte sich und kehrte zu ihrer Dusche zurück.

„Richtig – nichts passiert."

Ich drehte die Dusche unbeholfen wieder an und wusch mich hastig, fertig bevor sie es war. Ich wickelte ein Handtuch um meine Hüften und warf unsere Kleidung in den Wäschekorb. Während Grace ihre Haare wusch, legte ich die Handtücher bereit.

„Ich warte drüben auf der Brücke auf dich."

Sie wischte sich das Wasser aus dem Gesicht. „Ja, okay."

In einer einsamen Nacht sang der Regenwald mit zirpenden Grillen und quakenden Kröten. Es half mir beim Einschlafen. Aber wie konnte ich schlafen, wenn sie sich mir anbot? Warum hatte ich sie geküsst? Warum brauchte ich sie, und warum machte ich ihr falsche Hoffnungen?

Ich beugte mich vor und stützte meine Hände auf das Seil. Die Brücke schwankte, hielt aber. Sie hatte schon viel mehr als mich getragen: einen Puma und mich. Dieser war nicht freundlich gewesen, und mein bester Freund Kali hatte mir das Leben gerettet. Ich hatte in dieser Nacht Glück gehabt. Am nächsten Morgen sicherte ich das Gelände und kaufte Waffen und Signalpistolen.

„Hunter?" Ich sprang bei ihrer Stimme auf. Sie wartete am Ende der Brücke, in ein Handtuch gewickelt. „Alles in Ordnung?"

Ich streckte mich nach ihr aus und nahm ihre Hand. „Komm. Wir müssen essen."

Wir überquerten die Brücke zurück zum Haupthaus. Ich ließ sie im Schlafzimmer mit einem Rucksack voller Kleidung, die ihre Mutter gepackt hatte, und richtete das Essen her, das Abuela und Paula für heute Abend vorbereitet hatten. Morgen würde ich Grace zum Angeln mitnehmen, und wir würden Obst und Gemüse in der Nähe des Flusses pflücken. Ich würde alles tun, um meine Gedanken von ihren kurvigen Hüften und ihrer weichen Haut abzulenken.

„Hunter?"

Ich erschrak zum zweiten Mal heute Abend bei ihrer Stimme und drehte mich um. Sie stand da in einem schwarzen, seidigen Top und Shorts. Der Stoff zeichnete ihre Brüste und Brustwarzen nach, und meine Bemühungen, mein Verlangen nach ihr zu unterdrücken, scheiterten.

„Du schleichst dich ständig an mich heran", sagte ich.

„Du bist es nur nicht mehr gewohnt, mit jemandem zusammenzuleben. Du vergisst ständig, dass ich hier bin."

„Ganz im Gegenteil, Grace. Du verlässt nie meine Gedanken."

Sie lächelte und schlenderte zum Esstisch. Mein Blick folgte ihren schwingenden Hüften. Ich schwöre bei Gott, sie machte das absichtlich. Sie glitt auf den Sitz der Holzbank und nahm eine Gabel in die Hand.

„Setz dich, Hunter. Du wirst deine Kraft brauchen." Sie zwinkerte.

Und Geduld. Sie vergaß, Geduld hinzuzufügen.

„Einen Moment. Ich habe etwas für dich." Ich holte eine Flasche Roséwein hinter der Theke hervor und schenkte ihr ein Glas ein.

„Es ist kein Rosé, aber meine Auswahl war begrenzt."

Sie leckte sich über die Lippen und zog damit meine Aufmerksamkeit auf ihren verlockenden Mund. „Versuchst du, mich betrunken zu machen?", fragte sie.

„Nein, Grace. Ich will dich auf keinen Fall betrunken machen."

„Entspannt?" Sie neigte den Kopf.

„Musst du dich entspannen?"

Sie überlegte einen Moment. „Na gut. Vielleicht ist entspannt nicht das richtige Wort. Wie wäre es mit befriedigt? Das letzte Mal, als mich ein Mann befriedigt hat-"

„Das will ich nicht wissen, Grace."

Sie lachte und schaufelte eine Gabel voll Reis und Bohnen in ihren Mund. „Das warst du."

Mein Kopf schoss nach oben.

„Warum bist du so überrascht?"

„Ehrlich gesagt dachte ich, du würdest jemanden finden, der dir ein Baby schenkt."

Sie nippte an ihrem Wein und räusperte sich. „Weißt du, Hunter, ich habe bereits jemanden gefunden, der der Vater meines Babys sein wird. Samenspender 43874 ist ein reifer Ingenieur. Er ist sportlich, hat blaue Augen und lockiges Haar. Am besten ist, dass ich mich nicht mit ihm über Babynamen oder das Stalken von Ex-Freundinnen streiten muss. Ich habe keine Zeit, nach einem Mann zu suchen, dem ich vertrauen kann. Ich vertraue dir und der Samenbank, also sind das meine einzigen Optionen."

Sie lag so falsch.

„Aber ich habe das Gefühl, du willst nicht über Babys reden."

Ich zuckte mit einer Schulter.

„Was ich nicht verstehe, ist, warum du so gegen Kinder bist, wo du doch definitiv weißt, wie man mit ihnen Fußball spielt-"

Ich lachte. „Du denkst, ich wäre ein guter Vater, weil ich Fußball spielen kann?"

„Nein. Ich denke, du wärst ein guter Vater, weil du beschützend, fürsorglich, hilfsbereit, liebevoll, großzügig und heiß bist."

„Aussehen macht keinen guten Vater."

„Aber einen sexy. Wir müssen nicht über Babys reden. Ich möchte einfach deine Gesellschaft und dieses Abenteuer im Regenwald mit ... meinem persönlichen Tarzan genießen." Sie zwinkerte. „Ich brauchte das, also danke."

Ich schnaubte durch ein Lachen. Tarzan. „Gern geschehen. Ich freue mich, dass du entspannt bist."

Sie stand auf, glitt aus ihrem Sitz und ging um den Tisch herum zu meiner Seite. Ich schob mich vom Tisch weg und beobachtete, wie sie auf mich zuschwebte. Ihre Hüften wiegten sich in einer hypnotisierenden Bewegung. Sie senkte ihre Lippen an mein Ohr, ihre Brüste fielen nach vorne, und murmelte: „Willst du mich nicht befriedigen?"

*Verdammt.*

Ihr Duft ließ eine Flut von Erinnerungen in meinen Kopf strömen. Insbesondere solche, in denen mein Schwanz tief in ihrer gründlich geleckten Muschi steckte. Sie spreizte ihre Beine und setzte sich rittlings auf meinen Schoß. Ihr Schritt rieb über meinen harten Schwanz. Ich vergrub meine Finger in ihrem feuchten Haar und zog ihr Gesicht vor meines.

„Ich würde dich nicht befriedigen, Grace." Meine Lippen vibrierten gegen ihre. „Ich würde dich vernichten."

„Das würde funktionieren." Ihr Mund zitterte und ihr Körper gab auf die Art nach, die ich mochte.

„Oh, Grace-" Ich drückte meine Nase in die Nische zwischen ihrem Hals und ihren Schultern und atmete sie ein.

„Warum hältst du dich zurück, Hunter?"

„Ich will dich nicht enttäuschen."

Sie lachte, und ich hob meinen Kopf. Woher kam diese Hoffnung in ihren Augen? Sie streichelte meine Wange mit ihrer Hand.

„Na, das ist albern. Ich weiß nicht, was du in den letzten fünf Jahren gemacht hast, aber du hast bestimmt drei Dutzend Muskeln mehr als ich in Erinnerung habe, und das ist definitiv nicht enttäuschend."

„Du sagst also, du magst muskulöse Männer?"

„Nein, ich mag einen Mann, der durch harte Arbeit geformt wurde. Und..." Sie rutschte auf meinem Schoß hin und her und rieb sich an meinem Schwanz.

„Und was?", flüsterte ich.

„Ich liebe dich, Hunter. Das habe ich immer."

Ihr Hintern rutschte auf meinem Schoß mit einer süßeren Verlockung nach vorne. Mein steifer Schwanz schmerzte unter ihren Bewegungen.

„Und ich will dich, auch wenn es nur für eine Nacht ist. Keine Erwartungen. Liebe mich, Hunter, noch einmal, hier in diesem

Dschungel. Oder... ich meine, wenn du es vorziehst, mich zu ficken-"

Ich legte meine Hände unter ihren Hintern und stand auf, hob sie hoch. Sie quietschte in meinen Armen und schlang ihre Beine um meine Taille. Vorsichtig nahm ich ihr die Brille von der Nase und legte sie auf den Tisch.

„Wie werde ich dich sehen?"

Ich küsste sie und nahm mir Zeit für ihren Mund, während ich durch den Raum ging. „Du wirst mich nicht sehen, meine Königin. Du wirst mich fühlen."

Ich trug sie zum ovalen Bett, schob den Baldachin beiseite und legte sie auf die Laken, über ihr schwebend. Der Mond schien durch die Netzöffnung in der Wand, als wäre er nur für uns beide da.

Sie berührte meine Wange und zog ihre Finger durch meinen Bart, zog an meinen Gesichtshaaren, bis mein Atem sich mit ihrem verband.

„Das wollte ich schon machen, seit du in den Salon gekommen bist." Sie keuchte, ihre Brust hob und senkte sich unter mir.

Ich ergriff ihren willigen Mund und teilte ihre Lippen mit meiner Zunge, ihr sanftes Stöhnen schluckend. Ihr Körper gab meinem nach und wand sich unter mir. Sie fuhr mit ihren Händen meine Arme hinauf zu meinem Kopf und grub ihre Finger in mein Haar. Ihre zarte Zunge strich mit einem Seufzen gegen meine, und meine Hüften senkten sich zwischen ihre Beine. Die Spitze meines Schwanzes lugte aus dem Hosenbund hervor und rieb über die Spalte unter ihren seidigen Shorts. Ich hielt ihr Gesicht zwischen meinen Handflächen und konzentrierte mich auf die Lippen und Seufzer, die ich vermisst hatte, küsste sie immer wieder. Als wir uns trennten, waren ihre Augen weit geöffnet und ihr Haar zerzaust. Sie lehnte sich auf dem Bett zurück, und ihre Füße flogen zu meiner Taille hoch. Ein Lächeln umspielte ihren Mundwinkel, als sie mit den Zehen an meinen Shorts hakte und sie herunterzog. Ich schlüpfte aus dem Stoff und senkte meinen Mund auf ihren.

Der Kuss wurde intensiver, und ich verschloss meinen Mund um ihren, sog jeden ihrer Atemzüge und jedes Wimmern ein. Ihre geschwollenen Brüste hoben sich und flehten stumm um meine Berührung. Ich löste meinen Mund von ihrem und fuhr mit den Lippen ihr Kinn und ihren Hals entlang. Ihre Haut wurde zu einem glühenden Rosa.

Sie wand sich, als ich mich aufsetzte. Ihre Beine waren gespreizt, die Shorts in ihre Scham gekeilt, und ihre Brüste quollen teilweise aus ihrem Oberteil. Ihr Haar war wild über das Kissen verstreut, und ihre Wangen waren getönt wie Roséwein. Sie lag auf meinem Bett, in meinem Zuhause, mitten im Regenwald, wartend.

Wer hätte gedacht, dass es mal so weit kommen würde?

Wenn ich in den letzten fünf Jahren etwas gelernt hatte, dann war es, den Moment zu ergreifen, denn Gelegenheiten klopften nicht zweimal an.

Ich hob eine Augenbraue. „Ich bin dran."

Sie biss sich auf die Lippe und hob ihre Beine hoch in die Luft, legte sie auf meine Brust.

„Perfekt." Ich zog ihre Shorts von ihren Hüften und über ihre Beine, warf sie quer übers Bett.

Sie lachte, und ich kroch höher, zog ihr Oberteil aus. Ich setzte mich wieder auf und betrachtete ihre glänzende Haut. Ihre Arme lagen ausgebreitet zu den Seiten, und ihre Hände umklammerten die Laken. Ihr Bauch sank ein und ihre geschwollenen Brüste hoben sich, fielen zu den Seiten. Ich ließ meinen Blick über ihren gebräunten Körper wandern, über den türkisfarbenen Bauchnabelpiercing, den ich sie zu meinem neunzehnten Geburtstag überredet hatte, sich stechen zu lassen. Sie beugte die Knie und spreizte die Beine. Ihre Muschi glänzte.

Ich spürte, wie sich mein Lächeln verzog, und ich schaute auf. „Wir werden heute Nacht nicht viel Schlaf bekommen."

Ich küsste um ihren Bauchnabel herum und hinauf zum Tal zwischen ihren Brüsten. Sie bog den Rücken durch, und ich nahm ihre harte Brustwarze in den Mund, dehnte sie in die Länge.

„Hunter...", hauchte sie in die Nacht, hob ihre Hüften und rieb ihre durchnässte Scham an meinen Bauchmuskeln entlang. Mein Schwanz tropfte, und ich grunzte, widmete mich ihrer anderen Brust. Ich schloss meine Lippen um ihre steinharte Brustwarze und drückte, bis der Schmerz zu Lust wurde, und zog dann. Das Fleisch schnellte zu ihrer Brust zurück. Ich zentrierte mich über ihrer Brust, mein Mund auf dem Weg nach unten zur Hitze zwischen ihren Schenkeln. Ich lag auf dem Bett zwischen ihren Beinen mit perfektem, mondbeleuchteten Blick auf ihren erhitzten Körper. Ihr Brustkorb hob sich und ihr Bauch höhlte sich, als ich über ihren Bauchnabel küsste. Der betörende Duft von Honig und Kokosnuss auf ihrer Haut berauschte meine Sinne.

Ich glitt mit meiner Zunge durch ihr Fleisch, und der süße Geschmack ihrer Erregung fuhr durch meinen Mund. Verdammt, ich hatte Recht. Sie war das Leckerste, was ich je gekostet hatte. Ich küsste durch ihre Lippen und genoss ihre Ungeduld, als sie sich unter meinem Mund zentrierte. Ihre Muschi schwoll an, pulsierte zwischen meinen Lippen. Dann schaute ich auf, beobachtete, wie sich ihr Mund öffnete, als ich drei Finger in sie schob.

„Ahh." Ihre Augen flogen auf.

„Du hast deine Spielzeuge vernachlässigt, Grace."

Ich pumpte in ihre enge Muschi hinein und heraus, während ihre Hüften sich im Rhythmus bewegten. Sie drückte sich um meine Finger, umklammerte und hielt ihre Länge tief in sich. Das feuchte Geräusch zwischen ihren Beinen und meiner Hand hallte in meinem Kopf wider, und der Geruch ihres heftigen Verlangens ließ mir das Wasser im Mund zusammenlaufen. Mein Schwanz fühlte sich an, als stünde es in Flammen, wartete auf seine Runde, als ich mich über ihre pulsierende Perle schloss. Oh Gott, sie schmeckte wie der Himmel. Ihre Beine schossen gerade heraus, versteiften sich. Ich saugte an dem zarten Knoten, schob meine Finger und machte sie bereit. Der erste Krampf fuhr durch ihren Körper, und sie verkrampfte sich so stark um meine Hand, dass ich sie nicht mehr bewegen konnte. Ihre Perle pulsierte in meinem Mund, bis sie losließ und meinen Namen schrie.

„Hunter!"

Ihre Beine gaben meine Hand frei, aber ich leckte mit meiner Zunge härter. Sie umklammerte die Laken und wand sich unter mir. Ich saugte an ihr, bis sie erschöpft auf die Laken fiel.

„Hunter..."

Ich kroch zu ihrem mondbeleuchteten Gesicht hoch. Schweiß perlte von ihrer Stirn, und die Lichterketten funkelten in ihren braunen Augen. Ich küsste zärtlich ihren heißen Mund zu einem langgezogenen Lächeln. Mir wurde erst klar, wie sehr ich sie vermisst hatte, als ich sie wieder hatte.

„Du hattest Recht. Du hast mich völlig fertiggemacht", sagte sie an meinen Lippen.

Ich erhob mich auf meine Hände, die Spitze meines Glieds bereit an ihrem durchnässten Eingang. „Baby, ich fange gerade erst an."

Ihr Mund öffnete sich, als ich langsam in sie eindrang und mich dann zurückzog.

„Verdammt, du bist größer, als ich mich erinnere."

„Hättest die Dildos aus deinem geheimen Küchenschrank benutzen sollen", sagte ich.

Sie brach in Gelächter aus, und ich stieß erneut zu, diesmal tiefer, schob ihren Körper höher auf dem Bett. Sie schloss ihre Augen und drängte mit ihren Hüften nach mehr. Ich arbeitete in ihrer Muschi ein und aus, bis sie mich in ihrer ganzen Tiefe aufnahm, und ich senkte mich auf ihren Körper, verband Haut mit Haut. Ihre Wange presste sich gegen meine Brust, und sie bewegte ihre Hände zu meinem Hintern. Ich nahm ihr Haar in meine Fäuste, füllte meine Lungen mit ihrer Essenz und stieß härter zu. Sie knabberte an meiner Brustwarze, und ich zuckte zurück, als die Lust in meiner Leiste explosionsartig ausbrach. Meine Augen flogen auf.

„Gefällt dir das?" Sie grinste.

„Ja. Wenn du versuchst, mich zum Kommen zu bringen..." Ich griff nach hinten nach ihren Händen und packte ihre winzigen Handgelenke, pinnte sie über ihrem Kopf fest.

„Zieh 'n Kondom drüber, wenn du denkst, dass ich das mache. Ansonsten halt die Klappe und fick mich."

Ich streifte mit meinen Lippen über ihre. „Du wirst nochmal kommen, bevor ich es tue."

„Nochmal?"

„Willst du nicht nochmal kommen, Grace?"

Sie blinzelte mehrmals, tausend Fragen schwammen in ihren Augen, und ich wollte sie alle auslöschen.

„Doch."

„Das ist mein Mädchen."

Ich stieß hart in ihre Muschi, ihre Brüste wippten hoch. Sie bewegte ihren Körper mit meinem, aber ich brauchte mehr von ihr ... von mir ... und uns zusammen. Ich hielt inne, zog mich zurück, drehte uns um und setzte mich auf, hob sie auf meinen Schoß. Sie schlang ihre Arme um meinen Hals und winkelte ihre Beine an, ließ sich auf meinen Schwanz sinken. Mein Schwanz blieb tief in ihr, pulsierend. Sie kreiste mit ihren Hüften, als würde sie mich besitzen, und ich liebte jede Sekunde ihrer Kontrolle. Ich gab mich ihrer Führung hin und stützte sie in meinen Armen. Das intime Schwanken unseres Schattens im Mondlicht verstärkte den Griff, den sie um mein Herz hatte.

Ich liebte sie so verdammt sehr, dass es schmerzte. Ich wollte sie. Ganz und gar. Aber würde sie einen kaputten Mann wollen?

Ihre Bewegungen wurden kürzer und mein Verlangen stärker. Der erste Schuss Sperma zuckte aus meinem Schwanz, bevor ich merkte, dass ich es nicht mehr halten konnte. Ich ließ sie machen, was sie wollte: mich reiten und die letzten Tropfen mit ihrer Muschi melken. Eine Wolke zog vorbei und verdeckte den Mond, als ich mich in ihr niederließ.

Seine Arme schlangen sich fest um mich und meine um ihn, als er sich in mir ergoss und dann zur Ruhe kam. Haut an Haut und Herz an Herz saßen wir mitten auf dem Bett und atmeten im Einklang. Er fuhr mit seinen Lippen über meine Schulter, sog hörbar den Duft meiner Haare und Haut ein, bevor er zu meinem Hals überging. Ich legte meinen Kopf zurück, seine Lippen streiften über meine Kehle, und ich wollte es gleich noch mal machen. Ich fuhr mit meinen Fingern durch seinen Bart und setzte seinen wilden Duft frei, während die vergangene Stunde vor meinem inneren Auge ablief. Meine Oberschenkelinnenseiten kribbelten von dem sanften Kratzen. Ich umklammerte die Laken und hielt mich so lange zurück, wie ich konnte, verlor mich im Geräusch seiner leckenden Zunge, aber Hunters unerbittlicher Mund gewann. Meine Erregung blühte im Takt seiner Zungenschläge auf. Seine gründlichen Lecken jagten feuriges Blut durch meine Adern, als er mich an den Punkt ohne Wiederkehr brachte. Kurz gesagt, er hatte einen talentierten Mund. Den Mund eines Mannes... nein... einer Bestie.

Ich strich mit meinen Fingern seinen Rücken hinunter, und er gab ein dankbares Grunzen von sich, während er seinen besitzergreifenden Griff zu einer innigen Umarmung lockerte. Abertausende Lichterketten funkelten über uns. Die magisch mondbeleuchtete Nacht war mehr, als ich je erwartet hatte. Es fühlte sich an, als wären wir die einzigen Menschen auf der Welt. Plus ein Puma.

Mein Herz schlug im Gleichtakt mit seinem, mein Kopf schwirrte, und meine Eierstöcke glühten vor Hoffnung. Wenn seine Spermien so gesund waren wie sein Körper und wenn Dr. Riley durch ein Wunder eine reife Eizelle beim Ultraschall übersehen hatte, wäre es der perfekte Zeitpunkt, um ein Baby zu zeugen. Vielleicht etwas spät und kurz vor meiner Periode, aber nicht unmöglich.

Ich blickte in die Nacht hinaus. Der mondbeschienene Blick auf den Regenwald verbarg sich hinter einer Wolke, bevor er wieder freigegeben wurde.

Hunter beugte sich vor, legte uns auf das Bett und zog sich langsam zurück. Ein Rinnsal lief än meinem Innenschenkel hinunter, und ich hatte den Drang, meine Beine hoch in die Luft zu heben, aber er löffelte mich von hinten und schmiegte seine Nase in meinen Nacken, während er mich einatmete. „Ich habe dich vermisst."

„Ich habe dich auch vermisst", sagte ich.

Seine große Hand glitt über meinen Bauch und hinauf zu meiner Brust. Er fühlte ihr volles Gewicht und umfasste das weiche Fleisch mit seiner Handfläche. Ich entspannte mich in die Behaglichkeit seines kuscheligen Körpers. Sein halbharter Schwanz ruhte an meiner Pobacke, und ich wackelte mit meinem Hintern.

„Es fühlt sich an, als wärst du bereit für mehr."

„Ich hoffe, dir ist klar, dass du nicht schlafen wirst, bis ich genug habe."

„Ich bin dabei, Hunter Silver. Ich bin zwar älter, aber ich kann mithalten."

„Das werden wir sehen, denn ich glaube nicht, dass ich jemals genug von dir bekommen werde."

War das ein Bekenntnis? Ich hatte keine Zeit darüber nachzudenken, denn er küsste meine Schulter und erhob sich auf die Knie, während er mich auf die Füße zog.

„Steh auf."

„Was machst du? Wir haben uns gerade erst hingelegt." Ich balancierte auf der Matratze und folgte ihm dann vom Bett.

„Wir sollten uns waschen, und es ist der beste Zeitpunkt, um den Wasserfall zu sehen."

„Was ist mit den Pumas?"

„Ich denke, ich komme mit dir hier ganz gut zurecht." Er zwinkerte.

Ich erschauderte und versuchte, die Gänsehaut von meinen Armen zu streichen.

„Das sollte ein Witz sein. Denkst du, ich würde zulassen, dass dir etwas passiert?"

Das würde er nicht, oder? Aber ich war mir sicher, dass der Puma nicht auf Logik hören würde, genauso wenig wie meine Freundinnen, wenn sie Jagd auf jüngere Männer machten. Ich schluckte den Kloß in meinem Hals hinunter.

„Nein. Das würdest du nicht."

Er lachte und reichte mir ein Handtuch.

„Gehen wir nackt?"

„Nein. Wir tragen Schuhe."

*Scheiße. Er meint es ernst.*

Ich hielt das Handtuch vor meine Brust und beobachtete, wie er durch den Raum ging und einige Dinge in einen Rucksack packte. Er ging zum Küchengefrierschrank, nahm ein riesiges Stück Fleisch heraus und packte das ebenfalls ein.

„Wofür ist das?"

„Wenn ich es für den Puma draußen liegen lasse, wird er uns in Ruhe lassen."

„Ich gehe nicht mit."

„Grace-"

„Du bist unvernünftig, Hunter."

„Ich bitte dich, mir zu vertrauen. Du kannst mitkommen oder hier allein bleiben."

„Du würdest mich nicht zurücklassen."

Er band sich das Handtuch um die Hüften, warf sich den Rucksack über die Schulter und schob die Leiter durch das Loch nach unten.

„Komm schon, Schöne. Wo ist dein Abenteuergeist?"

„In der Hölle, zusammen mit meinem Mut."

Er lachte und wartete. Ich wickelte das Handtuch um meinen Körper und nahm seine angebotene Hand. Wir kletterten die Leiter hinunter in den Abgrund des Waldes. Hunter schaltete die Taschenlampe ein und führte mich zum Flussufer, wo wir dem mondbeleuchteten Pfad zum Wasserfall folgten. Die Oberfläche des Flusses spiegelte den Mond wider, und das Rauschen des fallenden Wassers wurde lauter. Wir legten die Handtücher und den Rucksack auf einen Felsen und gingen an der Felswand entlang, bis wir uns unter dem Wasserfall befanden. Tröpfchen stiegen in die Luft und kondensierten auf meiner Haut. Wasser rieselte aus einem Loch in der eingestürzten Felswand wie eine Dusche, und mehr ergoss sich von

hinten und schloss uns zwischen der Felswand und dem schimmernden Vorhang ein.

„Ich kann nicht glauben, dass wir das tun", schrie ich über das
Tosen des Wassers und trat unter den Strom, während ich mein
durchnässtes Haar zurückstrich.

„Du meinst das?"

Er wirbelte mich in seine Arme und presste seinen Mund auf
meinen, sodass mir der Atem stockte. Seine leidenschaftliche
Zunge strich über mein Zahnfleisch, als wolle er verlorene Zeit
aufholen. Ich schmolz in seinen Armen dahin, gab mich seinen
wandernden Händen hin und genoss es, neue Wege zwischen
seinen straffen Muskeln zu finden. Sein Rücken war so breit, dass
ich meine Arme nicht um ihn schlingen konnte, also ließ ich
meine Hände zu seinem festen Hintern gleiten und grub meine
Finger in seine Haut. Er stöhnte in meinen Mund und drückte
seinen harten Schwanz gegen meinen Bauch.

Ich griff nach vorne und umfasste seinen dicken Schwanz mit
meinen Fingern, pumpend. Sein Kuss wurde intensiver und seine
Hand fand meine Brust. Ich drückte meine Brüste in seine
geschickten Finger und verlor die Konzentration, als sich eine
neue Welle zwischen meinen Beinen aufbaute.

Er kniff in meine Brustwarze. Der schmerzhafte Stich
verwandelte sich in Lust, als er den Weg zu meiner Pussy fand.
Seine Hand glitt zur anderen Brust, hinunter zu meiner Hüfte
und über meinen flachen Bauch. Erregung pulsierte in meinem
Schoß. Ich berauschte mich an der verlockenden Berührung
seiner Finger. In Erwartung der Bewegung seiner Hand öffnete
ich meine Beine und wurde mit seinen Fingern belohnt, die
meine feuchten Schamlippen spreizten. Nach Luft schnappend,
brach ich unseren Kuss ab, und Hunter sank auf die Knie.

„Oh nein", hauchte ich.

Ich wusste nicht, ob er mich gehört hatte, aber es war bereits
zu spät. Sein Mund schloss sich über meiner Klitoris, und die
Stimme in meinem Kopf schrie Ja. Ich schloss meine Augen und

grub meine Finger in seine Schultern. Er hielt meine Lippen offen und ließ seine Zunge über meine Schwellung gleiten. Mein Hintern spannte sich an und meine Brüste sehnten sich nach mehr, aber sein teuflischer Mund gewann die Oberhand. Der erste orgasmische Schauer durchzuckte meine Glieder und meine Augen flogen auf. Ich blickte nach oben. Der Wasserfall verschwamm mit der Dunkelheit dahinter und die Sterne funkelten wie Diamanten. Er schob seine Finger tiefer in mich hinein und saugte an meinem Fleisch, trieb mich über die Kante.

„Hunter!"

Meine Zehen krümmten sich und Sterne blitzten hinter meinen Augen auf. Der Orgasmus schoss durch meine Glieder, pulsierte immer wieder durch meinen Körper. Seine Zunge leckte und sein Mund saugte, bis ich mich nicht mehr aufrecht halten konnte. Ich schob ihn physisch weg und sog Luft ein. Er küsste sich an meinem Körper hoch und streifte mit seinem Bart über den erhitzten Pfad. Er leckte über meine Brustwarze und erhob sich. Der Mond schien hinter ihm und das Wasser traf seinen Rücken.

„Ich muss mich abkühlen." Ich trat unter den Wasserstrom.

„Du gehst nirgendwohin." Er packte meinen Arm und drehte mich zurück an meinen Platz, drückte mich mit der Vorderseite gegen den Stein. Meine Wange presste sich an die Wand, während sein wunderschöner Körper samt seinem harten Schwanz mich von hinten gefangen nahm. Die Felswand kühlte meinen Körper von vorne, während Hunter mich von hinten aufheizte. Er streckte meine Arme aus und umklammerte meine Handgelenke.

„Kühl genug für dich?", murmelte er in mein Ohr und tippte mit seinem Fuß an die Innenseite meiner Knöchel. Ich stellte meine Füße weiter auseinander und gewährte ihm Zugang.

„Denn ich bin noch nicht fertig mit dir." Seine Hand glitt meinen Hinternspalt hinunter zwischen meine Beine, die Finger umkreisten meinen Eingang. Er zog sie durch die Spalte nach oben und rieb meine Klitoris, stimulierte mich erneut.

*Nicht schon wieder.*

Mein Kopf fiel zurück, während er mit seinen Lippen mein Ohr entlangfuhr und mich dort berührte, als gehörte ich ihm.

„Ich habe dich etwas gefragt, Grace. Ist das kühl genug oder soll ich aufhören?"

„Ich will nicht, dass du aufhörst." Meine Stimme ging im Rauschen des Wassers unter.

Er zog seine Hand von meiner Pussy zurück und positionierte sich hinter mir, stieß ohne Vorwarnung hart zu.

*Verdammt.*

Mein Körper flog die Wand hoch. Ich stützte meine Hände auf der Felsoberfläche ab, als er ein zweites Mal vordrang, tiefer und härter. Die Luft entwich aus meinen Lungen. Er packte meine Hüften und stieß schneller und härter zu. Meine Augen weiteten sich mit jedem Stoß und heiße Erregung durchströmte meine Adern. Ich neigte meinen Hintern höher und blickte über meine Schulter zurück. Das Mondlicht hinter der Kulisse des Wasserfalls zeichnete Hunters angespannten Körper nach. Seine Augen waren fest auf meinen Hintern gerichtet, und sein Kiefer spannte sich an, als er sich darauf konzentrierte, wo wir verbunden waren. Ich drängte mich ihm entgegen und öffnete mich für ihn. Seine rechte Hand glitt nach vorne, über meinen Bauch und hinunter zu meiner Pussy, während seine linke meine Brust umfasste. Mein Rücken presste sich gegen seine Brust, und er verlangsamte das Tempo, umschloss mich mit seinen Armen und blieb tief in mir. Wir rollten unsere Hüften im Einklang, seine Finger rieben in köstlichen Kreisen über meine Klitoris. Ich blickte zurück und küsste ihn, während er meine Brustwarze rollte.

Ich wusste nicht, auf welche Hand ich mich konzentrieren sollte, und dann glitt seine Zunge wie eine Viper durch meinen Mund. Ich biss mir fast auf die Lippe. Er stöhnte in meinen

Mund, und ich verlor die Kontrolle. Der Strom des Orgasmus riss durch mich hindurch, pulsierte durch meine Adern, als er noch einmal zustieß. Meine Beine zitterten unter mir und meine Knie gaben nach. Hunter fing mein Gewicht auf und hielt mich an seinen Körper gedrückt, während seine Finger mich zum Höhepunkt brachten. Seine Stöße wurden sanfter und mein Höhepunkt ebbte ab. Nur dass er es nicht tat, weil er weiter rieb und die Lust wieder anfachte, bis es überall kribbelte und ich nicht mehr atmen konnte.

„Hunter." Ich zog seine Hand weg. „Ich ... ich kann ... nicht mehr."

Er küsste meine Schläfe. „Geht es dir gut?"

„Nur erschöpft. Verdammt, Hunter."

„Ich dachte, das hätten wir gerade getan. Halt dich fest."

Er zog sich langsam zurück und hielt mich dabei fest. Ich schloss meine Beine eng zusammen.

„Versuchst du, mein Sperma in dir zu behalten?"

Ich zuckte mit einer Schulter. „Vielleicht klappt es ja."

Er schüttelte den Kopf und trat wieder unter den Wasserfall, zog mich mit sich. Das kalte Wasser linderte meinen brennenden Körper, tat aber wenig, um das ständige Verlangen nach diesem Mann zu stoppen. Wir wuschen uns und gingen zurück zu den Handtüchern und dem Baumhaus.

„Wo ist das Stück Fleisch, das du zurückgelassen hast?", fragte ich.

„Im Magen eines Pumas."

„Du machst Witze."

„Nein, tue ich nicht. Ich habe vorhin nicht gelogen."

Ich drehte meinen Kopf ruckartig zum Baumhaus. „Gehen wir jetzt zurück?"

Er lachte tief und brummig. „Ja, wir gehen zurück."

Ich eilte mit der Taschenlampe voraus und kletterte die Leiter hoch, als wäre ich das nächste Gericht auf dem Speiseplan des Pumas.

„Wie spät ist es?", fragte ich, während ich mir ein Nachthemd und kurze Hosen anzog.

„Nicht spät genug, um sich anzuziehen." Er zwinkerte. „Zieh das Hemd wieder aus."

„Hunter-"

„Ich muss deinen Körper spüren." Er schlug die Laken zurück. „Zieh das Hemd aus und spring rein."

Ich streifte meine Kleider ab und kletterte aufs Bett. Er schlüpfte nackt unter die Decke und legte sich neben mich. Ich kuschelte mich an seine Seite und bettete meinen Kopf auf seinen Arm und seine Brust.

Wolken verdeckten den Mond, und Hunter schaltete alle Lichter aus. Es waren nur wir und die Dunkelheit.

„Warum kann das Leben nicht einfach sein und wir bleiben hier?", flüsterte ich.

„Könnten wir. Ich lebe seit fünf Jahren hier."

„Was würden wir tun?"

„Mir fallen ein paar Dinge ein, die dich auf Trab halten würden." Er kitzelte meine Rippen, und ich wand mich.

„Ich meine, was würden wir arbeiten?", fragte ich.

„Wenn mein Konto leer wäre, würde ich arbeiten. Aber das ist es nicht, also könnten wir in Rente gehen."

„Hier?"

„Warum nicht?"

„Was würde ich tun?"

„Mich."

„Im Ernst, Hunter."

„Moment mal - meinst du das ernst? Du würdest Long Island und den Salon hinter dir lassen?"

„Lass uns mal nicht zu weit vorausdenken. Das ist nur hypothetisch."

Er repositionierte sich, und ich atmete tief ein, meine Lungen mit seinem wilden Duft füllend. „Hypothetisch, wenn du arbeiten wolltest, könntest du einen Salon im Dorf eröffnen. Sie lieben dich dort unten."

„Weißt du, ein Baby würde mich am Anfang beschäftigt halten."

„Ich schätze, wir könnten adoptieren."

„Adoptieren? Du möchtest keine eigenen Kinder?"

„Ich glaube nicht, dass das für mich vorgesehen ist."

„Warum nicht?"

„Grace ... Ich ... Ich möchte nicht, dass du dir zu große Hoffnungen machst. Was ist mit deinen Fruchtbarkeitsbehandlungen?"

„Ich ... Ich habe seit meiner Ankunft hier nicht viel darüber nachgedacht. Du hast mich auf Trab gehalten."

„Denn wenn wir hierher ziehen würden, müsstest du wahrscheinlich auch darauf verzichten, und ich möchte nie, dass du deinen Traum aufgibst."

„Wir könnten es schaffen, Hunter, denn ich werde dich nie wieder aufgeben."

ICH ERWACHTE VOM Kreischen der Aras in der Nähe. Ich strich mit der Hand über das Kissen neben mir und fand die Stelle leer vor.

„Hunter?", setzte ich mich auf.

Helles Sonnenlicht schien durch die Wandöffnung, und der Geruch von Kaffee ließ meine Augen weit aufgehen. Ich schoss wie von der Tarantel gestochen aus den Federn. Eine French Press mit dampfendem Kaffee wartete auf der Küchentheke, zusammen mit einem Haufen Bananen, Mangos und zwei Kokosnüssen. Ich zog mich an, goss mir eine Tasse ein und trat auf die Aussichtsplattform neben der Küche.

Der Regenwald wiegte sich im Wind. Unten im Tal saß Hunter

auf einem Felsen und angelte am Fluss. Sein breiter Rücken beugte sich nach vorne, während er die Arme auf die Knie stützte. Gott, der Mann war wirklich ein verdammtes Tier. Unser kleines Abenteuer brachte mein ganzes Denken völlig durcheinander. Wie konnte ich auch nur in Erwägung ziehen, im Dschungel zu leben?

Etwas bewegte sich in den Büschen hinter ihm, und ich stellte meinen Kaffee auf den Tisch und konzentrierte mich auf den Bereich. Ein beigefarbenes Fell schlich sich zwischen dem Laub hindurch und näherte sich Hunter.

*Oh mein Gott.*

„Hunter!", schrie ich, aber er konnte mich über dem rauschenden Wasser nicht hören.

Ich griff nach Hunters Signalpistole im Rucksack, schlüpfte hastig in meine Laufschuhe und schwang mich wie Jane am Baumseil hinunter, etwas überrascht, dass ich die Landung schaffte. Ich rannte den Pfad hinunter und kämpfte mich durch die Büsche. Blätter und Äste schlugen gegen meine Arme, während ich schrie: „Hunter, hinter dir ist ein Puma!"

Ein lautes Platschen hallte vom Fluss herüber. Ich erreichte den Felsen, auf dem Hunter zuvor gesessen hatte, aber er war verschwunden. Er tauchte zu meiner Rechten auf, zusammen mit einem Puma. Die Katze sprang in die Luft und landete auf Hunter.

*Oh mein Gott.*

Ich kämpfte mit der Signalpistole, fluchte leise, als sie mir immer wieder aus den zitternden Händen rutschte.

„Was machst du hier, Grace? Geh zurück zum Haus."

Ich schaute auf und wedelte mit der Signalpistole in meiner Hand. „Ich lasse nicht zu, dass er dich tötet."

„Leg die Pistole weg und geh zurück zum Haus, Grace. Sofort." Sein Befehl traf meinen Körper wie ein Blitz. Der Puma tauchte auf und drehte sich zum Ufer, den Blick auf mich gerichtet.

Ich wich in Zeitlupe zurück und drehte mich auf dem Absatz

um, sobald ich außer Sichtweite war. Auf dem Rückweg schnitt mir ein Ast in den Arm, und ein riesiges Blatt, das wie Schweizer Käse aussah, klatschte mir ins Gesicht. Ich war ziemlich fit, aber als ich beim Baumhaus ankam, war ich außer Atem. Gerade als ich die fünfte Stufe erklomm, ließ mich das wilde Brüllen hinter mir in Windeseile nach oben schießen. Ich beeilte mich, die Leiter hochzuziehen, während der Puma unter der Öffnung kreiste.

„Kali, hör auf damit. Du musst ihr keine Angst einjagen." Hunter kam auf die Katze zu, und das Tier schmiegte sich an sein Bein. „Lass die Leiter runter. Es ist alles in Ordnung." Er winkte.

„Gut? Neben dir ist ein Puma."

„Und da oben ist noch einer." Er zeigte auf mich. „Ich verspreche dir, es wird alles gut. Ich hatte sowieso vor, euch beide vorzustellen."

„Du willst mich einem Puma vorstellen? Bist du verrückt?"

„Kali interessiert sich für dich, seit du hier angekommen bist."

„Na, das beruhigt mich ungemein." Ich verdrehte die Augen. „Ich glaube, ich würde lieber Zeit mit Chad Hartley verbringen."

„Nimm das sofort zurück, Grace. Kali wird dir nichts tun. Sie weiß, dass du zu mir gehörst."

Der Puma brüllte.

„Das kaufe ich dir nicht ab."

„Sie ist nicht wie andere Katzen. Ich habe sie als Waise gefunden, nachdem Wilderer ihre Mutter getötet hatten, und ich habe sie aufgezogen. Wenn sie ins Haus kommen wollte, hätte sie das schon längst getan. Sie mag zwar wild sein, aber sie ist loyal und trainiert. Du wärst nicht mehr am Leben, wenn sie es nicht wäre. Du bist in Sicherheit. Komm runter."

„Ich kann nicht."

„Doch, du kannst."

„Das wird nicht passieren. Benutze das Seil."

Ich kickte die Schlaufe in der Nähe meines Fußes hinunter, und Hunters Schultern sackten herab.

„Kali, geh. Wir spielen später."

Der Puma verschwand im Dschungel, und Hunter zog sich mühelos am Seil hoch. Seine Bizepse spannten sich an und die nassen Shorts klebten an seiner Haut. Ich schloss die Klappe, sobald er eintrat, und wich vom Ausgang zurück. Wasser tropfte seine Beine hinunter und sammelte sich auf dem Boden. Er griff den Bund seiner Shorts, zog sie aus und ging an mir vorbei. Ich folgte ihm bis zum Waschraum und beobachtete, wie sein nackter Hintern sich bei jedem Schritt anspannte. Er hängte die Shorts an ein Seil zwischen den beiden Duschen und drehte sich um. Mein Körper wurde von Hitze durchflutet.

„Ich hab dich völlig falsch eingeschätzt. Du bist weder Höhlenmensch noch Bär. Du bist der verdammte Tarzan höchstpersönlich."

**B**ongos dröhnten und Maracas rasselten, als wir im Dorf ankamen. Mister G, der Onkel der Braut, stimmte mit ein und zupfte seine Gitarre. Grace sprang vom Roller und nahm das Kleid, das Abuela für sie zum Anziehen dagelassen hatte.

„Ich seh aus wie ein gelber Riesenvogel," sagte sie und strich mit ihren Händen über den Stoff. Ihr braunes Haar ergoss sich in Wellen über ihre Brust. Sie hatte kein einziges Mal einen Föhn erwähnt, und der natürliche Look ließ ihre Augen strahlen. Für einen kurzen Moment konnte ich die Ähnlichkeit zu den Hartleys erkennen, aber dann lächelte sie, und sie war wieder meine Grace.

„Du siehst aus wie eine Sonnenblume," sagte ich. "Eine wunderschöne Sonnenblume. Und niemand hier weiß, wer Riesenvogel ist."

„Meine Arme jucken."

Ich strich sanft über die Kratzer, die Grace aus dem Wald davongetragen hatte. Durch einen Dschungel zu rennen war nie eine gute Idee. Beute rannte jeden Tag – und starb.

„Abuela hat eine Salbe. Sie wird sie auf deine Arme auftragen, und bis morgen früh ist alles verheilt."

„Ich bin trotzdem wie ein Leuchtfeuer für Kali."

Sie blickte zurück, sah nach oben, und ich küsste sie. „Sie beschützt das Gebiet um unser Zuhause. Außerdem ist meine Puma gerade läufig und macht sich wahrscheinlich für einen lauernden Partner schön. Eine Sonnenblume ist das Letzte, woran Kali denkt."

Ihr stockte der Atem, und ich sog ihren Duft ein, während meine Finger über ihre pulsierende Halsschlagader tanzten. Der süße Kokosnuss- und Dschungelduft katapultierte mich zurück ins Baumhaus und entfachte den Drang, dieses gelbe Kleid hochzuschieben und mich erneut in ihr zu verlieren. Mein Blut schoss mir in die Lendengegend, und ich rieb mich an ihrer Hüfte.

Sie stöhnte und nahm meinen Mund erneut in einem sinnlichen Kuss. Grace war läufig, genau wie Kali. Ihre Brüste schwollen an, ihre Brustwarzen verfärbten sich, und ihre Muschi wurde feucht bei meiner Berührung. Sie hatte sich rittlings auf mich gesetzt, bevor wir uns für die Hochzeit umzogen, wodurch wir das Frühstück ausfallen ließen. Ich legte meinen Kopf auf das Kissen und beobachtete, wie sie mich ritt. Sie bewegte sich auf meinem Schwanz wie Aphrodite, massierte ihre Brüste und zwickte ihre Brustwarzen. Ich kam hart und schnell, ergoss mich in sie und sah zu, wie sich ihr Mund zu einem zufriedenen Lächeln verzog. Schuld nagte an mir, jedes verdammte Mal, wenn ich kam. Verriet ich sie etwa?

Jemand pfiff in der Nähe des Hauses, und wir fuhren auseinander.

„Willst du mit 'ner Latte rumlaufen?", fragte sie.

„Ja. Sie wird nicht verschwinden, bis ich nochmal in dir gekommen bin."

Sie stellte sich auf die Zehenspitzen und küsste mich erneut. „Dann müssen wir uns wohl später davonschleichen."

„Dafür werde ich sorgen. Wir sollten gehen. Abuela hat dir Frühstück gemacht, und Paulas Schwester braucht Hilfe mit ihren Haaren."

„Richtig. Sie ist diejenige, die heiratet. Hab ich allen für die Hochzeit die Haare geschnitten?"

„Abgesehen von der Hochzeit hast du jedem seinen ersten professionellen Haarschnitt verpasst. Vier neue Paare sind an diesem Abend auf ein Date gegangen."

„Also bin ich so was wie Amor."

Ich küsste ihre Nasenspitze. „Du bist mehr als Amor."

Mein Magen knurrte, und ich schnupperte. Der Duft von hausgemachtem Essen lag in der Luft. Ich rieb mir den Bauch. „Heute wird ein großartiger Tag."

Grace kicherte. Ich nahm ihre Hand und führte sie den Weg hinunter ins Dorf. Sie hatten die Straße mit Palmzweigen und Blumen geschmückt, und alle rannten mit Last-Minute-Aufgaben herum, als gäbe es einen Brand. Männer trugen zusätzliche Stühle zum Veranstaltungsort im Freien. Mehr Essen wurde in die Halle getragen, und überall auf den Straßen liefen Kinder herum. Das Chaos zauberte ein zufriedenes Lächeln auf mein Gesicht. Wir hielten vor Abuelas Bäckerei.

„Es ist so geschäftig." Grace wandte sich zum Fenster. „Oh mein Gott. Schau dir diesen Kuchen an."

Paula setzte gerade das Marzipan-Brautpaar auf die oberste Etage.

„Woher haben sie das alles?"

„Ich habe letzte Nacht eine kleine Lieferung hergebracht."

„Eine kleine Lieferung?" Sie zog die Augenbrauen hoch, und ich zuckte mit den Schultern.

„Hör zu, ich muss bei ein paar Lichtern helfen, aber ich glaube, jemand braucht dich." Ich zeigte auf das Küchenfenster.

„Venir. El cabello de mi hermana es un desastre", rief Paula.

„Die Haare ihrer Schwester sind eine Katastrophe. Sie braucht deine Hilfe." Ich küsste sie noch einmal. „Ich lasse dir Frühstück bringen, und wir sehen uns bald."

Ich schnappte mir ein süßes Kokosnussbrötchen vom Fensterbrett, stopfte es mir in den Mund und winkte Paula zu. „Gracias."

Ich eilte zum Fluss, wo die Männer die hölzerne Tanzfläche aufgebaut hatten. Sie hatten ein Durcheinander von Lichterketten in der Mitte verteilt. Ich ließ die Jungs an vier verschiedenen Ecken arbeiten, und drei Stunden später waren wir bereit, sie in den Bäumen darüber aufzuhängen. Ich half beim Tragen der Eimer mit Rosen, die ich hatte liefern lassen, und stellte sie am Rand auf. Dann kamen die Töpfe mit Essen, Sitzbänke, das Zelt und Fackeln.

In den letzten zwei Tagen hatten die Männer einen Pizzaofen gebaut und warteten darauf, dass ich ihn anfeuerte. Ich umkreiste die Steinkonstruktion und überprüfte den soliden Aufbau. Ich bückte mich zum Boden und holte meine Streichhölzer heraus. Das Anzündholz steckte tief unter dem Ofen. Ich streckte mich nach vorne und kroch hinein, bis ich das Holz erreichte. Der Geruch von Petroleum umgab mich. Ich nahm meine Streichhölzer heraus, entzündete eine Flamme und zielte unter den Reisighaufen. Funken sprühten in mein Gesicht und das Feuer breitete sich schneller aus als erwartet. Als ich mich aus dem Ofen herausschob, hatte mein Bart bereits Feuer gefangen. Ich fuhr panisch mit den Händen über meine lodernden Gesichtshaare, als mir plötzlich ein Eimer Wasser ins Gesicht geschüttet wurde. Das Feuer zischte und erlosch, während der Gestank von verbranntem Haar meine Lungen füllte.

Ich schüttelte das Wasser ab und berührte mein Gesicht. „Scheiße."

Alle brachen in Gelächter aus.

„Verdammt. Mateo", rief ich dem Jungen zu. „Maquinilla de afeitar, jabón und einen Spiegel."

Ich wandte mich an Juan Carlos. „Wie sagt man Spiegel?"

„Espejo." Der Mann winkte Mateo zu. Drei Minuten später brachte der Junge einen Rasierer, Seife, einen Wasserbehälter und einen fünf Zoll großen Rasierspiegel.

„Gracias." Ich spritzte das Wasser über meinen verkohlten Bartwuchs und seifte mich ein. Grace würde das hassen, aber ich konnte nicht mit einem verkohlten Gesicht zur Hochzeit gehen. Ich beeilte mich mit der Rasur und wusch mich im Fluss. Mateo holte mir saubere Kleidung. Als ich angezogen war, hatte sich das ganze Dorf in der Nähe des Bambus-Pavillons versammelt. Der Bräutigam stand vor Abuela, die die Zeremonie durchführen würde. Ich suchte in der Menge bunter Kleider nach meinem Riesenvogel.

Sie stand bei den Weinfässern und reckte sich auf Zehenspitzen, um einen Blick auf die Braut hinter einem verwurzelten Fikusbaum zu erhaschen. Ihr Haar trug einen Kranz aus gesteckten Blumen und fiel über ihre Schultern. Ein roter Schimmer färbte ihre Wangen von einem frischen Sonnenbrand, aber sie sah wirklich aus wie eine Königin.

Ich stand still und beobachtete, wie sich ihre Brust hob und senkte. Ihre Haut glühte und ihre Augen strahlten, und für einen kurzen Moment sah ich mich selbst vor Abuela auf Grace warten. Der Wind wehte, und Graces Blick wanderte. Sie suchte die Menge ab, bis sie mich in der Nähe der hinteren Reihe fand. Ihr Mund öffnete sich und ihre Hand flog hoch, um ihre Überraschung zu verbergen. Ich spürte, wie sich meine Lippe leicht verzog. Sie bahnte sich einen Weg durch die Menge und stürmte auf mich zu, sobald sie den Rand erreicht hatte.

Die Musik begann, die Menge drehte sich um, und sie verlangsamte ihren Lauf zu einem zurückhaltenden Gang. Sie blieb vor mir stehen und hob ihre Hand an mein Gesicht.

„Was hast du gemacht?"

„Ein kleines Feuer. Ich hatte keine Wahl."

„Geht es dir gut?"

„Lebendig und aufrecht. Du mochtest den Bart lieber?"

Sie verzog ihre Lippen zu einem selbstgefälligen Lächeln. „Ich mochte, wie er zwischen meinen Schenkeln kratzte."

„Das liegt daran, dass du dich nicht an mein ganzes Gesicht in deiner Muschi erinnern kannst", flüsterte ich ihr ins Ohr.

Sie erschauerte und stieß mich in die Rippen. Ich konzentrierte mich wieder auf die Braut, aber mit Grace neben mir konnte ich mich nur wirklich auf den Zugang unter ihrem Kleid konzentrieren. Sie lehnte sich an meine Seite, ihr weicher Arm ruhte an meinem. Die Braut näherte sich der Front und die Musik stoppte.

„Ich kann es kaum erwarten, bis du mich daran erinnerst."

Ich konnte es auch kaum erwarten. Ich war mir nicht sicher, wie viel Zeit wir noch in Costa Rica hatten, aber ich würde jede Sekunde auskosten, die ich konnte. Das Team von Auftragnehmern in Graces Salon hatte rund um die Uhr gearbeitet und würde in wenigen Tagen fertig sein. Wenn Silver Securities es richtig anstellte, würde Chad Hartley hinter Gittern sitzen, bevor sie fertig waren. Die Realität klopfte zu schnell an, und ich erwartete Neuigkeiten vor Ende der Nacht. Rachel sollte heute Morgen mit einem Satellitentelefon ankommen, aber ich hatte sie noch nicht gesehen.

„Ich kann nicht glauben, dass du all das für das Dorf getan hast."

Grace beobachtete, wie Braut und Bräutigam auf der Tanzfläche wirbelten.

„Es fühlt sich besser an, als Poolfrösche zu retten." Ich zuckte mit den Schultern.

„Ich liebte es, wie du diese Kröten gerettet hast." Sie kuschelte sich näher an mich, und ich legte meinen Arm um ihre Schulter und zog sie an meinen Körper.

Die intime Zeremonie, gefüllt mit Bräuchen und Tänzen, die über Generationen weitergegeben wurden, war die achte Hochzeit, der ich in diesem Dorf beiwohnte, aber ich wollte diese besonders machen. Wer wusste schon, wann ich zurückkommen könnte, sobald wir in die Staaten zurückkehrten? Der Fall gegen Chad könnte sich über Jahre hinziehen.

Das Paar wurde zu Eheleuten erklärt, von Abuela gesegnet, und sie küssten sich. Grace sah nach oben, und ich sah nach unten, ihr sentimentales Lächeln teilend. Heiße Pizzen wurden aus dem Ofen geholt, und die Party verlagerte sich unter ein Zelt, wo ich eine knusprige Kruste genoss.

Ich hatte gerade die dritte Jalapeño-Empanada in meinen Mund gestopft, als Grace mir ein Glas Guaro reichte.

„Was machst du da?"

„Wonach schmeckt es?"

„Mehr nach Wodka als nach Rum, und es brennt."

„Trinkst du einen mit mir?"

„Ich dachte, du wolltest nicht, dass ich trinke."

„Wir sind auf einer Hochzeit in einem Stammdorf, das dekoriert ist, als wäre es Paris Hiltons Hochzeit. Ich denke, dieser Anlass ist besonders genug."

„In Ordnung. Tauche zuerst nur deine Lippen ein. Es wird verdunsten, bevor es auf deine Zunge kommt." Ich reichte ihr das Glas zurück.

„Nur auf meine Lippen?"

„Ja. Ganz sanft. So wie ich dich gerne koste."

Sie biss sich auf die Lippe, warf mir einen verlegenen Blick zu und neigte das Glas an ihre Lippen. Eins, zwei, drei... Ich hörte auf zu zählen, als sie das Glas leerte und den Kopf schüttelte. Schauer liefen durch ihren Körper. Sie stampfte mit den Füßen auf den Boden, als würde sie sich für einen Start bereit machen, und ich lachte.

„Ich sagte, nur mit den Lippen."

„Ich hab's schon kapiert."

Sie schnappte sich eine Flasche Guaro von einem Tisch und drückte sie mir in die Hand. „Du bist dran."

Ich stellte die Flasche zurück auf den Tisch, steckte mir eine frittierte Süßkartoffel in den Mund und drehte sie im Kreis. Grace lachte und vergaß dabei völlig den Alkohol, wahrscheinlich weil sie schon ein ganzes Glas davon im Blut hatte. Die Sterne kamen heraus, und wir bewegten uns auf die Tanzfläche. Grace hatte einen traditionellen Tanz gelernt und bewegte sich im Rhythmus der Trommeln. Die Melodie wurde langsamer, und ich nahm sie in meine Arme. Sie fuhr mit ihrer Hand über mein Gesicht.

„Es wird eine Weile dauern, bis ich mich an dieses glatte Gesicht gewöhnt habe."

„Wie wär's, wenn du dich einfach daran gewöhnst?"

Ich nahm ihre vollen Lippen zwischen meine. Sie schmeckte nach Guaro und roch nach Sonnenblumen. Nach dem dritten Lied wurde der Rhythmus wieder schneller. Ich wirbelte sie herum. Ihr Haar flog wild und ihr Kopf neigte sich zurück. Sie lachte frei heraus, und in ihren Augen tanzte das Glück. Schuldgefühle schnürten mir das Innere zusammen.

Mateo, der kleine Junge, ergriff Graces Hand und zog sie in die Mitte der Tanzfläche. Ich lachte in mich hinein, trat von der Plattform und ging, um mir einen Snack zu holen. Grace gesellte sich zu mir, nachdem ich das dritte Fischstäbchen verspeist hatte.

„Ich hatte noch nie so viel Spaß", sagte sie, als ich ihr ein Glas Wasser reichte.

„Es ist schön, dich so zu sehen."

Sie hakte sich bei mir ein, und wir gingen den fackelbeleuchteten Weg entlang. Ihr Atem verlangsamte sich, um sich unserem Tempo anzupassen.

„Kann ich dir eine persönliche Frage stellen?" Ihr Griff an meinem Arm wurde fester.

„Okay."

„Du sagst mir, dass Kinder für dich keine Option sind, aber du bist so gut mit ihnen im Dorf."

„Ich freue mich einfach, helfen zu können."

Sie blieb stehen und drehte sich zu mir um. Ihre braunen Augen trübten sich.

„Was ist los?", fragte ich sie.

„Warum kommst du einfach so in mir?"

„Magst du das etwa nicht?"

„Natürlich mag ich das. Ich bin nur verwirrt." Sie neigte den Kopf und presste die Lippen zusammen.

„Worüber bist du verwirrt?"

„Was, wenn ich schwanger werde? Was, wenn Lorelei oder Lucas geboren wird, aber du sagst, dass Kinder für dich nicht in Frage kommen-"

„Du hast dir schon Namen für deine Kinder ausgesucht?"

„Ich habe mir Namen für unsere Kinder ausgesucht."

Ich legte meine Hand an ihre Wange. „Ich bin in dir gekommen, weil du kurz vor deiner Periode bist, was bedeutet, dass deine Ovulationstage vorbei sind, und..." Ich strich mit meinem Finger über ihren sich öffnenden Mund. „Du hast mir bereits gesagt, dass dein Termin nicht gut gelaufen ist. Es gibt in diesem Zyklus keine lebensfähigen Eizellen."

Ihre Stirn runzelte sich. „Stimmt, aber es besteht trotzdem eine Chance", sagte sie.

*Nein, die gab es nicht.*

„Da ist ja mein Freund."

Wir fuhren auseinander und drehten uns zu der bekannten Stimme um. Rachel kam in einem lila Kleid auf uns zu. Meine Augen weiteten sich. Ich hatte sie noch nie in einem Kleid gesehen.

„Du solltest heute Morgen ankommen."

„Stau im Dschungel. Ich bin jetzt hier. Du kannst dich darüber beschweren oder mir eine Umarmung geben."

Ich nahm sie in meine Arme, drehte sie im Kreis und hielt sie fest.

„Schön, dich wiederzusehen."

„Mich auch."

Sie glitt an meinem Körper herunter, und wir wandten uns der verblüfften Grace zu. Ich räusperte mich.

„Rachel, das ist Grace. Grace, Rachel. Meine alte Partnerin."

„Und Freundin?", fragte Grace mit hochgezogener Augenbraue.

Rachel lachte. „Nein, nein. Das ist ein Insider. Hunter ist wie ein Bruder für mich, und meine Frau wäre nicht begeistert."

Falls Rachel versuchte, Graces Sorgen zu zerstreuen, funktionierte es. Ich gab ihr einen schnellen Kuss auf die Stelle, wo sich ein rosa Schimmer über ihre glühende Wange zog.

„Hast du es bekommen?", fragte ich Rachel.

„Ja, ich hab's." Sie reichte mir das Handy.

„Hättest du was dagegen, Grace zu beschäftigen?"

„Das kann ich auf jeden Fall machen." Sie zwinkerte.

„Nicht so schnell. Hände weg."

„Gehst du mitten in der Nacht den Berg hoch?", fragte Grace.

„Nein." Ich hob das Handy. „Dieses Baby funktioniert von hier aus."

Ihre Augen funkelten.

„Und ich verspreche, dass ich mich nach dem Friseursalon erkundige."

„Danke."

Ich ließ sie plaudern und wählte Scars Nummer. Er ging beim zweiten Klingeln ran.

„Ich habe deinen Anruf schon erwartet."

„Heißt das, du hast gute Neuigkeiten?"

„Chad ist in Gewahrsam, und der Salon ist fertig. Meine Mutter möchte mit Grace sprechen, sobald sie zurück ist, und dein Jet wird morgen früh bereit sein."

*Morgen früh.*

Es fühlte sich zu früh an, dass das Abenteuer enden sollte. Ich wollte Grace hier haben. Ich wollte uns hier haben.

„Alles klar. Wir sehen uns bald."

Ich legte auf und ging zurück. Grace und Rachel saßen auf einer Bank unter dem verwurzelten Baum. Graces Schultern waren nach vorne gebeugt, und ich hielt an, bevor ich sie erreichte.

Grace hob ihren Kopf. Tränen liefen ihr Gesicht hinunter und ihr Körper zitterte sichtbar. Ich ballte meine Hände zu Fäusten.

„Rachel, was hast du gesagt?" Die Sehnen in meinem Nacken spannten sich an.

„Es tut mir leid", flüsterte Rachel. „Ich wusste es nicht."

Grace stand auf und sah mir direkt in die Augen.

„Stimmt das? Bist du unfruchtbar?"

# Kapitel 14

## grace

Am nächsten Morgen flogen wir von Costa Rica nach Hause, und Hunter weigerte sich, meine Fragen zu beantworten. Ich rief Emma an und erfuhr, dass Chad auf seinen Prozess wartete und mein Salon für die Wiedereröffnung bereit war. Hunter saß mit Ohrhörern in den Ohren auf seinem Platz, ohne zu ahnen, dass ich wusste, dass sein Handy ausgeschaltet war. Rachel hatte mir von seinem Unfall erzählt: Vor vier Jahren hatte ein Menschenhändler Hunter bei einer Rettungsaktion angeschossen. Er und Rachel hatten die Mädchen gerettet, aber eine der Kugeln hatte Hunters Becken durchbohrt. Er hatte viel Blut verloren und wäre fast gestorben. Die innere Verletzung im Unterleib war irreparabel.

Ich schwankte zwischen Hass und Bewunderung für ihn, unfähig, mich für ein Gefühl zu entscheiden. Er hatte sein Leben aufs Spiel gesetzt, um diese Mädchen zu retten, und dafür einen hohen Preis gezahlt. Oder war ich es, die verloren hatte? War das der Grund, warum mein Blut vor Wut kochte? Die Vorstellung der perfekten Familie, die ich mir erträumt hatte, zerbrach wie eine Seifenblase, aber was mehr schmerzte, waren seine Lügen. Er wusste, was es mir bedeutete, mit ihm zu schlafen. Er ließ mich dumm dastehen, und der Verrat machte mich krank. Mir war den ganzen Weg nach Hause übel, und ich übergab mich in einen Mülleimer, sobald ich die Schwelle meines Hauses überschritten hatte.

„Geht's dir gut?" Er reichte mir ein Taschentuch, und ich wischte mir den Mund ab.

„Jetzt willst du reden?"

„Ich wollte dir nie wehtun oder dir Hoffnung machen."

„Was dachtest du denn, was es mir geben würde, wenn du in mir kommst? Ein Wunderbaby?" Denn genau das hatte ich mir erhofft. Ein Wunderbaby ohne lebensfähige Eizellen ... aber ich wusste nicht, dass ich keine lebensfähigen Spermien hatte. „Du wusstest, was es mir bedeutet hat, mit dir zu schlafen-"

„Ja, ein Baby. Du warst diesbezüglich sehr deutlich, Grace. Ich bin nur ein Samenspender für dein Baby. Obwohl ich dachte, wir hätten bereits festgestellt, dass du nicht ovulierst und keine lebensfähigen Eizellen hast. Warum wurde also alle Hoffnung auf mich gesetzt?"

Mein Gesicht glühte vor Wut und ehe ich mich versah, traf meine Hand seine Wange.

„Fahr zur Hölle, Hunter."

Die Ohrfeige traf und brannte in meiner Handfläche. Er bewegte sich kaum. Tränen stiegen mir in die Augen, und meine Kehle schnürte sich zu. Ich eilte die Treppe hinauf, holte frische Kleidung und knallte die Badezimmertür hinter mir zu. Das Echo erschütterte meine Knochen. Ich schloss die Tür ab und drehte den Duschknopf.

Das fließende Wasser half kaum, die Spannung in meinem Nacken zu lösen, und ich legte den Kopf zurück. Es fühlte sich an, als wäre ich aus einem Traum aufgewacht und kopfüber in einen Albtraum gestürzt. Ich wusste nicht, was ich in diesem blöden Dschungel gesehen hatte ... und in dieser blöden, wunderschönen Öko-Lodge ... und an diesem blöden Wasserfall. Das hier war so viel besser. Wasser auf Abruf, das den Stress und den Kummer wegspülte. In Wahrheit spülte es kaum etwas weg. Vielleicht die Tränen, aber die würden wiederkommen. Wie könnte es auch anders sein? Meine Träume waren zerplatzt, und es war seine Schuld.

Ein lautes Klopfen an der Tür erschreckte mich, und ich wäre fast ausgerutscht.

„Grace, alles in Ordnung?"

„Ja, mir geht's gut."

Ich fand mein Gleichgewicht wieder und stellte die Dusche ab. Hunter musste nach unten gegangen sein, denn ich hörte ihn nicht mehr. Ich machte mich fertig, schnappte mir meine Handtasche und eilte die Treppe hinunter in Richtung Haustür. Er lehnte an der Wand, ein Fuß aufgestützt und die Arme verschränkt.

„Wo gehst du hin?"

„Meine Mutter besuchen."

„Ich komme mit."

„Chad ist in Gewahrsam. Ich glaube, ich brauche keinen Aufpasser mehr."

Er stemmte die Hände in die Hüften, und sein Mund formte sich zu einer geraden Linie. „Ich bleibe hier, bis der Prozess vorbei ist", sagte er.

„Wie auch immer, Hunter. Ich hab zu tun. Wenn du mich jetzt entschuldigst."

Ich drängte mich an ihm vorbei. Die leichte Berührung seines Arms sandte einen fiebrigen Schauer über meine Haut und erinnerte mich an alles, was ich gehabt und verloren hatte. Er stand in der Tür, als ich wegfuhr. Ich beobachtete, wie seine Silhouette im Rückspiegel verschwand, bevor ich meine Eltern anrief. Meine Mutter muss die Qual in meiner Stimme gespürt haben, denn sie drängte mich, sofort vorbeizukommen.

„Es ist so schön, dich zu sehen." Sie nahm mich in die Arme

und hielt mich ein paar Minuten lang fest, als wolle sie den Kummer aus mir herausquetschen. „Komm, wir sind hinten."

Mein Vater saß auf einer Liege am Pool. Er stellte sein Bier beiseite und stand auf.

„Grace. Endlich! Ich hab dich vermisst, Mädchen."

Fest umarmte ich ihn, suchte Halt in seiner Umarmung. Mein Gott, wie gut es sich anfühlte, in seinen Armen zu sein. Als Hunter mich nach Costa Rica mitnahm, war alles klar gewesen; aber jetzt war es ein Durcheinander. Ich wusste nicht, wo ich anfangen oder was ich sagen sollte.

„Hi, Dad. Es ist auch schön, dich zu sehen."

Ich setzte mich, und meine Mutter brachte etwas Limonade.

„Und, wie war Costa Rica?", fragte sie.

„Es war schön, mal rauszukommen, aber ich bin froh, wieder zurück zu sein, und noch glücklicher, dass Chad in Gewahrsam ist."

Meine Eltern tauschten einen wissenden Blick aus. Mein Vater stand auf und küsste mich auf die Wange. „Ich lass euch zwei mal allein reden."

„Ich liebe dich, Dad."

„Ich liebe dich auch, Schatz."

Meine Mutter goss die Limonade ein und reichte mir ein Glas. „Du siehst gestresst aus. Ich dachte, du wärst nach deinem Urlaub entspannt."

„Es war kein Urlaub."

Irgendwie schon.

„Ich weiß, ich weiß. Ich dachte, wenn ihr zusammenkommt-"

„Wir sind zusammengekommen, aber ich glaube nicht, dass es funktionieren wird."

„Ach, hör sofort auf mit diesem Unsinn, Grace. Hunter Silver liebt dich, seit er achtzehn geworden ist, und es gibt nichts, was er nicht für dich tun würde. Er ist zurückgekommen, um dich zu beschützen."

„Richtig. Das hat er."

„Aber du bist nicht glücklich?"

„Doch, bin ich. Es ist nur... Wusstest du, dass er einen Unfall in Costa Rica hatte?"

„Ich habe vielleicht etwas gehört. War es schlimm?"

„Er wurde verletzt, Mama. Er kann keine Kinder bekommen."

„Oh... Ich... Es tut mir leid. Aber weißt du, es gibt viele Möglichkeiten, eine Familie zu gründen."

„Wie Adoption?" Ich sackte zusammen.

„Wo sollen diese Babys denn sonst hin?"

Ich senkte den Kopf und fühlte mich wie ein Arschloch. „Ich weiß nicht. Ich hatte immer davon geträumt, dass wir unsere eigene Familie gründen würden - ein perfektes Mosaik aus seinen und meinen Genen."

Meine Mutter nahm meine Hände in ihre und drückte sie fest. Sie holte tief Luft und atmete in einem langen Seufzer aus. „Gene werden überbewertet."

Ich blickte auf und sah ihr in die Augen. Sorgenfalten zeichneten sich auf ihrer Stirn ab und in ihren Augen schwamm Unruhe.

„Mama?"

„Grace, ich muss dir etwas sagen, aber ich weiß nicht wie."

Ich rutschte an den Rand des Stuhls. „Was ist es?"

„Es geht um Chad und die Hartleys."

„Chad kommt ins Gefängnis."

„Es ist immer noch ein langer Kampf, um sicherzustellen, dass er dort dauerhaft bleibt."

„Arbeiten meine Brüder nicht an dem Fall? Warum war er überhaupt hinter mir her?"

Meine Mutter stieß einen erstickten Atemzug aus. „Bevor Jeff Hartley bei dem Flugzeugunglück starb, wies er seinen ältesten Sohn an, sein Vermächtnis und sein Geschäft weiterzuführen."

„Mafia-Geschäfte."

„Ich nehme nicht an, dass es sich um ein legales Unternehmen handelt. Aber vor seinem Tod bat Jeff Chad darum, eine reine Hartley-Rasse zu erschaffen."

Meine Stirn runzelte sich und mein Herz begann schneller zu schlagen. Meine Mutter stand auf und begann zwischen dem Tisch und dem Pool hin und her zu gehen.

„Jeff wollte ein Hartley-Enkelkind. Ein Enkelkind von seinem Sohn und seiner Tochter."

„Das ist krank." Ich schob mich vom Tisch weg und stand auf, die Hände in die Hüften gestemmt. „Oh mein Gott – Simone? Er wollte, dass Chad sich mit seiner Schwester Simone fortpflanzt?"

Meine Mutter berührte mich sanft an der Schulter und führte mich zurück zu meinem Platz. Da bemerkte ich, dass meine Knie zu zittern begonnen hatten.

„Nein. Nicht Simone, weil sie krank ist. Jeff wollte, dass Chad seine andere Tochter schwängert. Dich."

„Was?"

Ich schloss die Augen und wartete darauf, dass der Albtraum vorüberging. Es musste ein Albtraum sein, denn die einzige andere vernünftige Erklärung wäre, dass ich sie falsch verstanden hatte. Ich öffnete die Augen.

„Was hast du gerade gesagt?"

Meine Mutter starrte mich schweigend an, während ich versuchte, ihre Worte zu verstehen. Feuchte Luft sammelte sich auf meiner Haut. Mein Herz blieb stehen und meine Lungen fielen in sich zusammen.

„Oh mein Gott. Ich bin nicht deine Tochter?"

Sie reichte mir das Glas Limonade, aber meine Hände zitterten zu sehr, um es zu halten. Sagte sie etwa, dass ich keine Wagner war und sie nicht meine Mutter?

„Du bist immer noch meine Tochter, aber biologisch teilst du die DNA von Jeff Hartley und Candice Watson."

Ich war nicht ihre Tochter, und Scar war nicht mein Zwillingsbruder. Ich stützte meine Ellbogen auf die Knie und senkte meinen Kopf in meine Hände, wobei ich mein Haar umklammerte. Das konnte nicht passieren. Doch ich wusste, der Albtraum hatte gerade erst begonnen. Ich blickte wieder auf.

„Ich bin eine Hartley? Wie ist das überhaupt möglich? Habt ihr mich adoptiert?"

Meine Mutter brauchte einen Moment, um sich zu sammeln. „Ich traf Candice Watson bei meinem Termin beim Frauenarzt."

„Jeff Hartleys Ex-Frau?"

„Sie hatten sich bereits getrennt. Wir kannten uns aus verschiedenen sozialen Kreisen, aber ich wusste nicht, dass sie schwanger war. Ein Gespräch führte zum nächsten, und ich... ich konnte nicht Nein sagen."

„Nicht Nein sagen wozu?"

„Sie hatte bereits eine Tochter – Simone."

„Tristans Ex. Die, die krank ist."

„Genau, und Jeff Hartley hat sie in diesen Zustand getrieben. Aber schon vorher hatte er Candice von seinen Plänen erzählt. Sie wollte ihre anderen Babys schützen. Sie erwartete einen Jungen und ein Mädchen."

„Zwillinge? Genau wie du. Aber wie bin ich in deinen Bauch gekommen?"

„Ich hatte nur ein Kind erwartet, einen Jungen. Ich bekam Scar, und Candice hatte Chad und dich. Ich bin nicht deine biologische Mutter, und Scar ist nicht dein Zwilling. Candice brachte dich und Chad am selben Tag zur Welt, an dem ich Scar gebar. Wir hatten die Vereinbarung Monate zuvor getroffen, nachdem sie mir von den gefährlichen Machenschaften ihres Mannes erzählt hatte. Sie hatte mich um Hilfe gebeten, um ihre zweite Tochter zu schützen. Dich. Wir bestachen unseren Arzt und ließen unsere Krankenakten vertauschen. Wir dachten, wir wären erfolgreich gewesen... bis Jeff es herausfand. Ich weiß nicht, wie er es herausfand, aber er tat es."

„Oh mein Gott." Mein Blick wurde unfokussiert und ich senkte meine Brille, um über den Rand zu schauen.

„Hatte irgendjemand vor, mir jemals die Wahrheit zu sagen?"

Sie sagte nichts.

„Wenn Scar nicht mein Zwilling ist, dann sind Axel, Ace und Cash nicht meine Brüder?"

„Nicht biologisch, aber sie sind trotzdem deine Brüder, und wir sind immer noch eine Familie. Das wird sich nie ändern."

Ich starrte sie an, öffnete und schloss meinen Mund, dann schüttelte ich langsam den Kopf in einer ablehnenden Bewegung hin und her. Es ergab jetzt Sinn, dass ich meinen Brüdern nicht ähnlich sah und einen kreativen Weg eingeschlagen hatte, aber... sie fühlten sich trotzdem wie meine Brüder an.

Meine Mutter berührte meine Hand. „Es tut mir leid, dass du es auf diese Weise erfahren musstest. Ich wollte nie, dass es so weit kommt."

Wusste Hunter davon? Spielte es eine Rolle? Was haben sie mir noch verschwiegen?

„Grace, sprich mit mir."

Ich schluckte einen beruhigenden Atemzug. „Ich weiß nicht, Mama. Alles, was ich in meinem Leben für stabil hielt, zerfällt. Soll ich dich immer noch Mama nennen?"

„Natürlich sollst du das."

Mein Handy klingelte mit einem Alarm, und ich griff in meine Handtasche und schaltete ihn aus.

„Ich... ich weiß nicht, was ich davon halten soll. Ich brauche Zeit zum Nachdenken. Es tut mir leid, dass ich nicht länger bleiben kann, aber ich habe einen Termin, den ich nicht verpassen darf. Ich möchte mehr darüber reden. Ich würde auch gerne mit Candice sprechen."

„Natürlich." Meine Mutter stand auf und nahm mich für eine herzliche Umarmung in ihre Arme. „Ich werde es ihr sagen."

„Ich liebe dich, Mama."

Ihr Atem entwich langsam aus ihren Lungen, und ich verstärkte meinen Griff um sie. Wie könnte ich sie nicht lieben? Sie hatte mich großgezogen, unterstützt und mir ein Leben gege-ben, von dem viele nur träumen konnten. Ich hatte eine liebevolle Familie und eine wunderbare Erziehung. Sie hatte ihr Leben für mich geopfert und mich vor einem Monster ferngehalten. Gott weiß, wo ich wäre, wenn ich eine Hartley geblieben wäre. Sie würde immer meine Mutter sein, unabhängig von der DNA.

„Ich liebe dich auch, Grace." Sie küsste meinen Kopf. „Komm bald wieder zum Reden. Ich bin sicher, Candice würde dich gerne sehen."

„Das werde ich."

Mein Leben war wie ein Kartenhaus zusammengebrochen. Mit jedem Herzschlag fühlte ich, wie sich alles um mich herum veränderte. Ich stieg ins Auto und fuhr zum nächsten Park, wo ich mich auf einem Hügel abseits der Schaukeln niederließ.

Ich lag nicht länger als drei Minuten, als mich das Geräusch sich nähernder Schritte auf die Ellbogen brachte.

„Ich dachte, du wärst eingeschlafen."

Ich blinzelte bei der Stimme meines Bruders und setzte mich auf, während ich meine Hände an meiner Jeans abwischte, als Scar herankam. Er streckte seine Hand aus und zog mich auf die Füße.

„Verfolgst du mich?", fragte ich.

„Ja. Mama hat angerufen, nachdem du gegangen bist, und sie war besorgt."

Wir setzten uns auf eine nahegelegene Bank. Eine Entenfamilie watschelte vorbei, die Küken folgten ihrer Mutter zum Ufer.

„Geht es dir gut? Ich weiß, dass Mama dir von Candice Watson erzählt hat."

„Mir wird es gut gehen, solange wir weiterhin behaupten, dass du der ältere Zwilling bist." Ich stieß meine Schulter gegen seine.

„Technisch gesehen-"

„Ach komm schon, Scar, gönn mir wenigstens das."

„Na gut. Ich bin älter. Um ein paar Minuten." Er legte seinen

Arm um mich. „Ich weiß, es ist viel zu verarbeiten, aber es ändert nichts daran, dass du meine Zwillingsschwester bist."

„Wirklich?"

„Verdammt, ja. Machst du Witze? Ich werde nie vergessen, wie du versuchtest, mich zu schlagen und stattdessen deinen Finger in meine Nase gesteckt hast. Ich habe wie ein Schwein geblutet, und wir wollten Mama nicht beunruhigen, also haben wir uns eine Geschichte über eine Hitzewelle ausgedacht, die meinen Kopf getroffen hätte."

Ich lachte, als ich mich an den Moment erinnerte.

„Wir teilen mehr, als eine genetische Verbindung geben kann. Wir teilen Erfahrungen, die ein Leben lang halten werden."

„Danke. Das hatte ich nötig." Ich lehnte meinen Kopf an seine Schulter. „Wie geht es meinen Neffen? Wie geht es Jules?"

Ich war nicht die Einzige mit Hartley-Problemen. Es schien, als hätte diese Familie etwas gegen unsere Familie, denn Chads Bruder, Brad, hätte meine Schwägerin fast getötet. Aber er war jetzt tot und teilte seinen Platz in der Hölle mit seinem Vater.

„Die Jungs sind in der anhänglichen Phase, und Jules ist überglücklich, wieder arbeiten zu können."

Ich lachte. Meine Schwägerin war Ärztin in der Notaufnahme und fand die Arbeit weniger hektisch als ihre Zwillingsjungen. Hoffentlich würde ich eines Tages auch im Garten herumlaufen und kleinen Kindern hinterherjagen, die dem Hund nachliefen.

„Und du bist immer noch so wahnsinnig in sie verliebt wie an dem Tag, als Brad Hartley den Löffel abgab?"

Er lachte.

„Ich hoffe, sein Bruder leistet Brad bald Gesellschaft in der Hölle", sagte ich.

„Wir arbeiten daran, aber ich brauche, dass du in der Zwischenzeit in Hunters Nähe bleibst."

„Warum?"

„Chads Kautionsanhörung steht bevor."

„Und du glaubst, sie lassen ihn frei?"

„Vor Gericht haben wir nicht alles in der Hand. Manches können wir beeinflussen, anderes nicht. Was wir kontrollieren können, ist deine Sicherheit, und die ist erst gewährleistet, wenn die Jury das Urteil verliest und er hinter Gittern sitzt."

Ich sackte zusammen. „Klingt, als würde das eine Weile dauern."

„Hey, vielleicht willst du etwas Spannung an der Stange abbauen?"

„Du und meine Brüder könnt euer Stripclub-Geschäft für euch behalten. Ich bin nicht so talentiert."

„Du trainierst doch. Du wärst überrascht, was du alles kannst."

„Nicht strippen. Ich will eine Familie und ich will das nicht alleine machen. Ich will Hunter dabei haben, weißt du?"

„Hunter liebt dich. Ich weiß, es war schwer, aber man findet selten einen Partner, der für einen sterben würde."

„So wie Jules ihr Leben für dich riskiert hat?"

„Für mich, ihre Schwester und viele andere. Du solltest mal vorbeikommen und deine Neffen sehen. Sie wachsen so schnell."

Mein Magen knurrte. „Nur wenn du versprichst, meine Lieblingsrippchen zu grillen." Ehrlich gesagt würde ich jederzeit vorbeikommen, um mit den Jungs Cartoons zu schauen.

Scar brachte mich zu meinem Auto. Wir verabschiedeten uns, und ich fuhr zu einem Café in der Nähe der Boutique meiner Tante. Ich kaufte einen Müsliriegel und ein Sandwich zum Mitnehmen und knabberte auf dem Weg zum Laden meiner Tante daran.

Tante Mary umarmte mich fest und ging sofort zu ihrer neuen Dessous-Kollektion über. „Ich habe dieses besondere Stück für dich zurückgelegt. Ich habe auch eine Kiste mit jedem Teil der Kollektion zu dir nach Hause geschickt."

„Danke. Die sind wunderschön."

„Gern geschehen, aber ich hoffe, du hast sie in Costa Rica nicht gebraucht."

Ich versuchte, die Frage mit einem Lächeln abzutun. „Na, da ist aber jemand neugierig, was?"

„Ja, tatsächlich."

Meine Wangen wurden heiß.

„Wir hatten eine tolle Zeit, aber ich muss mich auf meine Wiedereröffnung vorbereiten. Ich muss deine Mitarbeiter wieder einstellen."

„Frankie hat schon einige meiner Männer eingestellt. Ich sorge dafür, dass es genug sind."

„Danke."

„Möchtest du ein Glas Wasser oder Orangensaft? Grace, du siehst blass aus."

Ich fächelte mir Luft zu und setzte mich auf einen gepolsterten Sitz in der Mitte des Raumes. „Es ist schwül draußen, und ..." Ich hielt inne und suchte nach den richtigen Worten. Vielleicht war es besser, es einfach herauszuplatzen?

„Was ist los?"

„Meine Mutter hat mir gerade gesagt, dass ich keine Wagner bin."

Sie berührte mit ihren Fingern ihre geöffneten Lippen.

„Du wusstest es?"

Meine Tante setzte sich auf den Stuhl neben mir und öffnete den obersten Knopf ihrer Bluse. „Wir sind Schwägerinnen. Natürlich wusste ich es. Es war eine schwierige Zeit ... eine andere Zeit. Und die Hartleys-"

Ich berührte ihre Hand. „Ich weiß; ich verstehe."

„Grace, das ändert nichts daran, wie sehr ich dich liebe und bewundere."

„Ich empfinde genauso, Tante Mary."

Ich wischte mir den Schweiß von der Stirn, und sie legte ihren Handrücken an meine Wange.

„Was hat dieser Junge mit dir in Costa Rica gemacht? Du glühst ja förmlich."

„Das ist nur die Luftfeuchtigkeit."

„Hier drin läuft die Klimaanlage. War Costa Rica gefährlich? Aufregend?"

Ich lächelte. Costa Rica war fantastisch, und obwohl es erst Tage her war, fühlte es sich an wie Äonen. Ich vermisste die Öko-Lodge, den Regenwald, den Wasserfall ... Und am meisten vermisste ich Hunter. Unsere Verbindung war eine, die man nur einmal im Leben findet, und ich konnte mir nicht vorstellen, den Rest meiner Jahre ohne ihn zu verbringen. Er hätte mir nur sagen sollen, dass er verletzt war.

„Wusstest du, dass er vor vier Jahren fast gestorben wäre?", fragte sie.

Ich fing ihren Blick auf.

„Ja. Woher hast du das gehört?"

„In deinem Salon. Teresa Silver erzählte mir, dass Hunter einen Unfall hatte und sie um sein Leben fürchtete wegen der inkompetenten Ärzte."

„Inkompetent? Wie inkompetent?"

Eine der Angestellten brachte ein Tablett mit zwei beschlagenen Gläsern kalten Wassers, und ich nahm einen Schluck.

„Inkompetent genug, dass die Silvers ein privates medizinisches Team in den Regenwald schickten."

„Er wollte nicht gehen?"

„Er konnte wegen Komplikationen nicht gehen."

„Oh."

Könnte es sein, dass sich die Ärzte bei Hunters Diagnose geirrt hatten? Ein winziger Funke Hoffnung glomm in mir auf. Die Ärzte müssen etwas übersehen haben, denn tief in meinem Inneren konnte ich unsere Zukunft so deutlich sehen, mit einer Familie von blauäugigen Hunter-Klonen, die im Hinterhof spielten.

„Danke für das Gespräch, Tante Mary, und danke für die Geschenke."

„Gern geschehen. Ich habe ein paar Ideen, die wir nach der

Wiedereröffnung besprechen können. Wir müssen uns nach meinem Urlaub unbedingt zusammensetzen."

„Und wie läuft es mit Dr. Riley?"

„Stephen und ich ergänzen uns wie Salz und Pfeffer, und das ist das Wichtigste."

„Wie lange seid ihr schon zusammen? Zwölf Jahre?"

„Fünfzehn, aber wer zählt schon?" Sie zwinkerte. „Das Tolle an jüngeren Männern ist, dass sie voller Ausdauer, Kraft und Abenteuerlust sind. Sie schätzen deine Erfahrung."

„Und er will eines Tages keine Familie?"

„Du wärst überrascht, wie viele Männer keine Kinder wollen."

„Warum hast du keine Kinder bekommen? Tut mir leid ... Ist das zu direkt?"

„Nein, Grace. Schon gut. Anfangs dachte ich, ich wollte keine Kinder, weil ich keinen Partner finden konnte. Ich komme aus einer großen Familie mit vielen Geschwistern, die Kinder haben, also habe ich oft auf meine Nichten und Neffen aufgepasst, und das war immer genug. Als Tante konnte ich sie alle richtig verwöhnen. Ich will nicht lügen – keine Kinder zu haben, gab mir mehr Zeit für mich selbst. Das mag egoistisch klingen, aber bevor ich mich versah, war meine biologische Uhr abgelaufen, und nach ein paar tränenreichen Nächten wurde mir klar, dass ich genau das hatte, was ich wollte. Eine Karriere, einen Partner und eine Familie voller Kinder, die ihre Tante Mary liebten."

Ich lächelte. „Das ist nicht egoistisch. Wir haben alle nur ein Leben, und niemand kann uns sagen, wie wir es leben sollen. Kinder, keine Kinder, Single, geschieden ... Eine Frau wird, egal für welchen Weg sie sich entscheidet, verurteilt werden, also scheiß drauf. Leb das Leben, das du dir wünschst. Es ist deins, und wir haben nur eins davon."

„Genau. Und was wünschst du dir, Grace?"

Mein Herz schlug mir bis zum Hals. Ich trank mein Glas Wasser aus und stellte es auf den Tisch. „Ich will nicht, dass meine biologische Uhr abläuft. Ich möchte eine Familie mit Hunter."

„Dann mach weiter mit deinen Behandlungen. Wunder geschehen."

„Danke." Ich umarmte sie und nahm meine Geschenke.

Falls Wunder tatsächlich geschehen sollten, könnte die neue Kollektion meiner Tante heute Abend vielleicht etwas nachhelfen.

Ich stürmte in das Wagner-Büro, in dem sich die Anwälte stritten, und knallte meine Hand auf den Tisch. Kurz nachdem Grace gegangen war, hatte ich einen Anruf von Axel Wagner, ihrem ältesten Bruder, erhalten. Er hatte keine guten Nachrichten. Der Raum wurde still und eine Welle von Köpfen drehte sich zu mir.

„Was ist jetzt das Problem?"

Ich schnappte mir ein Putensandwich von einer Platte, zog einen Stuhl heran und setzte mich.

Axel räusperte sich. „Chad hat den Richter bestochen. Die Chance, dass er am Montag auf Kaution freikommt, ist keine Chance mehr, sondern Realität. Der Richter wird eine Fußfessel anordnen, aber das wird Chad nicht davon abhalten zu fliehen-"

„Oder Grace nachzustellen. Was sind unsere Optionen?"

Eine angespannte Stille breitete sich im Raum aus. Sie hatten keine Lösung; und wenn Chad am Montag freikäme, konnte Grace nicht hier sein. Ich öffnete eine Wasserflasche und spülte das Sandwich hinunter. „Ich glaube nicht, dass sie das Land wieder verlassen möchte. Wie schnell kann der Prozess beginnen? Wie viel Zeit haben wir?"

„Chads Team ist bereit, das so lange wie möglich hinauszuzögern."

Ich trommelte mit den Fingern auf den Schreibtisch. Es bestand kein Zweifel, dass Chad hinter Grace her sein würde, sobald er Freiheit witterte, und ich war mir nicht sicher, ob sie mich sie wieder wegbringen lassen würde.

„Wo ist Grace jetzt?", fragte Axel.

„Bei euren Eltern, wo sie erfährt, dass sie nicht deine Schwester ist. Wo ist Scar?"

„Er verfolgt Grace immer noch, also ist er wahrscheinlich in der Nähe. Bis dieser Bastard nach ADX verlegt wird, schlafen wir mit offenen Augen."

Mein Kopf schoss hoch. „Was ist mit einer Verlegung vor der Kautionsanhörung? Anderer Bezirk, anderer Richter ... Aber ihr müsstet schnell arbeiten. Wir haben nur noch sechs Tage bis zur Anhörung."

„Das könnte funktionieren. Richter Harris geht direkt danach in den Urlaub. Aber wir bräuchten einen Grund für die Verlegung."

„Er ist in Nassau County?"

Axel nickte und tippte etwas in sein Handy.

„Ich habe jemanden auf der Innenseite", sagte ich.

„Ich werde veranlassen, dass Chad verlegt wird, sobald du es bestätigst." Axel stand auf und zog den Stuhl vom Tisch weg. Ich tat es ihm gleich.

„Sie wird jeden Einzelnen von uns brauchen, um zu gewinnen", sagte er.

Sie nickten einstimmig, und Axel ging quer durch den Raum auf mich zu.

„Blut hin oder her, sie ist unsere Schwester und eine von uns. Wir holen dein Team von Silver Securities mit ins Boot."

Ich ging mit mehr Hoffnung, als ich bei meiner Ankunft hatte, und machte mich auf den Weg zur Einkaufsmeile. Wenn ich auch nur den Hauch einer Chance haben wollte, Graces Vertrauen zurückzugewinnen, musste ich aufs Ganze gehen - mit einer ordentlichen Bestechung und einem Meer aus Blumen. Ich wählte die Nummer einer Freundin, und sie ging beim zweiten Klingeln ran.

„Hola, cariño."

„Rachel, ich brauche einen Gefallen."

„Oh, wie süß von dir! Ich wäre total gern die Patin deines Kindes."

„Hör auf mit dem Unsinn. Das ist ernst."

„Das ist es auch. Ein Vögelchen hat mir gezwitschert, dass Dr. Grios vor seinem Tod ein paar chirurgische Fehler gemacht hat – speziell bei Beckenverletzungen. Er hatte irgendeine Agenda, die Welt mit hübschen kleinen Babys zu bevölkern, und erzählte acht seiner früheren Patienten, sie seien unfruchtbar, als sie es nicht waren; und sie endeten mit einem Dutzend schwangerer Frauen. Es gibt eine Klage."

„Wovon zum Geier redest du?"

„Ich sage, Dr. Grios hat acht anderen Patienten, die ich interviewt habe, gesagt, sie seien unfruchtbar, und sie waren es nicht. Du könntest der Neunte sein."

„Warum zum Kuckuck hast du sie interviewt?"

„Ich fühlte mich schlecht nach Costa Rica. Ich weiß, Grace war aufgebracht, und ich wollte die Dinge in Ordnung bringen. Außerdem überlegen wir, Kinder zu bekommen, also suchen wir nach einem Samenspender. Hey, hättest du Interesse? Deine Gene und unsere Gene würden wunderschöne Babys machen."

„Ich bin unfruchtbar, Rachel."

„Das sagten die Typen, die ich interviewt habe, auch. Jedenfalls, du brauchtest einen Gefallen?"

*Verdammte Rachel.* „Ja, danke. Kennst du jemanden in Nassau County?"

„Ob ich jemanden kenne? Ich kenne jeden. Was ist der Job?"

„Ich brauche einen Gefangenen, der genug leidet, um nach ADX Florence verlegt zu werden."

„Das sind einige Bezirke weit weg."

„Kannst du das hinkriegen?"

„Kannst du Babys machen?"

Ich umklammerte das Lenkrad fester und fuhr auf die Auto-bahn, in der Hoffnung, dass die Antwort auf beides ja war. Aber sie lag falsch. Wenn ich Kinder haben könnte, hätte ich schon einen Haufen, die im Dorf in Costa Rica herumlaufen würden. Nachdem Grace mich verlassen hatte, dachte ich, ich hätte nichts zu verlieren, und Paula war da, um mich abzulenken. Aber ich lag falsch. Ich hatte viel zu verlieren. Ich wollte Grace nicht verlie-ren, jetzt, wo sie wieder mein war.

„Du spinnst, Rach. Hör zu, wenn du es nicht machst, finde ich jemand anderen."

„Okay, ich mach's. Entspann dich, Hunter. Jesus, du klingst, als würde dir der Hintern brennen"

Sie lag nicht falsch. „Es muss vor Montag über die Bühne gehen. Koste es, was es wolle, er darf auf keinen Fall bei der Kautionsanhörung auftauchen. Ich schicke dir die Details."

„Montag. Alles klar. Betrachte es als gegessen und verdaut. Also, wegen der Patenschaft-"

„Na gut." Ich fuhr mir mit den Fingern durchs Haar und drehte mich um. „Ich verspreche dir, du bist die Erste in der Reihe, um Patin meines Kindes zu werden."

„Ja!"

Ich stellte mir vor, wie sie triumphierend die Faust in die Luft stieß.

„Bist du dieses Wochenende in der Gegend? Grace eröffnet ihren Salon wieder. Es wäre toll, dich zu sehen."

„Gibt's noch mehr Geheimnisse, über die ich nicht sprechen soll?"

„Paula."

„Verstanden. Weißt du, vielleicht hat der Arzt dich ja doch nicht angelogen, denn bei der Anzahl von Malen, die du diese

Frau gevögelt hast, solltet ihr zwei eigentlich eine kleine Armee blauäugiger Monster haben."

Abgesehen von ihren vier Schwestern hatte Paula neun jüngere Brüder, und sie alle waren lästige kleine Teufel.

„Danke, dass du so ein Sonnenschein in meinem Leben bist", sagte ich.

„Ich höre den Sarkasmus."

„Gut. Sehen wir uns am Wochenende?"

„Wir sehen uns."

Wir legten gleichzeitig auf, und ich bog in ein Einkaufszentrum ein. Ich holte eine Schachtel mit rosenduftenden Kerzen und Grace' Lieblingswein, bevor ich zu unserer örtlichen Bäckerei fuhr, um frische Baguettes zu kaufen. Am Yachthafen bereitete Olivier eine Kiste voller Zutaten samt Anleitung vor. Ich war zwar kein Meisterkoch, aber ich war mir sicher, dass ich Grace' Lieblingsgerichte zubereiten konnte. Als ich in den Cougar Court einbog, war Grace' Auto noch nicht da.

Ich brachte die Einkäufe ins Haus, krempelte meine Ärmel hoch, wusch mir die Hände und holte das Geschirr und Besteck heraus. Schon bald kochten frische Nudeln und die Tomaten-Kräuter-Sauce reduzierte. Ich stellte die Kerzen unter der Pergola auf, während der Fisch über Apfelholz auf dem Grill dämpfte. Ein köstlicher Duft erfüllte das Haus. Ich stellte das Essen in die Wärmeschublade, pflückte die schönsten Rosensträuße aus Grace' Garten und arrangierte drei Vasen auf dem Tisch. Ich zündete Fackeln rund um das Grundstück an und rettete drei Kröten aus ihren endlosen Poolrunden. Das erste Zirpen der Grillen ertönte, als die Dämmerung nahte. Ich entzündete die Feuerstelle im Garten und setzte mich auf eine Liege, wobei ich meine Beine ausstreckte.

Ich schnupperte. Der Geruch von Schweiß wehte von unter meinen Armen hervor. Ich zog meine Kleidung aus und sprang unter die Dusche im Poolhaus. Ich trocknete mich ab, kämmte mit den Fingern durch mein Haar und stieß dabei einen Stick von einem Regal. Als ich erkannte, dass das Plastikteil ein Schwangerschaftstest war, hätte ich es fast fallen lassen. Aber er war negativ.

Grace war nicht schwanger. Natürlich war sie das nicht. Ich war steril.

Der Ofen-Timer ging los. Ich legte den Stick zurück ins Regal und ging zurück in die Küche, um die Crème brûlée aus dem Ofen zu nehmen. Die Sonne verschwand am Horizont, und ich machte mir Sorgen um Grace. Scar hatte versprochen, sie bis zu ihrer Rückkehr im Auge zu behalten, aber was, wenn Scar in Schwierigkeiten geraten war? Ich schaute nicht hin, als ich das Geschirr ohne Handtuch griff und mir die Hand verbrannte.

„Verdammt nochmal!", schrie ich.

Meine Haut wurde rot und ich drehte den Wasserhahn auf.

„Gottverdammtes heißes Wasser!" Ich zog meine Hand unter dem Strahl weg.

Meine Haut schrumpelte, bevor sich Blasen bildeten, die mit jedem Blinzeln und Schweißtropfen größer wurden.

Von oben ertönten hastige Schritte. Ich hielt meinen Blick auf den Kücheneingang gerichtet und stellte den Wasserhahn auf kalt. Grace rannte in die Küche, mit geröteten Wangen, wildem Haar und großen, in einem neuen, spitzenbesetzten BH hüpfenden Brüsten. Der weiße Stoff schmiegte sich an ihren Körper und verbarg nichts. Wunderschöne rosa Brustwarzen zwinkerten mir zu.

*Hallo.*

Ihre vollen Brüste zogen meine ganze Aufmerksamkeit auf sich.

„Hunter? Alles in Ordnung? Was zum Teufel ist passiert?"

Mein Kopf schnellte hoch, um ihrem Blick zu begegnen. Sie erstarrte auf halbem Weg zur Küche und zog langsam ihren Morgenmantel von den Seiten zusammen, den Gürtel vorne zubindend. Es gelang ihm trotzdem kaum, ihren Körper zu verbergen, und zu diesem Zeitpunkt war mein Blut bereits südwärts geflossen. Weiß war offiziell meine Lieblingsfarbe.

Sie schnupperte. „Kochst du?"

*Kochen?*

Meine Hand brannte vor Schmerz.

„Ich habe mir die Hand verbrannt." Ich wackelte mit den Fingern.

„Herrgott, was zum Henker?"

„Eher ein Unfall, aber es brennt definitiv höllisch. Ich habe eine heiße Crème-brûlée-Schale angefasst."

„Crème brûlée?" Sie leckte sich die Lippen, während sie eine Schüssel mit Wasser füllte und Eis hinzufügte. „Tauche sie hier ein. Das sollte helfen. Seit wann kochst du?"

„Seit ich wie Tarzan im Dschungel gelebt habe. Aber du vergisst, dass ich auch hier gelebt habe. Ich habe die Zutaten von Olivier am Yachthafen geholt."

Sie nickte. Ihre Aufmerksamkeit wurde auf das Leuchten draußen gelenkt. Sie betrachtete den gedeckten Tisch unter der Pergola, wo weiches Kerzenlicht den Raum erhellte. „Beeindruckend."

„Schön, dass es dir gefällt. Ich hoffe, du hast Hunger."

Sie rieb sich den Bauch. „Tatsächlich habe ich das. Es sieht draußen wunderschön aus. Was ist der Anlass?"

„Ich, der um Vergebung bittet."

„Hunter-"

„Ich meine es ernst."

„Nein, Hunter. Lass mich deine Hand sehen, bevor diese Blase noch größer wird. Du brauchst Brandsalbe."

„Wir haben Brandsalbe?"

„Ja, haben wir, Tarzan. Ein sehr nützlicher Gegenstand in einem Erste-Hilfe-Kasten. Halte sie vorerst unter Wasser."

Sie schnappte sich einen Küchenhocker und hüpfte hinauf, um an den Schrank über dem Kühlschrank zu gelangen. Ihr seidener Morgenmantel rutschte hoch und entblößte den

Streifen Spitze, der sich zwischen ihren Pobacken abzeichnete. Mein Schwanz wurde hart. Die sanfte Rundung ihres Venushügels zeichnete sich verführerisch durch ihren Slip ab, als sie sich auf die Zehenspitzen stellte. Ich würde alles dafür geben, sie unter meiner Berührung erschaudern zu sehen, während ich mit meinen Fingern über den erhitzten Hügel strich.

„Worauf starrst du?"

Ich hob meinen Kopf höher, schuldig und doch ohne Scham. „Dein wunderschöner Hintern ist runder, als ich ihn in Erinnerung hatte."

„Du hast meinen nackten Hintern vor zwei Nächten gesehen. Wie kann er da runder sein?"

„Ich weiß nicht. Es fühlt sich an, als wäre es länger her. Vielleicht kann ich mich deshalb nicht erinnern."

Sie stieg von der Leiter und kehrte zur Arbeitsfläche zurück. „Das ergibt wenig Sinn. Lass mich deine Hand sehen."

Ich hob meine knallrote Handfläche, und sie legte ein Handtuch darunter.

„Tut es weh?"

„Fühlt sich taub an, aber nichts, was ein bisschen Mösensaft nicht heilen könnte."

Sie prustete lachend. „Ist das deine Art, mich anzumachen?"

„Ich hatte gehofft, das Abendessen, die Kerzen und die stimmungsvolle Beleuchtung würden den Trick tun."

Sie kicherte, und ich zupfte an ihrem seidenen Morgenmantel.

„Ist der aus der Kollektion deiner Tante?"

Sie biss sich auf die Lippe. Zögerndes Funkeln tanzte in ihren Augen. „Ja", flüsterte sie. Dann wurde ihr Gesicht traurig, und Tränen standen kurz davor zu fließen.

„Was ist los?", fragte ich.

„Ich bin eine Hartley. Meine Eltern sind nicht meine Eltern, meine Brüder sind nicht meine Brüder, und ich ... ich habe einfach das Gefühl, alles zu verlieren."

*Sie haben es ihr erzählt.*

„Hey, hey. Du verlierst nicht alles. Ich gehe nirgendwo hin, und deine Familie auch nicht."

„Ich ... ich kann nicht denken. Ich will nicht denken."

Ich führte ihre Hand an meine Lippen. „Es tut mir so leid für deinen Schmerz. Es tut mir so leid für alles."

Sie trat näher, und unsere Atemzüge trafen sich. Ihre wunderschönen Schenkel und schweren Brüste drückten sich gegen meine Haut, ihre Kühle brannte über meinen Körper. Ich senkte meinen Kopf, bis meine Lippen über ihren schwebten. Mein Mund streifte ihr Ohrläppchen, meine Lippen fuhren den äußeren Rand nach, und sie zitterte. Ihr Körper schmiegte sich an meinen, und ich festigte meinen Griff um sie. Ihre weiche Haut wurde unter meiner Berührung fest. Mit einer Hand strich ich über ihre zarten Kurven und nahm einen langen Atemzug. Sie roch so gut.

Ihr Schniefen ließ mich mitten im Atemzug innehalten, und ich zog mich zurück. Eine Spur von Tränen befleckte mein Hemd.

„Was ist los?" Ich hob ihr Kinn mit meinem Finger. Sie blinzelte und ließ eine neue Welle von Tränen frei. Ich griff nach einem Taschentuch und wischte die Tränen weg.

„Ich weiß nicht mehr, wer ich bin."

„Du bist Grace. Die gleiche wunderschöne Frau, die ich seit meinem fünfzehnten Lebensjahr liebe."

Sie schniefte noch einmal, bevor sie sich die Nase putzte. „Fünfzehn? Nicht erst, nachdem du meine Harley repariert hast?"

Ein Achselzucken rollte über meine Schulter. „Ich war da schon wahnsinnig in dich verliebt. Ich war schon in dich verknallt, bevor ich dich ran ließ."

„Du hast mich dich ficken lassen?"

„Ja, und dann ließ ich dich mich über jede erregende Stelle an deinem Körper aufklären." Ich knabberte an ihr. „Erinnerst du dich an all die Stellen, Grace?" Ich strich mit meinen Fingern unter ihr Knie, und sie schloss die Augen. Als Nächstes ging ich zum Innenschenkel, zog bis zu ihrem Schoß, bis sie ihre Beine öffnete.

„Hunter … deine Hand."

„Ich kann meine Hand nicht spüren, wenn ich dich berühre." Ich küsste sie den Hals hinunter, bewegte mich südwärts zu ihren geschwollenen Brüsten und harten Nippeln. Meine unverletzte Hand fuhr ihren Innenschenkel hinauf, und sie öffnete ihre Beine, ließ mich entlang des durchnässten Stoffs ihres Höschens fühlen.

„Gutes Mädchen." Ich biss durch ihren BH in ihre Brustwarze und schob den Slip beiseite, ließ meine Finger über ihre feuchten Schamlippen gleiten. Sie wand sich in meinem Griff, bis brennender Schmerz meine verbrannte Handfläche erreichte, und ich zuckte vor Schmerz zusammen.

„Scheiße. Ich brauche Medikamente."

„Du brauchst Creme", murmelte sie.

„Das hat sie auch gesagt."

Sie erstickte an einem niedlichen Schnauben. „Der Schmerz steigt dir zu Kopf, und wenn wir nicht in den nächsten fünf Minuten ins Krankenhaus fahren, wirst du zu einem kompletten Arschloch. Lass mich die Creme auftragen und dich in die Notaufnahme fahren."

„Und ich war gerade bereit, mit dir zu schlafen."

„Das können wir machen, wenn wir zurück sind. Genau hier, auf dieser Arbeitsfläche."

„Küche?"

„Überall", grinste sie. „Ich will dich überall."

„Ich kann dir nicht geben, was du willst, Grace. Ich kann dir keine Kinder geben."

„Alles, was ich will, bist du. Ich … ich will einfach nur mit dir zusammen sein."

„Und Kinder?"

„Du hast gesagt, du wärst offen für Adoption, aber darüber können wir reden, nachdem deine Hand geheilt ist."

Ich nahm ihre Lippen und verlor mich in ihrem zarten Mund. Ihr Körper schmiegte sich wieder an meinen und linderte meinen Schmerz. Gott, wie sehr ich ihr alles geben wollte, was sie verdiente: Sicherheit, eine Familie und ein Baby … oder Babys.

Was, wenn Rachel Recht hatte?

# Kapitel 16

## grace

Hunters Hand heilte wie die eines wilden Tarzans: unerwartet schnell. Seine Haut wuchs nach, als wäre er gegen die Verletzung immun. Wir wechselten täglich den Verband, und er verbarg den Schmerz, der durch seinen Arm schoss, jedes Mal, wenn ich die verschriebene Salbe auftrug. Zum Glück hatten wir einen Arzt in der Familie. Ich befolgte Jules' strenge Regeln drei Tage lang und ließ ihn mich nicht anfassen. Er versuchte es mehrmals, aber ich hatte Angst, ihm wehzutun.

Die Laken waren um meine rechte Seite verdreht, und Hunters Haut brannte links gegen meine. Seine linke Hand fuhr meinen Oberschenkel hinauf, und ein leises Stöhnen entfuhr meinem Mund. Die Sonne war vor ein paar Stunden aufgegangen, und wir hatten verschlafen. Hunters Haare hatten diesen zerzausten Morgenlook, der meine Eierstöcke komplett durchdrehten. Ich stand auf, aber er packte mich am Handgelenk.

„Na komm. In Costa Rica konntest du die Finger nicht von mir lassen."

„In Costa Rica warst du nicht verletzt."

Seine freie Hand schob sich zwischen meine Oberschenkel, und meine Beine öffneten sich, um ihm Zugang zu gewähren.

„Ich schwöre, die Dinge, die ich mit dir anstellen werde,

sobald du mich lässt", knurrte er, und seine Worte, mit rauer Stimme überzogen, ließen meine Haut in Flammen aufgehen.

Er fuhr mit seinen Fingern über meinen durchnässten Slip, und mein Widerstand schmolz dahin.

„Was ist mit den Dingen, die ich mit dir machen kann?" Ich zog meine Augenbrauen hoch und sah, wie sich sein Mundwinkel hob.

„Oh ja? Wie zum Beispiel?"

Ich drückte gegen seine Schulter. Er legte sich flach auf den Rücken und wartete, während ich auf ihn kletterte. Ich stellte mich auf und setzte meine Füße an seine Hüften, dann streifte ich meinen Slip und mein Negligé ab. Sein Schwanz stand steil wie ein Mast und zeltete das Laken. Ich packte die Kante der Decke mit meinen Zehen und zog sie seine Oberschenkel hinunter. Sein harter Schwanz sprang darunter hervor. Ich leckte mir die Lippen, und er stöhnte erneut.

„Ich hoffe verdammt nochmal, dass du mich nicht nur verarscht."

Meine Lippe zuckte zur Seite. „Ich habe eine Regel."

„Welche Regel?"

„Du darfst mich nicht berühren."

„Was?"

„Ich verspreche, es wird deine Geduld wert sein."

Ich kniete mich neben ihn und umfasste seine pralle Männlichkeit. Ich konnte sie nicht ganz schließen, aber fühlte, wie er sich bei meiner Berührung ausdehnte. Der stahlharte Muskel unter seiner weichen Haut stand aufrecht. Ein Tropfen Vorsaft sammelte sich nahe der Spitze, und ich senkte meine Lippen zu seiner heißen Eichel. Ich leckte unter dem heißen Rand, wartete darauf, dass unsere Temperaturen sich anglichen. Ein weiterer frischer Tropfen quoll aus seinem Schwanz, und ich konnte nicht widerstehen. Ich leckte die Perle ab und schloss meine Lippen um seine Eichel, nahm ihn langsam bis zum Rachen auf. Die dicken Venen entlang seines Schwanzes pulsierten gegen meine

Lippen, und er schmeckte nach purem Mann. Seine Hüften wippten auf und ab, und ich streichelte ihn im Rhythmus ihrer Bewegung, hielt meinen Mund dabei nahe der Spitze.

Als ich meine freie Hand unter seine Hoden gleiten ließ, flog seine freie Hand zu meinem Hintern. Er ploppte aus meinem Mund.

„Hey, ich sagte, kein Anfassen."

„Das ist nicht fair. Du bringst mich zu schnell zum Kommen. Setz dich auf mich."

„Was?"

„Setz dich auf mich. Ich will in dir kommen."

„Du kannst in meinen Mund kommen." Ich legte meine Lippen wieder über seine Eichel.

„Nein, Grace. Ich muss in dir kommen."

Sein befehlender Ton trieb mich auf die Füße, und ich setzte mich rittlings auf ihn. Er positionierte sich an meinem Eingang, und ich glitt seinen Schwanz hinab, beobachtete, wie sich sein Mund mit jedem sinkenden Zentimeter, den ich mich senkte, weiter öffnete. Luft entwich seinen Lungen in einem anhaltenden Strom. Seine Augen flogen auf, und er verankerte seinen frechen Blick mit meinem.

„Jetzt fick mich."

Seine Worte trafen das Zentrum meiner Libido. Sie zuckten mit Macht durch meinen Körper und erweckten frisches Verlangen nach einem verwundbaren Mann, der einem Höhlenmenschen, einem Bären und Tarzan ähnelte. Ich kreiste meine Hüften, verengte mich um ihn, als er meine Tiefe erreichte, und rieb mich an seinem Schambein. Er umklammerte die Laken mit seiner freien Hand, und sein Kiefer spannte sich an. Ich umfasste meine Brüste mit meinen Händen und kniff in meine Brustwarzen, zog sie heraus. Er stieß höher, drang in mich ein. Ich stützte mich auf seinen steifen Bauchmuskeln ab und benutzte sie als Halt, während ich schneller und schneller auf ihm ritt. Das Geräusch klatschender Haut hallte durch den Raum, und der berauschende Duft unserer verschmolzenen Körper und Lust erfüllte meine Lungen. Ich senkte mich auf seine Vorderseite, verband Haut mit Haut, und er verlor die Kontrolle. Meine Brüste streiften über seine Muskeln, und ich glitt mit meiner Hand dorthin, wo wir verbunden waren, zog die glitschige Feuchtigkeit zu meiner Klitoris. Ich rieb mich in engen Kreisen, und seine Augen öffneten sich weit.

„Verdammt, Grace."

Er richtete sich auf, packte meinen Nacken mit seiner Hand, zog meinen Mund zu seinem und brachte uns beide zurück auf die Laken. Seine Lippen zerquetschten meine, und seine Zunge tauchte besitzergreifend tief ein. Er verharrte und ergoss sich mit einem tiefen Grunzen in mich. Ich hätte schwören können, im Hintergrund Chöre singen zu hören. Ich blieb auf seiner Brust liegen, sein Schwanz in mir geborgen. Sein Herzschlag unter meinem Ohr beruhigte sich mit jedem Atemzug.

„Du bist meine Welt, Grace Wagner. Du bist meine Königin, und ich werde nie jemanden so lieben wie dich." Sein Flüstern glitt wie eine sanfte Berührung meinen Körper hinab und ließ mich wohlig erschaudern. „Sobald der Fall abgeschlossen ist, ich werde zu einem Arzt gehen."

Ich hob meinen Kopf. „Wofür? Was ist los?"

„Nichts ist los, aber vielleicht können sie den Schaden untersuchen und rückgängig machen? Es gibt nichts auf der Welt, was ich mir mehr wünschen würde, als zu sehen, wie du mein Kind trägst und seine Mutter wirst."

„Sein?"

„Oder ihr. Das spielt keine Rolle. Aber wenn es eine Chance gibt ..." Er verstummte.

Ich erhob mich langsam von ihm und rutschte höher. Mein Mund fing seinen in einem langen Kuss ein, und ich hauchte meine Dankbarkeit in seine Lungen. Als ich mich löste, strich ich mit meiner Nase über seine.

„Ich liebe dich, Hunter Silver, und ich werde dich lieben, egal wie es ausgeht."

Er küsste mich erneut.

„Ich sollte duschen und gehen. Ich treffe mich mit Frankie im Salon für die letzten Feinarbeiten, und ich habe versprochen, ihn mir die offizielle Tour geben zu lassen."

„Keine zweite Runde?" Er packte meinen Hintern und drückte ihn. „Denn meiner Hand geht es besser, und jetzt bin ich dran, dich zu ficken."

Ich hinterließ einen vielversprechenden Kuss auf seinen Lippen. „Später heute Abend. Küchentheke?"

„Du bist ein Vamp, Grace Wagner. Grüß Frankie von mir und sag ihm, dass der Laden toll aussieht. Und sag ihm auch, er soll dich nicht zu lange aufhalten."

Ich lachte. „Du hast meinen Salon gesehen?"

„Ich musste sicherstellen, dass er deinen Standards entspricht, und ich kann mit Freude sagen, dass du ihn lieben wirst."

„Danke, dass du dich um mich kümmerst. Nun, wenn du mich entschuldigst, ich muss duschen." Ich rutschte von ihm herunter und vom Bett.

„Seit wann duschst du alleine?" Er sprang aus dem Bett und rannte mir ins Bad nach, holte mich auf halbem Weg ein. Ich wickelte seine verletzte Hand in eine Tüte und wusch ihn, bevor ich mich um mich selbst kümmerte.

Ich zog mich zum Ausgehen an. Wir frühstückten schnell zusammen, und ich küsste ihn sehnsüchtig an der Tür. Frankie würde mich in drei Stunden sehen, aber Dr. Riley hatte mich in weniger als dreißig Minuten einbestellt. Meine Periode war verspätet, und ich war mir nicht sicher, wann ich mit den Injektionen beginnen konnte – denn wenn Hunter einer Samenspende zustimmte, könnten wir vielleicht doch noch unsere Familie haben. Oder vielleicht konnte sein Schaden rückgängig gemacht werden? Es fühlte sich an, als würden sich meine

Optionen minütlich vervielfachen, und ich konnte es kaum erwarten, Dr. Riley zu sehen.

Ich schnappte mir eine Banane auf dem Weg zur Tür und stieg ins Auto. Eine halbe Stunde später lag ich in der Klinik, nur mit einem dünnen Papierhemd bekleidet, auf der kühlen Untersuchungsliege und zählte die Flecken an der Decke. Dr. Riley trug das warme Gel auf meinen Bauch auf. Eine Krankenschwester hatte mir Blut abgenommen, und ich senkte meinen Blick auf seine führende Hand über meiner Haut.

„Irgendwelche lebensfähigen Eizellen, Dr. Riley?"

„Dafür machen wir einen internen Ultraschall, aber ich möchte zuerst etwas anderes überprüfen. Sie sagen, Ihnen ist übel?"

„Ja, aber ich stand auch unter großem Stress."

„Ich dachte, Sie waren in Costa Rica im Urlaub." Er wandte seinen Blick vom Bildschirm ab und entschuldigte sich mit den Augen. „Tut mir leid, dass ich mich einmische. Ihre Tante Mary hat es mir erzählt."

Er konzentrierte sich wieder auf den Bildschirm und verschob seine Hand, um einen Punkt abseits der Mitte anzuvisieren.

„Schon gut. Ich kann's nicht leugnen. Costa Rica war toll, aber die Rückkehr nach Hause war es nicht."

Er lachte. „Das passiert normalerweise nach einem Urlaub. Niemand will in die Realität zurückkehren."

„Ich glaube, Sie haben Recht. In Costa Rica habe ich den Bezug zur Realität verloren, und es fühlte sich so gut an." Ich strahlte. „Die Natur und die Menschen waren unglaublich. Es war eine andere Welt, und die wenigen Tage, die wir dort verbracht haben, fühlten sich wie Monate an."

Es fühlte sich auch so an, als wäre die dort verbrachte Zeit absolut nicht genug gewesen. Ich vermisste den Regenwald.

Dr. Riley räusperte sich. Seine Augenbrauen zogen sich zusammen, als er sich auf den Bildschirm konzentrierte, dann nickte er sanft vor sich hin, als ob er genau wüsste, was er sah. Er entfernte den Monitor von meinem Bauch und reichte mir ein Handtuch, um das Gel abzuwischen.

„Grace, ich möchte Ihnen eine neue Realität präsentieren, denn es sieht so aus, als wären Sie schwanger."

„Was?" Mein Herz blieb fast stehen, und ich stützte mich auf meine Ellbogen.

„Das ist unmöglich."

„Sie hatten Sex?"

„Ja, aber Sie sagten, ich hätte keine lebensfähigen Eizellen."

„Es ist auch möglich, dass ich eine Eizelle übersehen habe."

Ich schüttelte den Kopf, während er das Handtuch nahm und das Gel für mich abwischte. „Sie verstehen nicht. Es ist nicht möglich, weil der Mann, mit dem ich zusammen bin, steril ist."

Sein Tablet piepste, und er wischte mit dem Finger über den Bildschirm. „Die Blutergebnisse sind da, und Ihr hCG-Wert ist erhöht. Herzlichen Glückwunsch, Grace. Es ist noch früh, etwa Tag vierundzwanzig, aber Sie sind definitiv schwanger, und Ihr Mann ist nicht steril."

*Oh mein Gott.*

Meine Hand flog zu meinem Bauch. Ich strich mit der Handfläche über meinen Uterus, Tränen stiegen mir in die Augen. „Ich bin schwanger?"

Er nickte, und danach konnte ich nichts mehr hören. Wie benebelt verließ ich die Klinik und merkte gar nicht, als ich in einem Park landete. Ich überquerte den Spielplatz und ging zum Ufer eines Teiches, wo die Frösche von den Seerosenblättern aus eine quakende Symphonie aufführten. Ihr kehliges Gequake hallte über den Teich. Ich trat ans Ufer und hockte mich hin, um das lauwarme Wasser mit meinen Händen zu prüfen. Eine Kröte sprang ins Wasser.

Ich ging den Hügel ein Stück hinauf, setzte mich und legte mich dann ins Gras zurück. Wattewolken zogen über den strahlend blauen Himmel. Hunters Augen hatten denselben Farbton, und ich hoffte, unser Baby würde sie auch haben. Würde Hunter sich freuen, Vater zu werden? Es war noch früh, und ich war mir nicht sicher, wie ich die Nachricht überbringen sollte. Mein ganzes Leben lang hatte ich darauf gewartet, die Worte zu hören, die Dr. Riley gesprochen hatte. Aber was, wenn ich es Hunter erzählte, seine Hoffnungen weckte und dann die Schwangerschaft verlöre? Das erste Trimester war heikel.

Eine Flut von Emotionen durchströmte meinen Körper, und die Hormone spielten mit meinem Kopf verrückt. Ich hatte gerade erfahren, dass ich nicht blutsverwandt mit meiner Familie war, und jetzt war ich schwanger mit Hunters Kind.

*Er ist nicht unfruchtbar.*

Ich entspannte meine Schultern und genoss die sanfte Brise, die mir die Haare ins Gesicht wehte. Ich strich die Strähnen beiseite und beobachtete die schimmernden Blätter über meinem Kopf. Als es ruhiger wurde, ließen mich Schritte in der Ferne den Kopf zur Seite drehen.

„Hey, Grace. Alles in Ordnung bei dir?" Scar ließ sich neben mir ins Gras plumpsen.

„Du verfolgst mich schon wieder." Ich setzte mich auf.

„Was soll ich sagen? Dieser Job kann manchmal gefährlich sein. Sie bereiten Chads Verlegung vor."

„Ist das gut?"

„Bedeutet, er wird keine Kaution bekommen, also ja. Es ist sehr gut. Geht's dir gut?"

„Ja. Also, wenn ich in Sicherheit bin, warum schaust du dann nach mir?"

„Weil ich dich wie eine Zwillingsschwester liebe und mir Sorgen mache. Jules fragt nach Hunters Hand, und es ist schon eine Weile her, dass du die Jungs gesehen hast. Komm zu einer Grillparty."

Ich lächelte. „Tut mir leid. Das werde ich ändern. Nenn mir Datum und Uhrzeit, und wir werden da sein."

„Du und Hunter?"

„Ja." Ich lächelte. „Ich und Hunter."

„Endlich." Er stieß einen genervten Seufzer aus, und ich lachte.

„Und danke, dass du dich so sehr kümmerst. Obwohl ich eine Hartley bin."

„Ach was, für mich wirst du immer eine Wagner sein. Gehst du nach Hause?"

„Ich wollte eigentlich Frankie besuchen, aber ja, ich muss nach Hause. Ich muss zu Hunter."

„Ich bringe dich zu deinem Auto."

„Danke. Wirst du morgen bei der Wiedereröffnung dabei sein?"

„Das würde ich um nichts in der Welt verpassen."

Auf dem Weg nach Hause kaufte ich zwei Flaschen Wasser und trank sie beide, bevor ich ankam. Ich rannte ins Haus und ins Bad im Obergeschoss, um auf die drei Ersatz-Schwangerschaftstests zu pinkeln, die unter dem Waschbecken lagen. Ich legte die Tests beiseite und wusch mir die Hände. Der Geruch von brennendem Holz zog meine Aufmerksamkeit zum Fenster. Die Feuerstelle am Teich war angezündet worden. Hunter saß auf einem Stuhl, die Beine nach vorne ausgestreckt.

Ich zog mich schnell um und schlüpfte in ein Outfit aus Tante Marys Kollektion, das knappe weiße Ensemble. Fünf Minuten später senkte ich meinen Blick auf die Theke, nicht überrascht von den positiven Schwangerschaftstests. Ich schaute aus dem Fenster. Orangene Flammen tanzten über Hunters Gesicht. Es war Zeit, ihm zu sagen, dass wir ein Kind erwarteten.

SCHMETTERLINGE FLATTERTEN IN MEINEM BAUCH, und Schweiß lief meinen Rücken hinunter. Silberne, perlweiße und glänzend schwarze Ballons schwebten durch den Salon. Lichter funkelten, Musik summte, und der Duft von Lavendel-Aromatherapie erfüllte die Luft. Ich stand an der Eingangstür und begrüßte die Gäste. Hunter war auf der Toilette, und Emma richtete mein Kleid im hinteren Bereich.

„Du siehst umwerfend aus, Grace." Sie überprüfte mein Dekolleté und tupfte mit einem Wattepad über meine glänzende Stirn. „Du strahlst förmlich."

„Hoffentlich auf eine gute Art."

„Auf eine sehr seltsame Art. Ich schätze, ich würde auch strahlen, wenn man meinen Salon renoviert hätte."

„Du hast stattdessen ein Büro im 33. Stock von Silver Securities. Keine andere Frau in Manhattan kann das von sich behaupten."

„Stimmt. Ich kann mich über die Aussicht nicht beschweren, aber meine Brüder halten mich von einem Fall fern."

„Ein guter?" Ich fächelte mir Luft zu und spürte die erste Welle der heruntergedrehten Klimaanlage.

„Ich geb dir einen Hinweis: Eric Waters."

„Das klingt mehr als gut... Ist köstlich das richtige Wort?"

„Ja, sobald er merkt, dass ich existiere."

„Du bist Emma Silver. Jeder weiß, dass du existierst."

„Außer dem besten Freund meines Bruders, Eric Waters."

„Dann unternimm was dagegen. Warum braucht Hunter so lange?"

Ich drehte mich zum Salon, als jemand mir auf die Schulter tippte und meine Aufmerksamkeit wieder nach vorne lenkte. Ein gutaussehender, markanter Mann mit wunderschönen whiskeyfarbenen Augen blickte mir entgegen.

„Xavier, hallo. Danke, dass Sie gekommen sind."

„Es tut mir leid, dass ich das Jobangebot für heute Abend abgelehnt habe, aber ich dachte, es wäre das Beste, angesichts dessen, was beim letzten Mal passiert ist."

„Danke für Ihr Verständnis, und danke, dass Sie gekommen sind."

„Ich wollte das nicht verpassen. Meine Freunde in der Firma sind große Fans des Spas."

„Danke."

Das Butlergeschäft meiner Tante war auch einer unserer größten Firmenkunden.

„Bitte, machen Sie es sich drinnen gemütlich."

„Champagner?" Emma reichte ihm ein Glas.

Er ergriff das Glas, neigte den Kopf und ging hinein.

„Ich glaube, kochend heiß ist nicht heiß genug." Emma fächelte sich Luft zu.

„Was hast du nur mit älteren Männern?"

„Was hast du nur mit jüngeren?"

„Komm schon, du kannst nicht leugnen, dass Xavier-"

„Heißer ist als Eric Waters? Unmöglich." Sie schüttelte energisch den Kopf, und ich lachte.

„Du hast nach Hunter gefragt, und ich habe ihn an der Bar mit Scar plaudern sehen."

„An der Bar?"

„Er trinkt nicht. Ähm, da ist Mrs. McCormick. Ich sollte gehen. Wir sehen uns drinnen."

Die Witwe schritt in typischer McCormick-Manier durch die Vordertür: stilvoll verspätet und aufgedonnert wie eine Achtundzwanzigjährige. Die beste Freundin von Tante Mary hatte ihren Milliardärsgatten vor sechs Monaten verloren und war Stammkundin bei Gracie's. Laut Frankie war der Salon innerhalb eines Tages für sechs Monate im Voraus ausgebucht.

Ich begrüßte Mrs. McCormick mit einem Glas Champagner, und Emma führte sie hinein, wo sich meine Familie und die Mitarbeiter bereits niedergelassen hatten.

„Du siehst hinreißend aus", murmelte Hunters Stimme hinter mir. Er legte seine Hände über meine Hüften auf meinen Bauch, als würde er unser Kind trösten. Er knabberte an meinem Hals. Wärme breitete sich in meinen Adern aus.

„Nicht jetzt, Schatz. Alle schauen."

*Schatz.*

Heute Abend würde ich ihm sagen, dass ich schwanger war. Es hatte beim letzten Versuch nicht geklappt, weil Hunter seine unverletzte Hand nicht von mir lassen konnte. Er nahm mich in dieser Nacht dreimal, und ich konnte die Küsse, das Streicheln und den Sex nicht ablehnen. Meine Hormone gewannen die Oberhand, und ich verlor mich in seinem Mund und seiner ständigen Erektion. Es war unglaublich. Wir waren unglaublich, und ich konnte es kaum erwarten, es ihm heute Abend nach der Party zu sagen. Er küsste meine Wange. Der Duft seines frischen Aftershaves vernebelte mir den Kopf.

„Ich kann es ihnen nicht verübeln, dass sie schauen. Du bist die schönste Frau hier, meine Königin."

Ein lauter Knall ertönte, und ich zuckte zusammen. „Oh mein Gott."

„Es ist okay, Grace. Das war nur Champagner."

„Bist du sicher? Es klang wie ein Schuss."

„Ich bin sicher."

„Wie lange muss ich noch hier stehen?"

„Ich glaube, Mrs. McCormick war unser letzter Gast, also ist es Zeit für die offizielle Führung."

„Und ich muss keine Rede halten?"

„Frankie wird sich bei allen Gästen bedanken und sicherstellen, dass jeder mit einer Goodie-Bag nach Hause geht."

Ich hakte mich bei ihm unter. Wir gingen durch den Vorhang aus Luftschlangen, und alle jubelten. Meine Familie, Nachbarn, Angestellten und treuen Kunden wedelten mit albernen Pompons und pfiffen. Jemand reichte mir ein Champagnerglas, und obwohl ich keine Rede halten wollte, fühlte sich der Moment zu perfekt an.

„Danke an alle, dass ihr gekommen seid. Danke für eure Unterstützung, eure Liebe und eure Treue. Ich habe das beste Team, das es gibt, und diese Renovierungen wären ohne euch nicht möglich gewesen. Ich bin Silver Securities sehr dankbar für die Sicherheitsverbesserungen. Frankie, du wirst für immer meine rechte Hand sein. Nichts davon wäre ohne dich möglich gewesen. Nun, ich habe mir vorgenommen, keine lange Rede zu halten, also werde ich das auch nicht tun. Damit bitte ich euch: Esst, trinkt und habt Spaß. Prost!"

„Prost!", stimmte die Menge ein, und jemand drehte die Musik lauter.

Ich berührte das Glas mit den Lippen. Der Champagner streifte kaum meine Lippen. „Okay, was ist diese Überraschung, von der ich weiß, dass du sie für mich hast?"

„Komm. Ich hoffe, es gefällt dir." Sein Atem roch nach stärkerem Alkohol als Champagner.

„Hast du getrunken?"

„Nur den Champagner." Er hob sein Glas.

Vielleicht lag es nur an mir.

Wir gingen zum hinteren Teil des Salons und nahmen die Treppe zum unteren Stockwerk mit dem Hauptspa. Ein sanfter Schein von einem Dutzend Kerzen umhüllte die Luft, als wir das betraten, was ich gerne als Regenwald bezeichnete.

„Es ist eine Kombination aus Costa Rica und deinen Gärten", sagte er.

Ich ging über den Silikonboden. Weiter hinten wurde der Schatten grüner und erinnerte mich an meine Gärten. Ich schritt über den durchsichtigen Boden. Darunter schwammen Koi-Fische durch einen fließenden Bach, umgeben von Seerosenblättern und Kröten. An den Wänden wuchsen frische Pflanzen, und das neue Wasserfallfeature in der Nähe der Duschen floss in den Boden und unterirdisch weiter.

„War das deine Idee?"

„Ich kann nicht die ganze Anerkennung für mich beanspruchen. Ich hatte etwas Input, aber das ist größtenteils Frankies Werk."

Wie aufs Stichwort lugte mein Partner in Crime hinter einer Wand hervor. „Gefällt es dir?"

„Das ist wunderschön, Frankie."

Ich umarmte meinen besten Freund fest, als Hunters Handy piepste.

Er schaute auf den Bildschirm und runzelte die Stirn. „Ich muss los."

„Alles okay?"

„Ja, ich seh dich oben." Er drehte sich auf dem Absatz um und ging zum Hauptgeschoss, wobei er jede zweite Stufe übersprang.

„Möchtest du gehen?"

„Nein. Auf keinen Fall. Du hast hart daran gearbeitet, also zeig mir alles."

„Das Spa geht auf Hunters Kappe. Er hat den Großteil davon entworfen. Ich weiß nicht, was der Kerl für Kröten übrig hat, aber er hat ausdrücklich nach ein paar Dutzend gefragt. Und fang gar nicht erst von den Toiletten an."

Ich lachte. „Ich liebe es. Danke für alles, Frankie. Ich wollte dich fragen, ob ich dich um einen weiteren Gefallen bitten kann?"

„Alles."

„Würdest du gerne als Gracies neuer geschäftsführender Partner einsteigen?"

„Machst du Witze?"

„Ich meine es todernst. Gracie's würde es ohne dich nicht geben. Du hast es dir mehr als verdient. Wir werden ein paar neue Leute an Bord holen müssen-"

„Schon erledigt. Ich habe vier potenzielle Mitarbeiter eingeladen, und sie können es kaum erwarten, dich oben zu treffen."

„Hast du das etwa geahnt?"

„Was ich nicht geahnt habe, war, wie viel los sein würde. Wir sind für Monate im Voraus ausgebucht. Nur zur Info, eine von ihnen ist schwanger, also wird sie bald in Mutterschaftsurlaub gehen, aber sie hat die Finger eines Engels, und ich habe ihr gesagt, dass sie das Baby mit zur Arbeit bringen kann."

„Hast du das?"

„Das war, bevor ich wusste, dass du die Einheit nebenan nicht bekommen hast, aber wir haben Platz geschaffen und fügen dem Salon eine Kinderbetreuung hinzu. Mütter können ihre Kinder zum Spielen dalassen, während sie sich aufhübschen lassen."

„Oh, Frankie. Ich kann nicht glauben, dass du das alles gemacht hast. Danke. Ich würde sie gerne treffen, gleich nachdem ich Hunter gefunden habe. Es gibt etwas, das ich ihm schon lange sagen wollte, und es kann nicht warten."

Er umarmte mich noch einmal, und wir gingen zurück nach oben zur Party. Musik dröhnte, Lichter blitzten, und aus der Ecke quoll Kunstnebel. Ich entdeckte Hunter auf der anderen Seite des Raums an der Färbestation, wo er mit Scar sprach.

Die schnellen Handbewegungen meines Bruders fesselten meine Aufmerksamkeit; er schien Hunter etwas zu erklären, der etwas in der Hand hielt, das wie ein Drink aussah. Er hob das Glas an seine Lippen und nahm einen langen Schluck, leerte den Inhalt. Er schauderte, als der Alkohol seine Kehle hinunterlief.

Jemand tippte mir auf die Schulter.

„Grace?"

Ich drehte mich um und stand einer wunderschönen Frau gegenüber: Candice Watson.

„Hi! Danke, dass du gekommen bist."

Ich schaute über ihre Schulter und glaubte, jemand Bekanntes zu sehen. Ein kalter Schauer lief mir über den Rücken. Ich kannte nicht jeden, den ich eingeladen hatte, aber ich hatte jeden einzelnen Gast an der Tür begrüßt – außer dem Mann, der auf der Toilette verschwunden war.

„Danke für die Einladung." Candice lenkte meine Aufmerksamkeit zurück in den Raum.

„Natürlich, ich wollte schon längst mit dir reden-"

„Es tut mir leid", platzte sie heraus.

„Wofür?"

„Es tut mir leid, dass ich dich weggegeben habe."

Ich schüttelte den Kopf und nahm ihre Hand in meine. „Du

hast mich gerettet, Mama. Gott weiß, was passiert wäre, wenn sie mich früher gefunden hätten."

„Chad wird nicht so leicht aufgeben. Er wird immer noch versuchen zu... Beth, deine Mutter, hat mir erzählt, dass sie dir von seinen Plänen erzählt hat."

Ich drückte ihre zitternde Hand. „Du brauchst dir keine Sorgen zu machen."

„Ich weiß, weil sie ihn heute Morgen in das sicherste Gefängnis des Landes verlegt haben."

„Auch weil er mich nicht schwängern kann. Ich erwarte ein Kind von Hunter."

Ihre Augen wurden groß.

„Noch weiß es niemand, aber ich dachte, du solltest es erfahren."

Sie packte meine Hand und drückte sie fest. „Grace, du bist in größerer Gefahr als zuvor."

„Warum?"

„Was denkst du, wird mein wahnsinniger Sohn tun, wenn er erfährt, dass du das Kind eines anderen Mannes erwartest?"

Meine Hand flog schützend zu meinem Bauch. „Ich hab' nicht vor, dass er davon Wind bekommt. Außerdem hast du gerade gesagt, dass er in das sicherste Gefängnis des Landes verlegt wurde."

Aus dem Augenwinkel sah ich, wie Hunter wieder mit Scar stritt. Was war heute nur mit den beiden los?

„Entschuldigst du mich?" Ich verließ Candice und ging zur Bar. Ich berührte Hunters Schulter, und er zuckte zusammen.

„Alles in Ordnung?", fragte ich.

„Scar hat mir gerade erzählt, dass du in der Klinik warst." Seine erhobene Stimme zog die Aufmerksamkeit um uns herum auf sich.

„Was zum Teufel, Scar?"

„Ich habe nur meinen Job gemacht."

Ich verschränkte die Arme vor der Brust. „Und ich dachte, du wärst mein Bruder." Ich drehte mich auf dem Absatz um und zog Hunter beiseite. „Was zum Teufel trinkst du da?"

„Es fing mit Gin an, dann war es Wodka, und jetzt Rum."

Sein Atem roch wie eine halb verdaute Desinfektionsstation.

„Hunter? Was ist los?"

Er schwankte auf den Füßen, und ich hatte ein Déjà-vu-Erlebnis.

„Du bist nach unserem Gespräch in die Klinik gegangen? Du hast diese Entscheidung ohne mich getroffen?" Seine Stimme wurde lauter, und ich spürte, wie sich die Leute in Hörweite zu uns umdrehten.

„Ja, ich war in der Klinik, aber-"

„Ich habe die Schwangerschaftstests gefunden, Grace. Wie konntest du mir das verdammt nochmal antun?"

Inzwischen fühlte ich mich, als wären alle Augen im Raum auf uns gerichtet. „Hunter, du bist betrunken."

Er goss sich ein frisches Glas einer orangefarbenen Flüssigkeit ein und schwenkte seine Hand hoch, wobei er die Hälfte des Inhalts verschüttete.

„Du lässt dich in der Klinik schwängern, weil meine Stahlspermien nicht gut genug sind", brüllte er und kippte den letzten Rest des Alkohols in sein Glas.

Mein Inneres verkrampfte sich und mein Gesicht brannte vor Hitze. „Du hast kein Recht", flüsterte ich.

„Welche Rechte habe ich denn, Grace? Ich werd' dir wohl nie genug sein, oder?"

„Hunter-"

Meine Brüder führten ihn am Ellbogen weg. Der DJ drehte die Musik lauter, und ich flüchtete nach hinten, weg von allen. Ich nahm die Metalltreppe in der Gasse zum Dach hoch und riss dabei mein Kleid bis zur Mitte des Oberschenkels ein. Ich legte mich auf den warmen Asphalt und blickte zu den Sternen, die zwischen den Hochhäusern kaum zu sehen waren.

*Verdammte Scheiße, Hunter.*

Wie konnte er mich so blamieren - ausgerechnet heute Abend? Der Geruch seines giftigen Atems hing mir noch in der Nase. Er hatte sein Versprechen gebrochen, aber es gibt einen Grund für das Sprichwort, dass man einem alten Hund keine neuen Tricks beibringen kann. Nur dass Hunter nicht alt war, und er definitiv ein paar Tricks drauf hatte; aber das Trinken war inakzeptabel. Nicht, wenn wir gerade eine Familie gründeten. Niemals. Ich strich mit den Händen in beruhigenden Kreisen über meinen Bauch und wartete auf eine Sternschnuppe, aber es gab keine.

Ich blieb eine Weile auf dem Dach, bereute die Entscheidung aber in dem Moment, als ich den Klang schwerer, langer Schritte hörte.

# Kapitel 17

## Hunter

Die Sonne blendete mich, und ich drehte mich im Bett weg vom Fenster. Eine Schwere hing in der Luft, und ich strich mit der Hand über das leere Kissen neben mir.

„Grace?"

Ich richtete mich auf. Das heftige Pochen in meinem Kopf und der sich drehende Raum erinnerten mich daran, wie viel Alkohol noch in meinen Adern floss. Ich ließ mich wieder aufs Bett fallen und fuhr mir stöhnend mit den Fingern durchs Haar.

Wo zum Teufel war Grace?

Ich setzte mich erneut auf, diesmal langsamer. Der Raum drehte sich weiterhin, und ich griff nach der Wasserflasche auf dem Nachttisch, wobei ich die halbvolle Flasche Guaro zu Boden stieß. Der gepolsterte Teppich bewahrte sie vor dem Zerbrechen. Ich öffnete den Verschluss und leerte die Wasserflasche, was meinen Durst kaum stillte. Meine Blase pulsierte dringlich. Ich schwang meine Beine über die Bettkante und schlurfte ins Bad. Ich erleichterte mich so langsam, wie meine Energie es zuließ. Ich spülte die Toilette, wusch mir die Hände und überprüfte Graces Zahnbürste. Sie war trocken.

Was zum Teufel war letzte Nacht passiert? Ich hatte den ersten Drink genommen, nachdem ich Xavier wie Zeus durch die Vordertür schlendern und Grace begrüßen sah. Ich hatte sie in den Wellness-Bereich im Keller entführt und den zweiten Drink genommen, nachdem Scar mir von ihrem Besuch in der Klinik erzählt hatte. Danach habe ich aufgehört zu zählen. Wir hatten gestritten ... Sie hatte mich geohrfeigt ... Und an viel mehr konnte ich mich nicht erinnern.

Ich nahm mein Handy und rief Emma an. Sie ging beim zweiten Klingeln ran.

„Du hast besser eine gute Erklärung für dich."

„Hey, Ems, ist Grace bei dir?"

„Nein. Sie hat mir gestern Nacht nach eurem Streit geschrieben, dass sie nach Hause gegangen ist. Danke, dass du den Abend ruiniert hast, Arschloch."

*Scheiße.*

„Ich ... ich kann mich an nicht viel erinnern."

„Du warst ein Arschloch, und das fasst es ziemlich gut zusammen. Grace verdient Besseres als ein Arschloch."

„Das tut sie. Es tut mir leid ... Ich weiß, es gibt keine Entschuldigung, aber ich war aufgebracht."

*Aufgebracht war noch untertrieben, denn ich wollte so sehr, dass dieses Baby von mir war, dass es wehtat. Grace war hinter meinem Rücken zur Klinik gegangen. In dem Moment, als ich mich wohl fühlte, eine Zukunft mit ihr in Betracht zog und dachte, sie würde mich in die Entscheidungen einbeziehen, die Partner treffen, hatte sie mich getäuscht.*

„Weißt du, wo sie hingegangen sein könnte?", fragte ich.

„Zu mir, aber sie ist jetzt nicht hier, also würde ich bei ihren Eltern nachsehen. Und wenn sie dort nicht ist, in einem Hotelzimmer."

Ich beugte mich vor und stützte meine Ellbogen auf den Waschbeckenrand. Der Raum drehte sich immer noch.

„Alles klar, Ems. Danke. Ich muss los. Lass es mich wissen, wenn du von ihr hörst."

Wir legten auf, und ich wählte Scars Nummer, bevor ich Panik im Wagner-Haushalt auslöste.

„Hey, ich bin's", sagte ich.

„Ja, das höre ich. Was zum Teufel ist los mit dir?"

„Ich bin betrunken."

„Ich weiß. Ich habe deinen erbärmlichen Arsch gestern Nacht nach Hause gebracht."

„Also war Grace nicht hier, als wir ankamen?"

„Nein. Ich bin zum Salon zurückgefahren, aber Grace war da schon weg, und Emma sagte mir, sie hätte eine Nachricht bekommen, dass Grace nach Hause gegangen sei. Ich dachte, wir hätten uns auf der Straße verpasst. Bist du überrascht, dass sie nicht zu Hause ist?"

Ich war es nicht. „Hör zu, kannst du ein paar Anrufe machen, um zu sehen, ob Grace irgendwo in einem Hotel ist?" Ich versuchte aufzustehen, verlor aber das Gleichgewicht und landete mit einem Grunzen auf dem Boden.

„Alles okay bei dir?"

Ich kam wieder zu Atem. „Ja, mir geht's gut."

„Ich bezweifle, dass du in irgendeiner Verfassung bist, um nach Grace zu suchen. Ich werde die Suche in Gang setzen und in fünfzehn Minuten bei dir sein."

Ich stützte mich auf meine Hände, während sich mein Blick verschleierte. „Ich brauche nur etwas Wasser."

„Dann hol dir verdammt nochmal etwas Wasser, und ich bin gleich da."

Er legte auf, und ich schleppte mich zur Dusche, wo das Wasser in gefühlter Zeitlupe tropfte. Als ich fertig war, summte das Eingangstor, und Scar fuhr mit seiner Frau Julia durch. Ich sprang in eine Jeans und ein Shirt, bevor ich nach unten ging, um die Tür zu öffnen.

„Du siehst aus wie Scheiße."

Dieser Kater würde mich tagelang verfolgen. Ich schloss meine Augen und versuchte, den Schmerz wegzuwillen. Es funktionierte nicht. „Ich hatte keine Zeit zu rasieren. Irgendwelche Neuigkeiten von Grace?"

Julia, eine Ärztin, stellte ihre Arzttasche auf den Tisch und nahm einen IV-Beutel mit Flüssigkeit heraus.

„Nichts von Grace. Silver Securities ruft herum und sucht."

„Verdammt! Warum tut sie mir das an?"

„Weil du stinkst wie eine Schnapsbrennerei", sagte Julia.

„Ich muss sie finden." Ich bewegte mich zur Tür, aber Scar packte mich am Arm und zog mich zu einem Stuhl.

„Setz dich verdammt nochmal hin. Das Suchteam ist bereits unterwegs, und du kannst dich ihnen anschließen, nachdem du mit der Infusion fertig bist. Es sind nur zwei Stunden."

„Sie könnte in zwei Stunden tot sein."

„Chad sitzt hinter Gittern. Er wird sie nicht töten."

„Als ob Vergewaltigung besser wäre? Ich werde diesen verdammten Bastard umbringen."

Ich stand auf und Scar drückte mich wieder runter.

„Setz dich hin, verdammt nochmal. Wenn's sein muss, fessel' ich dich an den Stuhl. Du kannst ihr nicht helfen, wenn du betrunken und wahnhaft bist. Chad wurde verlegt und ist nirgendwo in Graces Nähe. Sie ist wahrscheinlich in einem Hotelzimmer. Wir werden rumtelefonieren und sie finden."

Mein Handy vibrierte auf dem Tisch auf der anderen Seite des Flurs.

„Vielleicht ist sie es." Ich zuckte zusammen, aber Julia hielt meinen ausgestreckten Arm fest. Sie reinigte die Haut mit einem Alkoholtupfer und band ein Gummiband um meinen Bizeps.

„Ich hol's."

Scar brachte mir mein Handy. Es war wieder Rachel, also legte ich es beiseite. Ich hatte weder Zeit noch Geduld für ihre Verschwörungstheorien.

„Nichts Wichtiges?", fragte Scar.

„Es ist Rachel. Sie nervt mich damit, mich untersuchen zu lassen... Du weißt schon, um zu sehen, ob ich Kinder haben kann.

Sie hat eine Verschwörungstheorie über Dr. Grios unten in Costa Rica. Meinte, er hätte die Absicht, die Welt mit hübschen Babys zu füllen."

Julia stach die Nadel in meinen Arm. Ich merkte den Stich kaum. „Du solltest dich aber trotzdem untersuchen lassen, nur für den Fall. Für dich selbst und für Grace."

Sie legte ein Kissen unter meinen Arm und stellte den Tropf ein. „Und seit wann glaubst du nicht an verrückte Dinge? Haben wir nicht alle unseren Anteil davon gesehen? Menschen haben Schlimmeres getan als Grios."

„Sie ist schwanger", sagte ich.

„Was?"

„Was?"

Sie riefen gleichzeitig. Julia zog einen Stuhl vom Tisch weg und setzte sich mir gegenüber. Ich drehte meinen Kopf zu Scar. „Du hast mir gesagt, sie sei in die Klinik gegangen. Ich habe einen Schwangerschaftstest gefunden, was bedeutet, dass Dr. Riley ihre Eizelle befruchtet hat."

„Also nicht von dir?"

„Ich bin steril."

„Wenn Dr. Grios kein verrückter Wissenschaftler ist." Julia neigte ihren Kopf. Sie hatte diesen Gesichtsausdruck, den sie für Scar reservierte, wenn er Möbel neu lackierte - ein Hobby, das niemand verstand - und die Familie nicht vor der trocknenden Farbe warnte.

„Jules, du bist Ärztin. Seit wann stehst du auf Verschwörungstheorien?", fragte ich.

Sie lehnte sich vor. „Ich arbeite in einem Krankenhaus. Glaub mir, ich habe meinen Anteil an Unglaublichem gesehen. Es ist es wert, es zu überprüfen, und es ist möglich-"

Mein Eingangstor summte, dann summte es erneut mit Nachdruck. Wer auch immer dort war, drückte energisch auf den Knopf.

Ich checkte mein Handy und ließ Rachel durch das Tor. Momente später stürmte sie wie ein Hurrikan durch die Haustür.

„Warum zum Teufel gehst du nicht an dein verdammtes Telefon?"

„Ich bin gerade ein bisschen beschäftigt."

„Es ist verdammt wichtig."

„Kannst du nicht schreiben?"

„Seit wann schreibst du?" Sie deutete auf den Tropf. „Was zum Teufel ist das alles? Hast du gesoffen?"

„Ja. Grace ist schwanger."

„Ich wusste es! Du wirst Vater."

„Es ist nicht mein Baby. Sie hat es durch künstliche Befruchtung bekommen."

Julia stand auf und stemmte die Hände in die Hüften. „Weißt du irgendetwas über künstliche Befruchtung?"

Wir drehten uns alle zu ihr um.

„Es ist ein Prozess. Selbst wenn sie den Embryotransfer erst vor ein paar Tagen gemacht hätte, braucht es Zeit, bis sich die Blastozyste entwickelt, aus ihrer Hülle schlüpft und sich an die Gebärmutter anheftet."

Wir starrten sie alle an, als hätte sie Chinesisch gesprochen.

„Was ich sagen will, ist, dass wenn Grace vor ein paar Tagen bei Dr. Riley war, sie nicht so schnell einen positiven Schwangerschaftstest haben könnte. Sie war schon vorher schwanger."

Ich griff nach meinem Handy auf dem Tisch und wählte unbeholfen die Nummer der Klinik. Ein Anrufbeantworter schaltete sich ein.

„Verdammt. Er ist im Urlaub."

Als Nächstes wählte ich Dr. Rileys Privatnummer. Es war vielleicht unangemessen, aber er war der Freund von Graces Tante, und diese Angelegenheit war persönlich. Ich wartete auf den Piepton nach seiner Ansage.

„Hallo, Dr. Riley. Hier ist Hunter Silver. Es tut mir leid, Sie auf dieser Nummer während Ihres Urlaubs anzurufen, aber es ist dringend. Es geht um Grace. Bitte rufen Sie mich so bald wie möglich zurück."

Ich legte auf.

Der Klang meines Herzens übertönte meine Gedanken, und ich schloss die Augen, verzweifelt darum bemüht, mich zu konzentrieren. Graces Brüste waren fülliger geworden, und ihr Appetit hatte sich verändert. Sie war geil, aber das war nichts Neues. Aber sie bekam auch Hormonspritzen, was die Symptome erklären könnte ...

Oder sie war schwanger. Mit meinem Kind. Der Raum war für eine gefühlte Ewigkeit still, die aber nur Sekunden dauerte. Rachel berührte meinen Arm, und ich zuckte zusammen.

„Wir haben jetzt ein größeres Problem. Chads Verlegung ist gescheitert. Er ist ausgebrochen."

Und so schnell wurde ich nüchtern und sprang auf. Der Tropf zerrte an meinem Arm.

„Setz dich hin." Julia drückte auf meine Schulter und brachte mich zurück auf den Stuhl.

„Warum diskutieren wir über künstliche Befruchtung?", fragte ich.

„Ich war's nicht, der das Thema angeschnitten hat. Willst du jetzt einfach wie ein Weichei mit 'nem Tropf rumsitzen, oder willst du was wegen Chad unternehmen?"

„Ich sitz' hier nicht rum und tue nichts, verdammt nochmal." Ich riss mir die Nadel aus dem Arm. Denn wenn der Bastard draußen war, lag die Wahrscheinlichkeit, dass er hinter Grace her war, bei hundertfünfzig Prozent. Und ich wollte nicht an die Möglichkeit denken, dass er sie bereits in seiner Gewalt hatte.

Julia drückte schnell ein Wattebausch auf meinen blutenden Arm.

„Bleib einen Moment still, sonst verblutest du, bevor du Grace findest. Drück hier zwei Minuten lang drauf."

Scars Handy piepste. „Ich hab ein Update von Silver Securities. Vielleicht ist es nichts, aber gerade wurde ein Alarm im

Nachbarraum von Graces Salon ausgelöst. Alle Kameras sind klar, außer einer."

„Grace?"

Ich öffnete die Sicherheitskameras des Salons, während Scar die Gruppennachricht vorlas.

„Ein Teil ihres Gesichts wurde erkannt, als sie versuchte, die Verbindungstür zu öffnen, aber dann zuckte sie zurück und die Tür wurde geschlossen."

„Hat er sie auf der Party geschnappt?", fragte Rachel.

„Unmöglich. Wir waren da und haben jeden überprüft", antwortete Scar.

„Ja, aber diese Seitentür war irgendwie offen, und das hätte sie nicht sein sollen. Er kam nicht durch die Vordertür rein; er kam dort rein. Es ist das Grundstück, das Grace kaufen wollte. Findet heraus, wer dieses Grundstück gekauft hat. Ich weiß, es stand vor ein paar Wochen zum Verkauf." Scar tippte auf seinem Handybildschirm herum.

Ich fuhr mir mit den Fingern durchs Haar und lief im Zimmer auf und ab.

*Er hat sie.*

„Wann wurde der Alarm ausgelöst?"

„Vor einer Stunde."

Ich hielt meinen Arm angewinkelt und griff nach meinen Autoschlüsseln. Rachel und Scar folgten mir zur Tür.

„Nehmt mich in den Gruppenchat auf. Wir brauchen einen soliden Plan, und ich will keine Einwände hören, dass ich Grace zu nahe stehe, um mich einzumischen. Wir sind involviert, seit ich achtzehn war, und ... Sie könnte mein Kind erwarten. Ich kann nicht zulassen, dass ihnen etwas zustößt."

Es laut auszusprechen machte Gräces Schwangerschaft real, und unabhängig von der DNA würde ich Vater werden.

Rachel angelte mir die Schlüssel aus der Hand. „Komm schon, Tarzan. Du bist total neben der Spur, und wir wissen beide, dass ich am Steuer die Königin bin."

Ich folgte ihr zur Tür hinaus zu ihrem Mercedes. Scar und Julia packten ihr Auto. Scar würde sich mit dem Silver-Team im Hauptbüro treffen, aber wir fuhren woanders hin. Ich fragte Rachel nicht einmal wohin, denn das Tolle an großartigen Partnern war, dass sie deine Gedanken lesen konnten. Und das Tolle an Rachel war ihr Instinkt.

Sie umklammerte das Lenkrad und konzentrierte sich auf die Straße. Dreißig Minuten später überquerten wir die Stadtgrenze und hielten am Straßenrand. Es war schon später Nachmittag, und ich machte mir Sorgen, wie viel Zeit ich mit Schlafen verloren hatte, während Chad Grace hatte.

Mein Handy pingte mit einer Benachrichtigung. „Die Autobahn-Kameras haben Chad beim Fahren Richtung Westen erfasst. Die Silvers haben fünf mögliche Grundstücke identifiziert, zu denen er von dort aus unterwegs sein könnte. Sie schicken eine Standortkarte." Ich öffnete das Bild und zeigte es Rachel.

„Das da. Wir nehmen das."

„Bist du sicher?"

Sie nickte mit einem verschmitzten Lächeln. „Wirst du Papa?"

*Verdammte Rachel.*

Ich tippte schnell eine Nachricht in den Gruppenchat: Rüsten uns aus und fahren zum nordöstlichen Standort. Schickt Einheiten zu allen anderen Standorten und haltet medizinische Versorgung in Bereitschaft.

Rachel fuhr schon los, als ich die Nachricht beendete. Fünfzehn Minuten später bogen wir in die Einfahrt eines abgelegenen Hauses im Wald ein. Ich folgte ihr ins Safehouse, wir zogen uns um, rüsteten uns aus und fuhren wieder los, ohne ein Wort zu sagen.

Erst als wir eine Meile entfernt parkten und durch den Wald zu wandern begannen, sprach sie. „Was auch immer passiert, du gehst nicht allein rein."

Ich drehte meinen Hals zur Seite, um Druck abzubauen. Die

Nacht, in der ich nicht auf sie gehört hatte, blitzte in meinem Kopf auf. Schüsse, Feuer, schreiende Mädchen... Ich würde nicht denselben Fehler noch einmal machen.

„Ich gehe nicht allein rein, aber ich halte mich auch nicht zurück."

Ich stellte mein Nachtsichtgerät ein. Sie justierte ihre Brille, und wir inspizierten die kleine Hütte im Wald. „Ein Auto, vergitterte Fenster, schalte Wärmesensor ein... und da ist er. Sie sind allein in der hinteren Ecke des Schlafzimmers, und sonst ist niemand um das Gelände herum sichtbar."

„Verstanden."

Ich bestätigte ihre Sichtung und bereitete meine Waffe vor.

„Gehst du heute Nacht auf Tötung?", fragte sie.

„Ich gehe kein Risiko ein. Deck einfach meinen Rücken."

Ich richtete mein Fernglas auf das Schlafzimmerfenster und zoomte heran. Grace lag flach auf dem Bett mit den Armen über dem Kopf und gespreizten Beinen, wahrscheinlich an die Bettpfosten gefesselt.

„Ich werde diesen Bastard umbringen." Mein Kiefer schmerzte vom Zusammenbeißen.

„Wir können nicht auf Verstärkung warten. Bist du sicher, dass du das kannst?"

*Ich habe die Vaterschaft nicht verdient, wenn ich das nicht kann.*

„Sie ist meine Welt. Meine Königin."

Mein Handy klingelte mit Dr. Rileys Nummer. Ich drückte den Knopf an meinem Ohrhörer.

„Hallo? Dr. Riley, danke, dass Sie zurückrufen, aber ich kann nicht reden. Grace ist in Gefahr. Ich weiß, dass sie schwanger ist, aber hat sie einen Samenspender gewählt? Haben Sie sie befruchtet?"

War das überhaupt die richtige Art zu fragen?

„Grace kam Anfang der Woche zur Kontrolle und einer neuen IVF-Behandlung, aber wir machten einen Ultraschall und es bestand keine Notwendigkeit fortzufahren. Sie war bereits

schwanger. Grace ist auf natürlichem Wege schwanger geworden, Hunter."

„Das ist unmöglich. Ich bin steril."

„Ich würde das überprüfen lassen, denn wenn Sie der einzige
Mann sind, mit dem sie intim war, dann wissen Sie, wie sie
schwanger wurde. Ist sie in echter Gefahr?"

Ich drückte das Fernglas fest an meine Augen und fokussierte,
als Chad sich in der Mitte eines Bettes hinkniete. Er hob seinen
Arm und stieß etwas zwischen ihre Beine.

„Ja, ist sie. Danke, Dr. Riley. Ich muss los."

Ich legte auf.

# Kapitel 18

## grace

Ich erwachte in einer unbequemen Seitenlage. Mein Kopf fühlte sich an, als würde er gleich platzen, mein Gehirn schien anzuschwellen. In der Ferne erinnerte mich das Rauschen von fließendem Wasser an einen Wasserfall, aber ich war nicht im Regenwald. Und ich lag auch nicht sicher in Hunters Armen. Ich befand mich an einem kalten, finsteren Ort, bar jeder Lichtquelle. Meine Glieder schmerzten, und mein Mund fühlte sich an wie ein riesiger Wattebausch. An meiner Kopfseite pochte ein dumpfer Schmerz, aber als ich versuchte, mit meinen Fingerspitzen die Schmerzquelle zu ertasten, merkte ich, dass meine Handgelenke gefesselt und hinter meinem Rücken zusammengebunden waren. Mir stockte der Atem.

„Was zum Teufel?"

Ich schwang meine Beine über die Matratze, aber meine Füße waren gefesselt, und ich wäre fast heruntergefallen. Der beißende Geruch von Schimmel und Moder durchdrang den Raum. Ein deutlicher Uringestank hing in der Luft. Ich hörte auf, mich zu bewegen, und lauschte nach Geräuschen von außen, aber ich hörte nichts. Es war totenstill.

„Wo bin ich?", flüsterte ich und versuchte, mich an die Ereignisse der letzten Nacht zu erinnern.

Nach meinem Streit mit Hunter war ich aufs Dach gegangen, hatte mich hingelegt und die Sterne beobachtet. Sie waren in der Stadt nicht so hell, aber die Ruhe dort oben war besser, als Hunter Obszönitäten lallen zu hören. Ich schrieb Emma und Frankie eine Nachricht, dass ich nach Hause gegangen sei, verbrachte aber den Rest des Abends auf dem Dach. Die Gäste gingen, die Party legte sich, und dann ließen lange, ausgreifende Schritte auf dem geteerten Dach Schauer über meinen Rücken laufen. Ich hoffte, es wäre Hunter, aber ich konnte den Mann in der Nacht nicht näherkommen sehen. Und er verschwendete keinen Atemzug, als er mir ein chloroformgetränktes Tuch übers Gesicht legte.

*Scheiße.*

Meine Brille war weg, und obwohl sich meine Augen an die Dunkelheit gewöhnten, war es fast unmöglich, irgendetwas im Raum zu erkennen. Ich rollte mich auf die Seite und schob langsam meine Füße von der Matratze. Der Boden war aus Beton und kalt.

„Hallo? Ist jemand hier?"

Der Klang meiner Stimme verlor sich im Raum. Ich stand auf und schlurfte zur Wand, wo weicher Schaumstoff die Oberfläche bedeckte. Der Raum war schalldicht.

Schwere Schritte ertönten, und ich riss den Kopf hoch.

Vielleicht doch nicht komplett schalldicht.

Ich hüpfte zurück zur Matratze. Etwas knackte unter meiner Sohle, und ich stieß mir das Schienbein am Bettgestell. Eine Tür klickte auf und dann zu. Eine andere Tür quietschte und schloss sich. Als sich ein Schlüssel im Schloss drehte, wusste ich nicht, ob ich mich verstecken oder angreifen sollte, und ich entschied mich für Letzteres.

Ein Lichtschalter wurde umgelegt, und ich stürzte mich auf einen Mann und brachte ihn zu Boden.

„Ahhh!"

Er fiel mit einem Grunzen, und ich rammte ihm mein Knie in

den Schritt. Er stöhnte vor Schmerz, und ich strampelte mit meinen Beinen wie ein Seehund, zappelnd in seinem Griff. Seine dicken Finger packten meinen Arm und gruben sich ein, bis es wehtat.

„Hör auf zu treten und beruhige dich, Grace."

Die vertraute Stimme jagte mir eine Welle der Angst durch den Körper. „Lass mich los!" Ich biss in seinen Unterarm.

Er schob mich beiseite. Ich rollte auf den Betonboden und zappelte wie ein Fisch. Die Kabelbinder um meine Handgelenke schnitten weiter in mein Fleisch und brannten.

„Hilfe! Irgendjemand, helft mir!", brüllte ich aus voller Kehle. Er stand auf, zog ein Springmesser aus seiner Tasche und setzte es an meinen Hals. Ich erstarrte mitten im Schlucken.

„Ich sagte, verdammt nochmal, halt die Klappe, oder ich bring dich zum Schweigen."

Mein Körper geriet in Schockstarre, als ich aufhörte zu atmen und mich zu bewegen.

„Wirst du jetzt ruhig sein?"

Mein Blick flog zu seinem, und ich blinzelte die Angst weg, als ich in die Augen meines biologischen Zwillingsbruders blickte. Sie waren identisch mit meinen, aber ohne jegliche Emotion. Er zog die Klinge zurück, hob mich am Arm hoch und setzte mich auf die Matratze.

„Schön, dich wiederzusehen, Grace."

„Du bist nicht Rick."

Er trat näher, und ich wich gegen die Wand zurück.

„Keine Sorge, Grace. Ich werde dir nicht wehtun. Du bist sehr wichtig für mich." Er neigte den Kopf nach links. „Ich glaube, wir wurden nicht richtig vorgestellt."

Ich beäugte seine ausgestreckte Hand und den Schmutz unter seinen Fingernägeln.

„Chad Wagner, dein Zwilling."

Ich verdrehte die Augen und drehte mich seitlich, um ihm meine gefesselten Hände zu zeigen.

„Richtig, ich werde das abnehmen, sobald wir gehen."

„Warum ersparst du dir nicht die Mühe und lässt mich gehen, bevor Hunter dich findet?"

Er lachte. „Dein Spielzeug hat keine Ahnung, dass du vermisst wirst, Schätzchen. Er weiß nicht, dass ich frei bin, und wir werden längst weg sein, bevor er merkt, dass du nicht zurückkommst."

*Scheiße.*

Wie konnte das passieren? Wie ist Chad aus dem Gefängnis gekommen? Hunter war gestern Abend aufgebracht, aber nicht wegen Chad, und so sehr ich mir auch wünschte, wir hätten nicht wegen seiner dummen Annahme gestritten, dass ich mich selbst geschwängert hätte, war es unmöglich, mit einem Betrunkenen zu diskutieren.

Ich sah mich in dem gepolsterten Raum um.

„Wo sind wir?"

„Es gab eine Einheit zum Verkauf neben deinem Salon, also habe ich sie gekauft."

„Du warst mein konkurrierendes Angebot?"

„Keine Sorge, Gracie. Solange du bei mir bist, bleibt es in der Familie."

Mein Magen zog sich zu einem Knoten zusammen und löste sich dann wieder. Ich kämpfte gegen den Brechreiz an. Früher oder später würde jemand vorbeikommen, und sie würden mich hören und diesen Verrückten schnappen, oder?

„Du hast gesagt, wir werden lange weg sein. Wo gehen wir hin?"

„Wir fahren vor Einbruch der Dunkelheit zu unserer Hütte. Ruh dich aus. Es ist eine lange Reise."

*Scheiße.*

„Warte – was willst du von mir?"

Er sah mich an, als hätte ich die Antwort schon wissen müssen. Und das tat ich auch. Meine Kehle schnürte sich zu und verschloss meinen Atem. Die Sache war, ein Teil von mir wollte nicht hören, was ich schon als Wahrheit kannte.

„Schlaf etwas", bellte er, und ich zuckte zusammen.

Er wandte sich zur Tür.

„Warte. Ich kann damit nicht schlafen." Ich zeigte ihm wieder die Kabelbinder.

„Dann bist du nicht müde genug. Und spar dir das Schreien. Der Raum ist schalldicht."

Er ging hinaus, schloss die Tür und verriegelte sie. Das Licht flackerte. Ich zog meine Schultern zurück und knackte mit dem Nacken, um die unangenehme Spannung zu lösen. Ich drehte meinen Kopf im Kreis und dehnte meine Nackenmuskeln. Meine Rippen schmerzten vom Sturz, und in meinem unteren Rücken zwickte ein Nerv. Ich verdrehte meine Wirbelsäule. Es knackte, das Geräusch ging in den Wänden unter.

Vorsichtig ging ich zu dem Stahlbett und setzte mich auf die schmutzige Matratze. Mein Magen knurrte vor Hunger, und ich schaute auf meinen Bauch. „Wie geht's dir da drin, Erdnüsschen? Du bist eher wie ein Mohnkorn. Hoffentlich hast du die starken Gene deines Papas geerbt, aber wir schaffen das schon. Mach's dir gemütlich und halt durch."

Als die Zeit verstrich, wurde mein Unbehagen größer, und ich drehte mich auf die Seite. Wo war Hunter und was machte er? Wusste er, dass Chad frei war? Als ich ihn gestern Nacht verließ, war er stockbetrunken und wahrscheinlich irgendwo bewusstlos. Was zum Teufel hatte Scar ihm erzählt? Warum sollte er annehmen, ich wäre hinter seinem Rücken zur Klinik gegangen? Ich war zu einer Untersuchung gegangen und hatte erfahren, dass ich schwanger war. Ich war kurz davor, ihm zu sagen, dass wir ein Baby bekommen würden.

„Ich vermisse dich, Hunter. Argh!"

Ich trat mit einem Stöhnen in die Matratze. Das Blut kochte in meinen Adern. Ich hätte Scar nie erlauben sollen, mir wie ein Hund zu folgen – obwohl, wenn er seinen Job besser gemacht hätte, wäre ich jetzt nicht hier. Und wenn ich auf der Party auf mein Bauchgefühl gehört hätte, hätte ich Chad ganz vermeiden können. Ich hatte das Gefühl, dass etwas nicht stimmte, und es war nicht Hunters Trinkerei. Wir hätten in Costa Rica bleiben sollen. Ich wünschte, ich hätte gewartet, bis Chad endgültig weg war. Meine Rückkehr nach Hause war zwar schön, aber die Sicherheit des Dschungels war besser. Warme Nächte erfüllt vom Zirpen der Grillen und dem Gesang der Zikaden, Sternschnuppen und kalte Duschen unter dem Wasserfall ... und Hunter ... Er machte diesen besonderen Ort zu so viel mehr als nur einem Urlaub. Er hatte mir ein Zuhause, Sicherheit und die schönsten Momente meines Lebens geschenkt. Wir hatten dort ein Baby gezeugt, und er wusste es nicht einmal.

Mein Herz schmerzte. Was, wenn er mich nicht fand? Was, wenn Chad bekam, was er wollte?

„Ich werde nicht zulassen, dass er dir wehtut", flüsterte ich meinem Mohnkorn-Baby zu und rutschte unbehaglich hin und her. Obwohl ich den Überblick verloren hatte, wie lange es schon her war, hatte sich meine Blase vor ein paar Stunden gefüllt. Ich setzte mich im Bett auf, hüpfte vorsichtig in die entfernteste Ecke des Raumes und versuchte, mein Kleid anzuheben.

„Scheiße."

Mit gefesselten Händen und Füßen war es unmöglich, mich zu hocken.

„Ich werde mir in die Hose pinkeln."

Schritte dröhnten über mir, und ich hüpfte zurück zum Bett und wartete. Er öffnete vorsichtig die Tür, sah mich auf dem Bett und trat weiter hinein. Ein selbstgefälliges Lächeln zuckte in seinem Mundwinkel.

„Es ist Zeit zu gehen."

„Ich muss auf die Toilette."

Er griff in seine hintere Hosentasche und holte ein Springmesser heraus, das er mit einer Handbewegung aufklappen ließ.

Ich zuckte zurück.

Ein Hauch von Genugtuung strömte aus seiner Nase, als er sich näherte. Er kauerte sich vor mich und hob die Klinge an meine Kehle, drückte die Schneide gegen meine Haut. Ich neigte mich weg, aber er hielt seine Hand ruhig.

„Wenn du irgendwelche Spielchen versuchst, werde ich nicht zögern, hast du mich verstanden?"

Mein Nicken war kaum wahrnehmbar, aber er senkte seine Hand zwischen meine Fußknöchel und durchschnitt die Fesseln an meinen Füßen. Kalte Luft strich über die Schürfwunden auf meiner Haut. Ich hielt die Erleichterung zurück, denn in dem Moment, in dem ich losließ, würde ich pinkeln.

„Lass uns gehen."

„Toilette?", flüsterte ich.

„Oben."

Chad packte meinen Arm und zerrte mich zur ersten Tür, dann durch die nächste. Er machte sich nicht die Mühe, die hinter uns zu verschließen oder langsamer zu gehen, als wir eine Treppe hinaufstiegen. Wir kamen aus dem Keller in eine alte Bar. Der Geruch von abgestandenem Zigarettenrauch hing in der Luft. Vergilbte Zeitungen bedeckten die Vorderfenster und ließen die späte Nachmittagsluft hindurch, und ich erkannte den Ort neben meinem Salon. Es wäre eine perfekte Ergänzung zu meinem Geschäft gewesen.

„Die Toilette ist in diese Richtung." Er zeigte auf eine Tür.

„Es würde schneller gehen, wenn ich die hier loswerde. Du hast gesagt, du würdest sie abnehmen, wenn wir gehen."

„Komm damit klar oder piss dich ein."

*Scheiße.*

„Sie schneiden in meine Haut ein."

„Halt verdammt nochmal die Fresse."

„Chad, du hast auch gesagt-"

Ich hörte auf zu sprechen, als ich sah, wie er zur Bar marschierte, eine Rolle Klebeband vom Tresen nahm und ein Stück abriss.

„Nein, nein ..."

Ich holte ein letztes Mal Luft, als er das Klebeband über meine Lippen klebte.

Verdammtes Arschloch.

„Du hast zwei Minuten, dann gehen wir." Er zeigte erneut auf das Badezimmer. Ich ging vorsichtig los und behielt dabei die Seitentür im Auge, von der ich wusste, dass sie zu meinem Salon führte. Die Chance, dass sie offen war, war gering, aber es war immer noch eine Chance. Im letzten Moment änderte ich meine Route vom Badezimmer weg und stürzte mich auf die Verbindungstür. Ich drehte mich um, den Rücken zur Tür, und griff nach dem Türgriff, während ich beobachtete, wie Chads Gesicht knallrot wurde.

„Wag es ja nicht!"

Ich drehte den Türknauf und stieß die Tür auf. Der wunderschöne Klang eines Alarms hallte durch das Gebäude. Chad packte mich, verdrehte meinen Arm und presste mich gegen die Wand. Er drückte seinen ganzen Körper gegen meinen, seine rohe Kraft zwang meine Gliedmaßen zur Unterwerfung, während er meine Handgelenke noch fester fesselte.

Ich schrie gedämpft durch das Klebeband. Wenn er so weitermachte, würde er mir die Hände abschnüren.

„Braves Mädchen. Du bist gar nicht so anders als ich, oder, Gracie?"

Seine Wange presste sich gegen meine und hielt meinen Kopf fest an die Wand gedrückt. Ich zuckte vor dem Geruch seines widerlichen Atems zurück.

„Du bist so temperamentvoll wie alle Hartleys. Das ist gut. Das bedeutet, unsere Söhne werden gedeihen. Habe ich dir je erzählt, wie sehr ich temperamentvolle Frauen liebe?"

Gott, er stank schlimmer als ein Hund.

„Aber weißt du, was ich noch mehr liebe? Sie zu brechen."

Schauer liefen mir über den Rücken. Er packte mich am Arm und stieß die Hintertür zur Gasse auf.

„Mach es nicht schwieriger als nötig, Grace."

Er zerrte mich so hart, dass meine Blase nachgab. Ich gab ein Geräusch von mir und wehrte mich in seinem Griff, während der Urin meine Oberschenkelinnenseiten hinunterlief. Er drückte auf einen Autoschlüssel und der Kofferraum öffnete sich. In der Ferne waren Polizeisirenen zu hören.

*Scheiße, Scheiße, Scheiße!*

„Steig ein, Gracie."

Ich hörte auf zu pinkeln und versuchte Zeit zu gewinnen, indem ich ihm in den Schritt trat. Sein Ellbogen reagierte, indem er in meinen Bauch rammte, und ich krümmte mich. Keuchend zischte die Luft aus meiner Nase, als er mich vom Boden hob. Meine Blase gab erneut nach und der Urin floss über meinen Hintern und seinen Arm, aber ich hatte keine Kraft, es aufzuhalten. Er warf mich mit einem Grunzen in den Kofferraum. Meine Lungen wurden zusammengepresst. Ich fiel auf mein Gesicht, bevor ich mich zur Seite drehte.

„Das hätte ich schon früher tun sollen."

Das Arschloch riss ohne Vorwarnung das Klebeband ab, bedeckte mein Gesicht mit einem Tuch und verschwand schließlich aus meinem Blickfeld.

ICH WACHTE AUF und fühlte mich, als wäre ich einen Hügel über tausend Steine hinuntergerollt und in einer Grube voller Stacheln gelandet. Meine Haut schmerzte überall und meine Gliedmaßen fühlten sich an, als wären sie durch einen Fleischwolf gedreht worden. Ich hob meine Hand an meinen Kopf und setzte mich sofort auf einem King-Size-Bett auf.

„Ich bin frei."

Sichtbare Schnitte zeichneten sich an meinen Handgelenken und Füßen ab. Holzbalken erstreckten sich horizontal und bildeten das Gerüst einer Hütte, die kaum noch auf ihrem

Fundament stand. Veraltete Möbel hingen schief und Staub bedeckte alles.

Ich hustete. Von draußen war das leise Geräusch von fließendem Wasser zu hören. Ich sprang vom Bett und eilte zum Fenster. Ich zog die Vorhänge auseinander, öffnete den Riegel und hob den unteren Teil des Fensters an. Die frische Waldluft trug den Geruch von Kiefern und Wildnis durch die Stahlgitter. Dahinter verschlang die Dunkelheit die Außenwelt.

„Scheiße."

Die Tür öffnete sich und ich wirbelte herum, um meinem Zwilling, Chad Hartley, gegenüberzustehen.

„Schön zu sehen, dass du wach bist. Wir haben viel zu tun."

Chad schloss die Tür hinter sich und holte eine Banane aus seiner hinteren Hosentasche. Er trug dieselbe fleckige Jeans und dasselbe karierte Hemd wie gestern Abend. Oder war es immer noch dieselbe Nacht? Es war dunkel draußen, aber ich war mir nicht sicher, wie viel Zeit ich verloren hatte.

„Hast du Hunger?"

„Nein", log ich.

Er wedelte mit der Banane in seiner rechten Hand, während ich das Glas Wasser in seiner linken beäugte.

„Willst du das? Du bekommst es, nachdem du dich sauber gemacht hast." Er zeigte auf eine Tür, die vermutlich ins Bad führte. „Und in dreißig Minuten wirst du mit mir zu Abend essen. Ich werde es dir notfalls in den Hals stopfen."

„Warum gibst du dir überhaupt die Mühe, mich zu füttern?"

„Du wirst die Mutter meines Kindes sein, und er wird Nahrung brauchen. Du bist sowieso schon zu dünn. Los."

Er deutete mit seinem Kinn, und ich eilte ins Badezimmer. Die Tür hatte kein Schloss, und er hatte Sperrholz über das einzige Fenster genagelt.

„Ich kann die Dusche nicht laufen hören." Er hämmerte gegen die Tür und ich zuckte zusammen, beeilte mich, das Wasser anzustellen.

„Und zieh die Kleidung an, die ich mitgebracht habe. Sie hängt an der Rückseite der Tür."

Mein Blick fiel auf ein weißes Nachthemd an einem Kleiderbügel, ein Slip und ein BH hingen über dem Haken.

„Fick dich, Chad", flüsterte ich und zog mich schnell aus.

Das war eine der schnellsten Duschen meines Lebens. Ich wartete nicht darauf, dass das Wasser warm wurde oder Dampf aufstieg, ließ meine Haare trocken und wusch mich nur mit Seife. Die Wunden an meinen Handgelenken und Knöcheln brannten vor Schmerz. Ich hob meinen Fuß. Ein Schnitt in der Nähe meines Knöchels entzündete sich. Ich spülte mich ab, stellte die Dusche aus und schlüpfte gerade wieder in mein schmutziges Kleid von der Party, als Chad die Klinke herunterdrückte.

Ich warf mich mit dem Rücken gegen die Tür.

„Ich schwöre bei Gott, wenn du mich nicht mit Respekt behandelst, bringe ich mich um, bevor du mich wieder siehst. Ich bin noch nicht fertig. Wo ist die Zahnbürste?"

„Die verdienst du dir mit der Zeit. Jetzt geh von der verdammten Tür weg."

Er stieß die Tür auf und mein Körper prallte ab. Ich flog quer durch das Badezimmer und knallte mit der Hüfte gegen das Waschbecken. Ich rutschte aus und fiel zu Boden.

„Ich hab dir gesagt, du sollst die Klamotten anziehen, die ich dir gebracht habe."

Er trat auf mich zu, und ich drückte meine Füße in den Boden, rutschte rückwärts auf meinem Hintern, bis mein Rücken die Wand berührte. Er packte eine Handvoll Haare nahe meiner Kopfhaut und zog mich auf die Füße.

„Aua", schrie ich und griff mit beiden Händen nach seiner, aber er ließ nicht los. Ich folgte ihm ins Schlafzimmer. Er hielt mich fest, bis ich wieder auf dem Bett landete, immer noch in meinem befleckten Kleid.

Der Geruch von grillendem Steak und etwas anderem brachte Übelkeit in meinen Magen. Ich übergab mich über das Bett und auf den Boden und spuckte mein Inneres aus. Er ging zum Schrank, holte das Glas Wasser und reichte es mir.

„Spül aus. Ich will deine Kotze nicht überall auf meinem Schwanz haben."

Ich nahm das Glas aus seiner Hand, füllte meinen Mund und spuckte ihm alles ins Gesicht. Seine Hand flog an meine Wange und brannte.

„Du Fotze."

Ich drückte meine Füße in die Matratze, bis mein Rücken gegen die Wand gepresst war, und beobachtete, wie er das Springmesser aus seiner Tasche holte. Er sprang aufs Bett und drückte es gegen meinen Hals.

„Wir wollten eigentlich essen, aber anscheinend bist du noch nicht hungrig genug." Ein selbstgefälliges Grinsen malte sich auf sein Gesicht. „Ich bin's aber."

Er öffnete eine Schublade, holte zwei neue Kabelbinder und ein Seil heraus.

„Nein, nein ... Bitte, die tun weh."

„Hände über den Kopf."

Rotz lief mir frei die Nase runter. Ich wischte ihn mit meinem Arm ab, bevor ich beide Arme zum Geländer über meinem Kopf hob. Er fesselte meine Handgelenke am Rahmen und machte dann mit meinen Beinen weiter.

„Wenn du mich trittst, bring ich dich um."

Licht reflektierte auf dem Springmesser, als er es geschickt zwischen seinen Fingern tanzen ließ. Er band ein Seil um jeden Knöchel und spreizte meine Beine, wobei er jedes Ende an einem Bettpfosten festband.

„Chad, ich ... ich werde nicht weglaufen, das verspreche ich." Mein keuchendes Flehen blieb mir in der Brust stecken. Ich konnte nicht zulassen, dass er es durchzog. Ich konnte nicht zulassen, dass er meinem Baby wehtat.

Er öffnete den obersten Knopf seiner Jeans und ließ den Reißverschluss nach unten gleiten.

„Mein Vater wollte einen reinen Erben. Ihm einen letzten Wunsch zu verwehren, wäre falsch."

„Falsch? Was ist mit dem, was du tust? Ist das nicht falsch? Er ist schon tot, und es ist ihm egal, was mit seinem dämlichen Wunsch passiert. Ich bin deine Schwester, um Gottes willen!"

Er hielt meinen Blick für eine gefühlte Ewigkeit, aber als sich dieses Grinsen in seinem Mundwinkel zeigte, wusste ich, dass ich verloren hatte.

„Ihm mag es egal sein, aber mir nicht."

Ich wand mich auf dem Bett, verzweifelt auf ein Wunder hoffend oder darauf, dass Chad tot umfallen würde.

„Bitte, Chad, du kannst mir das nicht antun."

„Keine Sorge, Gracie. Ich werde dir alles geben, was du willst und brauchst. Ich mache dich zu meiner Königin."

„Du hast kein Recht, mich deine Königin zu nennen." Ich zog die Nase hoch.

Mein Kleid rutschte zwischen meinen Beinen hoch. Er griff nach dem Springmesser und schwang seinen Arm nach vorn, durchbohrte den Stoff zwischen meinen Schenkeln.

Ich schrie.

„Gut. Hure passt auch."

Das Kleid riss, als er die Klinge bis zum Saum herunterzog. Die Verzweiflung packte mich, doch ich kämpfte nicht nur für mich allein. Ich schrie.

„Halt die Klappe!"

Er riss ein Stück Klebeband von einer Rolle ab.

„Nein, Chad. Du kannst das nicht, weil ich dir kein Baby geben kann. Ich bin ... ich bin schwanger."

Adrenalin pumpte durch meine Adern, floss mit Entschlossenheit und Wut und hielt mich in höchster Alarmbereitschaft. Wir stürmten das Haus von vorne, was Sinn machte, da es keine Hintertür gab. Rachel knackte das Schloss wie ein Profi, während ich Wache hielt. Mein Herz raste und meine Sinne waren geschärft. In der Ferne schrie eine Eule. Grace hätte nur Sekunden, wenn sie zögerte. Rachel tippte an mein Bein. Sie war fertig. Ich schaltete das Nachtsichtgerät aus und ging den Plan noch einmal im Kopf durch. Sie würde Chad ablenken, und ich würde mich aus einem toten Winkel anschleichen.

Ich drehte den Türknauf und drückte die Tür vorsichtig auf. Das Scharnier drohte zu quietschen, und ich verlangsamte die Bewegung der Tür. Schwaches Licht schimmerte aus einer Eckenlampe. Ich scannte den Raum. Zigarettenrauch stieg aus einem Aschenbecher auf dem Tisch auf. Fünf Fuß weiter standen Dosen und Flaschen wie Soldaten aufgereiht im Flur, der zum hinteren Schlafzimmer führte.

*Scheiße.*

Ich ging weiter hinein. Rachel schritt an mir vorbei und blieb bei der ersten Reihe Flaschen stehen.

„Wir können sie nicht alle wegräumen. Dafür haben wir keine Zeit", flüsterte sie in mein Headset.

„Plan B?"

Sie nickte, und ich stürmte durch den Raum. Flaschen zerbrachen und Dosen klapperten, als wir uns durch den Raum kämpften. Ich überquerte den Flur und erreichte die Wand neben der Küche. Rachel rutschte auf der linken Seite zu Boden. Ich presste meinen Rücken gegen die Wand und zählte.

Fünf, vier, drei ... Ich kam nicht zum Ende. Der Widerhall eines Schusses hallte durch das Haus. Kugeln flogen durch die Wand über Rachels Kopf hinweg. Ich ließ mich zu Boden fallen, aber nicht bevor mich eine streifte.

„Bist du getroffen?", fragte Rachel.

„Nein, alles gut." Etwas klickte auf der anderen Seite. „Er lädt nach."

Mit einem Grunzen rollte ich über die Trümmer, fand Deckung im Schatten und brachte meine Waffe in Anschlag. Rachel trat die Tür ein. Der Geruch von Schweiß und Angst drang heraus, aber Chad und Grace waren verschwunden. Er hatte nicht nachgeladen; er war geflohen. Eine Kommode stand schräg an der Wand. Dahinter befand sich eine kindgroße versteckte Tür.

„Es ist eine Fluchttür. Sie sind im Wald."

Wir stürmten durch den Vordereingang und jagten um das Haus herum. Ein Schuss hallte durch die Nacht.

*Nein!*

Ich schaltete mein Nachtsichtgerät ein. Zwei Körper bewegten sich in Richtung Fluss. Grace hatte immer noch die Arme hinter dem Rücken. Er zog an ihrem Arm, und sie stolperte. „Nordwestlicher Kurs. Bleib auf dieser Strecke, ich werde ihn abfangen."

Ich schwenkte nach links in den Wald und umrundete einen hausgroßen Felsbrocken. Ich verlor Grace und Chad für eine Minute aus den Augen, aber als ich die andere Seite erreichte, war ich voraus, und Chad kam in meine Richtung. Rachel war nicht weit hinter ihnen. Ich legte mich auf den Boden und wartete auf den perfekten Schuss.

„Okay, Rachel. Ich bin jetzt bereit für das Ablenkungsmanöver."

Meine Partnerin holte eine Signalpistole heraus und schoss sie in die Luft. Chads und Graces Köpfe flogen hoch, und ich drückte ab. Die Kugel traf Chad in die Brust, und er fiel zu Boden. Ich sprang auf und rannte wie ein Wildschwein durch den Wald, um Grace in meine Arme zu schließen.

„Es ist okay. Es ist vorbei. Es ist alles vorbei."

Sie murmelte durch das Klebeband.

„Schon gut. Wir werden das entfernen. Warte kurz."

Ich öffnete meinen Seitenschneider und durchschnitt die Kabelbinder um ihre Handgelenke. Ihre verletzten Arme flogen um meinen Hals. Ich hielt ihren zitternden Körper an meinen gedrückt und küsste ihren Kopf. Sie klammerte sich wie ein Äffchen an mich, ihr Gesicht an meine Brust gepresst. Rachel erreichte uns und überprüfte Chad.

„Bewusstlos, aber am Leben. Weiß nicht, wie lange er noch hat. Es ist viel Blut."

Sie nahm die Waffe aus seiner Hand und entleerte das Magazin.

„Ruf einen Sanitäter", sagte ich. „Der Tod ist nicht genug für diesen Bastard."

„Schon erledigt."

„Und informiere das Team-"

„Auch schon erledigt."

Ich hatte vergessen, wie gut wir Hand in Hand arbeiteten.

„Ich brauche ein Wärmepack. Grace hat Klebeband über dem Mund."

Sie warf ihre Tasche neben uns auf den Boden und holte ein rechteckiges Päckchen heraus. Sie knackte das Säckchen in der Mitte und reichte es mir. Wärme breitete sich im Inhalt aus.

„Halt das über deinen Mund. Es wird helfen, das Klebeband zu lockern. Hier ... Setz dich auf meinen Schoß, ich halte es."

Ich beugte mich, um sie hochzuheben. Ein Schuss hallte durch den Wald, und ich schloss meine Arme um Grace und brachte sie zu Boden. Sekunden später folgte ein weiterer Schuss.

„Es ist okay. Er ist jetzt tot", sagte Rachel. „Er hatte noch eine Waffe."

„Du hast ihn getötet."

„Hättest du es lieber gehabt, wenn er dich getötet hätte? Ich dachte, du wolltest ihn tot sehen."

Das tat ich, und ich tat es nicht. Ein toter Chad würde Grace nie wieder verletzen, und ich konnte die sofortige Erleichterung in meiner Brust nicht leugnen. Dann ersetzte der stechende Schmerz in meinem Oberschenkel meine kurze Erleichterung. Die Stelle brannte, fraß sich in den Muskel und zuckte bis zu meinen Zehen. Mein Bein gab unter mir nach und ich fiel zu Boden, wobei ich Grace beinahe mit mir riss.

*Ich bin getroffen worden.*

Grace fiel neben mir auf die Knie. Der Himmel hatte sich aufgeklärt, und ich sah endlich ihr wunderschönes Gesicht. Ihre geschwollenen Augen füllten sich mit Tränen, und ich strich mit meiner schmutzigen Hand über ihre Wange. Schmutz von meinen Fingern hinterließ Spuren auf ihrer Haut, aber sie sah immer noch aus wie die schönste Frau der Welt. Ich hob das warme Päckchen wieder an ihren Mund und hielt es gegen das Klebeband.

„Wenn ich dich ansehe, Schöne, spüre ich den Schmerz nicht", sagte ich. „Aber ich sollte wohl mein Bein versorgen. Kannst du das halten?"

Sie ergriff das Päckchen und ihr Blick fiel auf mein Bein, wo Rachel ein Schmerzmittel in den Muskel gespritzt und einen Gürtel um meinen Oberschenkel geschlungen hatte. Die Blutung hatte aufgehört, aber mir war schwindelig. Grace legte sich hin und kuschelte sich an meine Seite. Wir beobachteten die Sterne, die über dem Blätterdach funkelten.

„Es tut mir so leid wegen allem, Grace."

Sie öffnete den Reißverschluss meiner Weste und schob ihre verletzte Hand unter mein Hemd. Es war fast wie in Costa Rica – nur sie und ich und eine Million Sterne.

„Lass uns versuchen, das Klebeband zu entfernen." Rachel half Grace, sich aufzusetzen. Sie nahm das Heizkissen von ihrem Mund und hielt das Ende des Klebebands fest, während sie es vorsichtig abzog.

Grace' erster Atemzug war tief und lang. Sie schloss die Augen und nahm sich einen Moment Zeit, bevor sie von oben auf mich herabblickte.

„Geht es dir gut?", fragte sie.

„Mir? Mir geht's prima. Ich hab Drogen, also ist alles bestens. Ich sehe Regenbögen und Einhörner. Vielleicht ein paar Kröten." Ich zeigte zum Himmel. „Hey, Rachel, was hast du mir gegeben?"

„Leider hatte ich kein Pferde-Beruhigungsmittel dabei."

Grace kicherte. Es tat so gut, ihre Stimme zu hören.

„Hat er dir wehgetan? Ich meine, ich weiß, dass er dir wehgetan hat, aber –"

„Nur ein paar Kratzer und blaue Flecken. Nichts, was die Zeit nicht heilen wird."

„Gut." Ich holte tiefer Luft. Die Sterne bewegten sich über den Nachthimmel, und ich wusste, dass das, was Rachel mir gegeben hatte, nun voll wirkte.

„Hunter?"

Ihr wunderschönes Gesicht tauchte wieder in meinem Blickfeld auf.

„Ich bin schwanger. Und es ist dein Baby." Sie senkte ihren Blick auf ihren Bauch, wo ich bereits meine Hand hielt.

„Ich weiß, mein Liebling, und es tut mir so leid, dass ich etwas anderes angenommen habe."

„Hör auf, dich zu entschuldigen, und küss mich."

Sie senkte ihren Mund auf meinen, und der Schmerz war endlich verschwunden.

„Hatte ich recht oder hatte ich recht? Ihr werdet wunderschöne Babys haben", sagte Rachel. „Kommt schon. Lasst uns euch näher zum Haus bringen."

„Was ist mit ihm?", fragte Grace.

„Ich will sein Gesicht nie wieder sehen", sagte ich.

„Du kannst sein Gesicht nicht sehen, weil es nicht mehr da ist." Rachel stellte sich seitlich, um die Sicht zu versperren, obwohl wir in der Dunkelheit ohnehin nicht viel erkennen konnten.

„Du hast ihm ins Gesicht geschossen?", stöhnte ich, während ich mich auf die Füße hievte. Grace legte meinen Arm über ihre Schulter auf der einen Seite, während Rachel mir auf der anderen half.

„Ich zielte auf den Kopf, aber es war dunkel", sagte sie.

„Willst du damit sagen, dass deine Treffsicherheit nachts nachlässt?"

„Halt die Klappe, oder ich finde doch noch das Pferde-Beruhigungsmittel, denn es klingt ganz danach, als hättest du nicht genug Morphium."

In der Ferne erklang das wunderschöne Geräusch von Hubschrauber-Rotorblättern. Die Sanitäter flogen uns per Lufttransport ins Krankenhaus. Eine Einheit wurde entsandt, um Chads Leiche zu bergen, und alles in allem war es die schlimmste und beste Nacht meines Lebens.

ICH SAß AN IHREM Bett und beobachtete sie beim Schlafen. Ein sanftes Lächeln umspielte ihre Lippen. Ihre Augen bewegten sich unter den Lidern, und ihre Finger zuckten über ihrem Bauch, wo ihre Hand ruhte. Grace' Handgelenke und Fußknöchel heilten, aber die Wunden und die großen Blutergüsse auf ihrer Haut, die in Grün, Lila und Gelb schimmerten, waren eine grausame Erinnerung an die Entführung. Grace hatte Chad angefleht, ihr nicht wehzutun, und im letzten Moment hatte sie ihm gesagt, dass sie schwanger sei. Er hatte gesagt, er würde dafür sorgen, dass sie eine Fehlgeburt erleidet, aber genau in dem Moment hatte es an der Vordertür geklickt, und er hatte seinen Plan geändert. Kurz darauf hatte er Grace durch den Hinterausgang gezerrt. Ich zuckte bei der Erinnerung zusammen.

Grace bewegte sich in ihrem Bett und lenkte meine Aufmerksamkeit wieder auf ihr wunderschönes Gesicht. Unser gemeinsames Krankenzimmer war mit Blumensträußen, Teddybären und ein paar Kröten-Plüschtieren gefüllt. Ich hatte Genesungskarten quer über die Decke gespannt und dafür gesorgt, dass Grace all das Make-up und die Haaraccessoires hatte, die sie brauchte. Es stellte sich heraus, dass alles, was sie brauchte, Ruhe war. Und ich.

Sie blieb unter Beobachtung, während ich mich von meiner Operation erholte. Die Ärzte hatten die in meinem Oberschenkel steckende Kugel entfernt, mich zusammengenäht und die neuen Tests durchgeführt, um die ich gebeten hatte. Wir sollten beide heute Nachmittag entlassen werden, und ich konnte es kaum erwarten, Grace nach Hause zu bringen. Sie regte sich, und ich setzte mich aufrechter in meinen Stuhl. Ihre Augen öffneten sich, schlossen sich und öffneten sich wieder, als könnte sie nicht glauben, dass sie hier war. Ihr Mund verzog sich zu einem breiten Lächeln, als sie mein Gesicht sah. Ich beugte mich vor, als sie die Hand ausstreckte, um über meine längeren Gesichtshaare zu streichen, ihre zarten Finger liebevoll über meine Kieferlinie streichelnd.

„Dein Bart wächst nach."

„Ich würde das noch keinen Bart nennen, aber ich lasse ihn wachsen, wenn du möchtest."

„Es erinnert mich an Costa Rica. Dort habe ich mich wieder neu in dich verliebt."

Ich stand auf, verlagerte mein Gewicht auf mein rechtes, unverletztes Bein und beugte mich hinunter, um sie zu küssen. Ihre warmen Lippen empfingen die meinen, und ich flüsterte gegen ihren Mund: „Dort haben wir unser Baby gezeugt."

Ihr Lächeln drückte sich gegen meine Lippen. „Setz dich wieder hin und überanstreng dich nicht."

„Und wie lange muss ich warten, bis du mich mich überanstrengen lässt?" Ich küsste sie erneut und ließ mich auf den Stuhl sinken.

„Wenn ich dich kenne, Tarzan, nicht lange."

„Gut. Denn es gibt etwas, das ich dir sagen muss."

Sie griff nach der Fernbedienung an ihrem Bett und drückte einen Knopf. Das Bett summte und hob sie in eine sitzende Position.

„Was ist es?"

„Ich habe was gemacht, während du geschlafen hast."

„Lass mich raten... Ein Tattoo? Nein, es kann kein Tattoo sein, weil du keine Verbände hast... es sei denn, es ist darunter-"

„Es ist kein Tattoo." Ich rückte näher. „Es ist viel besser. Der Arzt hat einige Tests gemacht, und ich kann bestätigen, dass ich zeugungsfähig bin."

Sie brach in Lachen aus. „Ich dachte, das hätten wir schon festgestellt."

„Aber weißt du, was das bedeutet? Wir können definitiv mehr Babys machen."

„Das erste ist noch nicht einmal geboren, und du denkst schon an mehr?"

„Warum Zeit verschwenden? Das Leben ist zu kurz, und ich möchte eine Familie. Mit dir."

Sie streckte die Hand aus und tippte mit dem Finger auf meine Nase. „Wir sind bereits eine Familie. Apropos, hast du unsere angerufen? Hast du ihnen gesagt, dass es uns gut geht?"

„Du machst Witze, oder? Ich habe ihnen mit einstweiligen

Verfügungen gedroht, damit sie uns ein paar Tage in Ruhe lassen."

„Sie machen sich nur Sorgen."

„Es tut mir leid, dass ich sie ferngehalten habe. Ich wusste nicht, dass du Besucher wolltest."

„Eigentlich schätze ich die Ruhe. Erinnert mich an Costa Rica."

„Klingt, als würde dich vieles an Costa Rica erinnern."

„Besonders der wilde Mann, der mich dorthin gebracht hat."

Ich stand auf und kroch in ihr Bett, quetschte mich neben sie. Sie kuschelte sich an meine Seite und legte ihre Hand auf meine Brust.

„Gibt es eine Möglichkeit, dass wir vor der Geburt des Babys nach Costa Rica fliegen können?"

„Was ist mit dem Salon?"

„Ich habe Frankie zum Manager gemacht. Ich bin sicher, er kann das handhaben. Er leitet den Laden sowieso, und ich bin nur ein Name – den ich übrigens ändern werde."

„Warum ihn ändern?"

„Chad nannte mich Gracie. Es fühlt sich nicht mehr richtig an."

„Chad war wahnsinnig."

„Denkst du, ich sollte ihn ändern?"

„Was auch immer du wählst, wird eine starke Geschäftsfrau repräsentieren, die durchhält. Was Chad dachte oder was jemand anderes denkt, spielt keine Rolle, denn du bist mehr als ein Name, Grace. Du bist meine Königin, und ich werde immer ein Auge auf dich haben"

„Aber Chad ist tot."

„Genau das versuche ich zu sagen. Zum Teufel mit Chad. Aber ich lasse dich trotzdem nicht aus den Augen."

Sie kuschelte sich in meine Arme und stieß einen tiefen Seufzer aus.

„Hunter?"

„Ja?"

„Ich brauche wirklich Urlaub."

„Ich auch."

WIR TRAFEN SCAR auf dem Krankenhausparkplatz. Ich hielt die Tür für Grace auf, aber Scar hielt mich zurück.

„Sie fährt vorne."

„Ist etwas passiert?"

„Nichts, worüber du dir Sorgen machen musst."

Ich kroch auf den Rücksitz und positionierte mich in der Mitte, um das Gespräch zu hören. Grace schnallte sich an, und Scar reichte ihr einen Umschlag, dann startete er den Motor.

„Was ist das?"

„Rechtliche Dokumente, hauptsächlich Urkunden und neue Bankkonten, die jetzt dir gehören."

„Was?"

„Chad war der letzte Hartley, der starb, und alle anderen aus der Familie sind tot. Der gesamte Nachlass und alle Finanzen gehören jetzt dir, was dich in eine rechtliche Zwickmühle mit Infinity bringt."

„Das ist das Unternehmen, das du nach Brad Hartley übernommen hast-"

„Genau. Jetzt liegt es natürlich an dir, ob du die Klage fortführen möchtest."

„Gegen meine Brüder? Auf keinen Fall. Aber ich bin nicht die einzige Hart... Oh Gott, ich kann es nicht einmal sagen. Ich bin nicht die einzige Überlebende. Was ist mit Simone Hartley und Candice Watson?"

„Simone verbüßt eine Haftstrafe in einer Pflegeeinrichtung. Sie hat seit Jahren nicht gesprochen. Der Nachlass kann nicht an eine geistig unzurechnungsfähige Person übergehen. Was

Candice betrifft, sie hat sich vor Jahren von Jeff scheiden lassen und hat keinen Anspruch."

Grace saß still da und dachte nach, während Scar fuhr. Er wartete mit mehr Geduld, als ich ihm zugetraut hätte.

„Wie wahrscheinlich wäre es, dass ich noch am Leben wäre, wenn Candice mich nicht aus dieser Familie geholt hätte?"

Scar antwortete nicht, aber wir kannten alle die Antwort darauf. Ich berührte Graces Schulter, und sie zuckte zusammen.

„Tut mir leid. Ich wollte dich nicht erschrecken. Du kannst darüber nachdenken. Du hast Zeit, dich zu entscheiden."

Sie drehte sich auf ihrem Sitz zu mir um. „Aber ich weiß es schon. Das Haus, in dem Chad mich festgehalten hat, ist das Einzige, was ich will – weil ich es abreißen und an der Stelle Bäume pflanzen werde. Ich will nie wieder jemanden auf diesem Grundstück haben. Es soll wild bleiben."

„Okay, aber bist du sicher-"

„Da ist noch mehr. Chad hat eine Einheit neben dem Salon gekauft. Die will ich auch. Und Simone und Tristan haben einen Sohn, also sollte er auch etwas bekommen, aber das wird Candice entscheiden. Alles, außer dem Cottage und der Einheit, geht an Candice. Sie kann entscheiden, was sie mit den Immobilien und dem Geld macht. Das ist es, was ich will."

„Wir werden es erledigen", sagte Scar, und Grace setzte sich zufrieden in ihrem Sitz zurück.

Fünfzehn Minuten später bog Scar in den Cougar Court ein und dann in Graces Einfahrt. Er parkte das Auto an der geschwungenen Einfahrt beim Brunnen. Er öffnete Graces Tür und reichte mir die Krücken. Grace stieg aus, trug meinen Pullover und Leggings. Ihr Gesicht strahlte, und ihre Augen leuchteten hell. In weniger als einer Minute wären wir allein in unserem Haus, und ich konnte es kaum erwarten, richtig Zeit für uns zu haben. Ich stützte mich auf meine Krücken und schwang meinen Körper nach vorne.

Scar folgte uns zur Haustür. Grace drückte die Klinke herunter und trat in den Flur.

Ein Chor von Stimmen rief: „Überraschung!"

Unsere Familie und Freunde hatten sich in der Eingangshalle versammelt und die Scarlett O'Hara-Treppe gefüllt. Ich hob meinen Blick zu dem „Willkommen zu Hause"-Schild, das quer über den Flur hing, und meine Schultern sanken herab.

*Scheiß Emma.*

„Wusstest du davon?", Grace drehte sich um.

„Glaub mir, ich wusste nichts davon", sagte ich niedergeschlagen. „Aber ich weiß, wer es war."

Emma kam mit weit ausgebreiteten Armen angerannt und warf sich auf Grace.

„Hey, hey. Sei vorsichtig. Sie ist noch in der Heilungsphase."

*Und sie ist schwanger.*

„Tut mir leid."

Wir begrüßten die unerwartete Party und gesellten uns zu ihnen in den Garten, wo Emma etwas aufgebaut hatte, das wie eine Hochzeitslocation aussah. Ein weißes Zelt stand in der Nähe des Teiches aufgestellt, mit Hortensien in Töpfen, die den Umfang säumten. Tische voller Essen waren auf einer Seite aufgestellt, und Oliviers Grill qualmte in der Ecke. Ich versuchte, die Silver-Nachkommen zu zählen, die diese Familie hervorgebracht hatte, aber Allie und Tristans Zwillinge begannen ein Fangspiel, was die Aufgabe unmöglich machte. Ich ließ Grace auf den Liegestühlen bei Beth und Candice zurück und gesellte mich zu den Wagner-Brüdern für einen Toast mit Tonic Water.

„Glückwunsch zur gelösten Sache."

„Wir wussten immer, dass er abgeschlossen sein würde, sobald du diesen Bastard getötet hast." Axel hob sein Glas.

„Technisch gesehen hat Rachel ihn getötet. Wo ist sie?"

„Sie ist nach Hause geflogen. Sie lässt dich grüßen, aber ihr Partner hat erfahren, dass sie schwanger sind."

Axels Sohn Trevor lief zu seinem Vater. „Kann ich Geld für Eis haben?"

„Da drüben in der Kühltruhe am Fenster sind drei volle Eimer." Axel zeigte darauf.

„Aber die sind nicht vom Eiswagen."

Fröhliche Jahrmarktsmusik erklang in der Ferne.

Axel nahm zwei Fünfziger aus seiner Brieftasche und gab seinem Sohn das Geld. „Hol für jedes Kind eins."

Trevor rannte schreiend zu seinen Cousins, und fast die Hälfte des Gartens leerte sich, als sie ihm die Einfahrt hinunter und auf den Hof folgten.

„Ist das das, worauf ich mich freuen kann?", fragte ich.

„Das, weniger Schlaf, Verlust der Privatsphäre und ein Kühlschrank, der sich nie schließt. Moment – ist Grace schwanger?"

„Sie bringt mich um, wenn sie erfährt, dass ich etwas gesagt habe, also haltet den Mund. Sie hat diese Sache mit dem Warten bis zum zweiten Trimester." Grace winkte mich zu sich. „Entschuldigt mich kurz."

Ich griff nach meinen Krücken und einer kalten Dose Tonic Water, steckte sie in meine Tasche und gesellte mich zu Grace an der Feuerstelle. Während Candice Grace umarmte, lehnte sich Beth unerwartet zu meinem Ohr. „Danke, dass du meine Tochter gerettet hast."

„Gern geschehen."

Candice stand auf. Emma ließ sich auf den Platz neben Grace fallen, den ich eigentlich hatte einnehmen wollen, schlug die Beine übereinander und nahm erschöpft einen Schluck von ihrem Wein.

„Toll, was du aus dem Ort gemacht hast, Ems", sagte Grace. „Du solltest Eventdekoratorin zu deinem Lebenslauf hinzufügen."

„Was ich in meinem Lebenslauf brauche, ist Erfahrung, und meine Brüder machen mir das Leben zur Hölle, um an die guten Fälle zu kommen."

„Also füllst du deine Zeit mit Dekorieren?"

„Nein, ich eigne mir neue Fähigkeiten an, weil ich eines Tages, wenn sie mich rauswerfen, einen Plan B brauche, und Eric Waters verdient eine Frau mit Job."

Ich spuckte mein Tonic Water aus, wischte mir den Mund ab und griff nach einem Apfelkrapfen von einer Platte. Tante Wilma machte die besten Krapfen.

„Was ist so lustig?", fragte Emma.

„Du bist mit Eric du hast dich zu sehr zurückgehalten", sagte ich kauend.

„Wovon redest du?"

„Er sieht dich immer noch als Mädchen und die kleine Schwester seines besten Freundes. Er muss dich als Frau wahrnehmen."

„Aber ich bin eine Frau. Was muss ich tun, damit er das endlich begreift?"

Ich kaute an meinem Krapfen und sprach zwischen den Bissen. „Du bist Privatdetektivin. Du wirst schon eine Lösung finden. Ist das nicht Eric da drüben?" Ich zeigte auf den Typen mit dem Cowboyhut.

„Ach du Scheiße. Ich muss los." Sie sprang von ihrem Sitz auf und rannte davon.

Ich schluckte den letzten Bissen herunter und nahm ihren Platz neben Grace ein, wobei ich meinen Arm um sie legte. „Endlich allein. Es tut mir leid, ich hatte einen ruhigen Abend erwartet. Ich wusste nichts von der Überraschung. Wie fühlst du dich? Irgendwelche Übelkeit?"

„Nein. Mir geht's super. Eigentlich ... weißt du, wann die Party vorbei ist?"

Ich hob eine Augenbraue. „Nein, aber wenn du müde bist, kann ich die Gäste bitten zu gehen."

Sie zappelte herum.

„Wie geht's deinem Bein?"

„Gut ..."

Sie biss sich auf die Unterlippe und hielt die Zähne dort, während sie die Menge musterte.

„Versuchst du mich zu fragen, was ich denke, dass du mich zu fragen versuchst?"

„Ich habe ein neues Set von Tante Mary zum Anprobieren –"

Ich stand auf, ignorierte meine Krücken und hob Grace in meine Arme. Ein stechender Schmerz schoss mein Bein hinunter und meine Wirbelsäule hinauf, aber nichts würde mich davon abhalten, ihr neues Outfit zu sehen.

„Was machst du da?", schrie sie.

„Ich bringe dich nach oben."

„Du bist verletzt, und wir haben Gäste."

Ich brachte sie mit einem langen Kuss zum Schweigen. Sie löste ihren Mund von meinem und entspannte sich.

„Und du bist meine Königin."

# Ihr Epilog

## grace

Ich schaukelte im Hängesessel hin und her und beobachtete ein Paar türkis-gelber Aras, die ihre Flügel putzten. Sie saßen auf einem Ast, der sich über unsere Öko-Lodge erstreckte. Eine leichte Brise wehte durch unser Zuhause und trug den Geruch des vorbeiziehenden Regens mit sich. Tropfen rannen die Blätter hinab und erzeugten ein Geräusch, als würde es noch regnen. Ich liebte den Klang des Regens. Es hatte sechs Monate gedauert, den Papierkram zu erledigen, den zusätzlichen Salonbereich einzurichten und neue Mitarbeiter einzustellen, aber es hatte sich gelohnt. Frankie würde das Geschäft führen, während ich Mutterschaftsurlaub nahm. Vor zwei Monaten waren wir nach Costa Rica geflogen, und mein Geburtstermin war jetzt nur noch eine Woche entfernt.

Meine Nase kräuselte sich und mein Magen knurrte. Hunter werkelte in der Küche herum und machte Frühstück. Er trug immer noch die Shorts von seinem Schwimmen im Regen ... und sonst nichts. Mein Blick wanderte von den Aras zu seinem wunderschönen, kräftigen Körper, und ich erinnerte mich daran, wie dünn er mit achtzehn gewesen war, als er kam, um mein Fahrrad zu reparieren. Der Junge, der Kröten aus meinem Pool gerettet hatte, hatte sich zu einem waschechten Dschungel-Adonis entwickelt.

Er schaute auf und sein Mund verzog sich zu einem Lächeln, das sein Grübchen vertiefte. Erregung durchströmte meinen Körper.

„Ich hab Omeletts, belgische Waffeln und vegane Würstchen gemacht. Und eine Schüssel mit frischem Obst steht auch auf dem Tisch. Grüner Tee zum Frühstück?"

„Tee wäre schön, aber ich hab nicht so großen Hunger."

„Vor fünf Minuten hast du noch nach Burgern und Steaks gefragt."

„Ich bin schwanger und esse für zwei."

„Du bist Vegetarierin. Deshalb haben wir uns für vegane Würstchen mit anderen Optionen zum Frühstück entschieden." Er machte eine Handbewegung.

Die Hormone trafen mich wie ein Zug, machten eine Kehrtwende, und schon brachen alle Dämme.

„Es ist nicht meine Schuld, dass meine Geschmacksknospen Kopf stehen. Ich habe Heißhunger auf Putenbrust und Salamistangen. Ich erinnere mich, dass mein Vater sie gegessen hat, als ich klein war, und sie rochen so gut."

„Also hast du doch Hunger?"

„Nein, ich hab kaum geschlafen. Das Baby hat die ganze Nacht gestrampelt und gegen meine Rippen gedrückt. Und meine Blase fühlt sich an, als hätte sie nur Platz für drei Teelöffel auf einmal."

Das Baby trat und ich zuckte vor Schmerz zusammen. „Aua, nicht so fest. Ich schwöre, wenn ich einen kleinen Höhlenmenschen oder einen Bären zur Welt bringe, will ich eine Wiederholung."

Er ließ den Pfannenwender fallen und eilte zu mir, hockte sich vor mich hin. Er nahm meine Hände in seine. „So läuft das wohl nicht, Schatz, und es tut mir so leid, dass du dich unwohl fühlst. Was kann ich tun, damit es dir besser geht?"

„Unwohl? Hunter, ich sehe aus, als würde ich Drillinge bekommen, und ich weiß, dass es nur eins ist."

„Warum machen wir nicht etwas Entspannendes?"

„Wir hatten gerade Sex..."

Das Baby trat wieder, und ich sprang von meinem Sitz direkt in Hunters Arme und warf ihn dabei um.

„Es tut mir so leid", weinte ich wieder.

„Ich dachte an einen Spaziergang am Fluss. Ich werde eine Decke ausbreiten und vielleicht ein paar Fische fürs Abendessen fangen. Es ist nicht zu heiß draußen."

„Okay..."

„Iss erst mal was."

„Ich hab wirklich keinen Hunger."

Ehrlich gesagt hatte ich keinen Platz mehr in meinem Magen und seit gestern Abend keinen Appetit. Das wahnwitzige Verlangen nach Steaks und Burgern war genau das: wahnwitzig. Aber der Arzt hatte gesagt, ich solle so viel wie möglich gehen und mich bewegen. Ich rieb die Seite meines Bauches, wo der Fuß des Babys gegen meine Haut drückte, der Abdruck seiner winzigen Zehen war sichtbar. Hunters Lächeln zeigte eine volle Reihe Zähne.

„Das ist so süß."

„Meine verschobene Leber ist nicht süß." Ich massierte den Fuß des Babys in eine neue Position. „Beweg dich, beweg dich, beweg dich, bitte beweg dich."

Das Baby drehte sich, und ich atmete erleichtert aus: „Gut. Lass uns zum Fluss gehen."

Ich zog meine Schwangerschaftsjoggingshose hoch und richtete den Sport-BH. Seit wir nach Costa Rica zurückgezogen waren, hatte Hunter Treppen gebaut, damit ich leicht zum Haus hochgehen konnte. Oder watscheln. Er bevorzugte immer noch das Seil, weil es schneller ging.

Er räumte das Essen weg, packte sein Angelzeug und eine Decke zusammen, und wenige Minuten später saß ich am Flussufer und beobachtete, wie sich sein muskulöser Rücken bei jedem Wurf der Angelschnur drehte. Das war so viel besser. Schöne Arme, ein straffer Hintern, starke Trapezmuskeln, die sich von den Schultern zum Nacken spannten... Er war ein Höhlenmensch... Nein, ein Bär, denn die Haare auf seinem Rücken und seiner Brust wuchsen nach. Ich würde ihn wachsen, sobald Bücken keine olympische Herausforderung mehr wäre, aber der kuschelige Pelz störte mich eigentlich nicht.

Ich kippte meinen Kopf zur Seite. Das Rauschen des Wassers löste die Anspannung in meinen Schultern, und die sanfte Brise kühlte meine Haut, aber es dauerte nicht lange, bis sich ein Krampf um meinen Bauch zog, als das Baby seinen Fuß in meine Rippen drückte. Ich legte mich auf die Decke, streckte mich und suchte eine bequeme Position. Nur noch eine Woche! Morgen hatten wir einen Termin beim Arzt in der Stadt, und ich freute mich nicht auf die fünfstündige Fahrt.

Die Blätter in den Büschen zu meiner Linken raschelten, und ich stützte mich auf meine Ellbogen und schaute mich um. Ich setzte mich höher auf, als Hunter seine Leine auswarf. Er stand knietief im Wasser und konzentrierte sich auf die Strömung. Die Blätter raschelten wieder, und ich erschrak. Der Kopf eines Pumas tauchte daraus auf.

„Oh mein Gott. Hunter", flüsterte ich. Mein Herz steckte irgendwo in meinem Hals fest und erstickte meine Stimme.

„Hunter?", rief ich lauter, aber er konnte mich über das fließende Wasser nicht hören. Kali schälte sich aus den Büschen und pirschte sich langsam heran. Ich saß wie erstarrt da, unfähig zu sprechen oder zu atmen. Ihr Bauch ragte zu beiden Seiten heraus, geschwollen und groß.

*Heiliger Strohsack, sie ist trächtig!*

Wir hielten Blickkontakt, während sich die Entfernung verkürzte, bis der Puma einen Steinwurf entfernt stehen blieb und sich setzte. Sie hechelte, und ich konnte immer noch nicht atmen. Ich atmete langsam ein, als sie ihre Vorderpfoten nach vorne streckte und sich auf die Seite legte, wobei sich ihr runder Bauch wie ein Ballon hob.

„Ach, du armes Mädchen. Hunter, hol etwas Wasser." Aber ich konnte die Worte kaum hervorbringen.

Hunter war noch immer auf die Angelschnur fokussiert und bemerkte Kalis Anwesenheit nicht. Ich stand langsam auf und wackelte so elegant und nicht bedrohlich wie möglich zum Ufer, hockte mich wie eine Ente hin und füllte die Schüssel, die Hunter für die Fische mitgebracht hatte, mit Wasser. Ich ging zurück zum Puma und stellte die Schüssel in sicherer Entfernung von ihrem Kopf ab. Sie setzte sich auf und ich trat zurück, eilte zum Fluss und ins Wasser. Der Puma beugte sich zur Schüssel hinunter und trank das Wasser. Ich lächelte, während ich rückwärts ging, bis ich Hunter erreichte und ihm auf die Schulter tippte.

Er zog an seiner Schnur und drehte sich mit einem breiten Grinsen um. „Perfektes Timing. Hab grad einen an der Angel."

Er holte die Schnur ein, und ich verschränkte die Arme über meinen großen Brüsten und wartete, bis er fertig war. Der Fisch zappelte, und er hakte ihn an den Kiemen und zog die Forelle aus dem Wasser.

„Ich hätte bei lebendigem Leib gefressen werden können, und du hättest es nicht mal mitbekommen."

„Wovon redest du? Geht's dir besser?"

„Ich rede von dem Puma." Ich zeigte zum Ufer.

„Das ist doch nur Kali."

„Sie ist trotzdem ein Puma."

„Kali beschützt uns. Denkst du, ich hätte dich in Gefahr gelassen? Ich hab gesehen, wie sie am Fluss entlang gestreift ist, aber sie ist verschwunden, als ich die Decke ausgebreitet habe."

Ich schlug ihm leicht auf den Arm. „Du hättest es mir sagen können."

„Aber du hattest doch nichts zu befürchten. Siehst du?" Er zeigte auf die Katze.

„Du hättest mich trotzdem warnen können. Ich war noch nie so nah bei der Katze. Sie mag dich, weil du sie fütterst."

Er brach in Gelächter aus. „Da liegst du völlig falsch. Sie wollte dich schon treffen, seit wir zurück sind."

*Was?*

„Und was ist mit dem Vater? Sie ist offensichtlich trächtig. Ist er in der Nähe?"

„Ich hab ihn gesehen, aber Kali hält ihn auch vom Haus fern."

„Gibt's hier noch andere Pumas, von denen ich wissen sollte?"

„Nur den wunderschönen, den ich gerade ansehe."

Er neigte seinen Kopf zu meinem, und was als unschuldiger Kuss begann, wurde innerhalb von Sekunden leidenschaftlich. Der Fisch zappelte in seinem Griff und sprang zurück ins Wasser. Er löste sich von meinem Mund.

„Toll. Jetzt haben wir das Abendessen verloren."

„Du wirst schon einen anderen fangen. Ich glaube, Kali hat Wehen. Ich hab ihr etwas Wasser gegeben."

„Du hast ihr Wasser gegeben?"

Ich nickte. „Sie hat gehechelt. Ich glaube, sie mag mich vielleicht."

Sein Lächeln wurde breiter. „Was gibt's da nicht zu mögen?"

„Du solltest nach ihr sehen. Ist das ihr erstes Junges?"

„Ja, aber sie wird schon klarkommen. Sie ist wild."

Ich schüttelte den Kopf, und Hunter hakte meinen Arm in seinen ein und half mir zum Ufer. Wir blieben bei Kali stehen, die wieder auf der Seite lag. Sie schnüffelte an meinem Fuß und stupste mit ihrer Nase gegen meine Sandale, dann drehte sie sich zur Seite und blickte zu Hunter zurück.

Ein scharfer Schmerz zuckte von meinem unteren Rücken bis in meinen Bauch. Ich klammerte mich an Hunter, als er sich um meinen Magen wand.

„Ahh"

„Alles in Ordnung?"

Nasse Flüssigkeit lief meine Oberschenkel hinunter, und ich sah mit weit aufgerissenen Augen zu ihm auf.

„Meine Fruchtblase ist gerade geplatzt."

Er sah nach unten, als wolle er sich vergewissern, und blickte wieder auf. „Warte hier, ich hole den Roller."

Ich packte seinen Arm, bevor er davonlaufen konnte. „Hunter, ich kann jetzt nicht Roller fahren. Und du lässt mich nicht allein mit einem Puma im Dschungel."

Kali stöhnte vor Schmerzen auf, ihr Bauch verkrampfte sich sichtbar.

„Regenwald."

„Was auch immer. Ahhh" Ein stärkeres Zusammenziehen umklammerte meinen Unterleib und raubte mir den Atem. Ich beugte mich vornüber und stützte mich auf meine Knie.

„Okay. Lass mich dir zum Haus helfen, und dann überlegen wir, wie wir dich ins Dorf bringen. Es gibt dort eine Kranken-schwester, und Abuela hat schon Dutzende von Babys zur Welt gebracht."

Ich hielt inne, als ich spürte, wie eine weitere Wehe aufkam. Sie kamen zu schnell aufeinander. Sie sollten bei einem ersten Baby nicht so schnell aufeinander folgen.

„Das stand definitiv nicht in meinem Geburtsplan!", schrie ich.

„Schon okay, Grace. Ich werde nicht von deiner Seite weichen, das verspreche ich dir."

Er hielt mich, als die Wehe durch meinen Körper zuckte. Ich drückte seine Hand und atmete durch den Schmerz. Diese Wehe dauerte länger, und ich befürchtete, dass wir nicht mehr viel Zeit hatten. Man hatte mir gesagt, wir hätten genug Zeit, da Erstge-burten länger dauern würden.

Ich beschleunigte meinen Schritt zum Haus und hatte auf dem Weg die Treppe hinauf eine weitere Wehe. Hunter half mir ins Bett, zog meine Unterwäsche aus, richtete ein Kissen auf und nahm über ein Kurzwellenradio Kontakt zum Dorf auf.

„Abuela ist unterwegs. Wir brauchen Wasser. Ich gehe runter zum Fluss."

Ich spürte Druck zwischen meinen Beinen und der Drang zu pressen wurde stärker.

„Zum Fluss?"

„Nein, du hast recht. Wir brauchen heißes Wasser. Der Fluss ist keine gute Idee."

Oh Gott. Er rannte im Zimmer herum wie ein verwirrtes Huhn. Ein Huhn mit einem Bärenkörper, und ich hatte ihn noch nie so durcheinander gesehen. Das Bild brachte mich so zum Lachen, dass ich weinen musste, und Hunter hielt endlich inne.

„Geht es dir gut?"

Eine neue Wehe zerriss meinen Bauch. Ich erhob mich auf die Knie, beugte mich wie ein Hund und nahm eine Position auf allen Vieren ein. Der Drang zu pressen zwang mich in die Hocke.

„Was machst du da?", fragte er.

„Ich weiß nicht, aber es fühlt sich richtig an. Das Baby kommt."

„Was?"

„Es koooommt geraaaade", schrie ich und spürte, wie der Druck um meinen Bauch meine Organe zusammenpresste.

Hunter positionierte sich unter meinen Beinen. Zum Glück hatte er daran gedacht, frische Wickeltücher zu finden und hielt sie bereit. Ich presste, mein Gesicht angespannt und heiß. Schweiß lief mir über Gesicht und Körper. Ich keuchte im Moment der Erleichterung, aber dann stieg der Druck wieder an und ich presste noch stärker.

„Fang es auf", sagte ich zu Hunter.

„Es ist kein Football."

„Bist du Arzt?"

„Nein, aber ich bin auch kein Footballspieler. Ich habe YouTube-Videos geschaut und ein paar Bücher gelesen."

„Wann?"

„Press, Grace. Press."

Ich umklammerte seine Schultern zur Unterstützung, atmete aus und biss die Zähne zusammen, gab mich dem Schmerz und der Qual hin.

„Es wird platzen!", schrie ich.

„Dschinns machen das ständig."

„Was?" Mein Kopf schoss hoch.

„Der Kopf ist fast draußen. Gib mir bei der nächsten Wehe einen kräftigen Schub."

Der letzte Schub spülte den Schmerz weg. Erleichterung und das Bedürfnis, ein Schreien zu hören, durchströmten mich. Hunter nahm das Baby und wickelte es in ein Tuch.

„Was ist es? Ist es okay?" Ich legte mich mit weit gespreizten Beinen aufs Bett und beobachtete, wie er sich bewegte, nicht wie Tarzan oder ein Höhlenmensch. Er sah aus wie ein Arzt.

„Gib mir eine Sekunde."

Er klemmte die Nabelschnur ab, reinigte die Nase des Babys mit einem Aspirator, den wir bereit hatten, und reichte mir das eingewickelte Bündel. Endlich ertönte der erlösende Schrei des Babys.

„Herzlichen Glückwunsch, Mama. Wir haben eine Tochter."

Die Schleusen öffneten sich, Tränen strömten über meine Wangen, und ich konnte sie nicht aufhalten.

„Es ist ein Mädchen?" Ich hielt sie an meine Brust und gurrte, bis sie sich beruhigte. Sie hatte Hunters Nase und einen dunklen Schopf lockiger Haare. „Hallo, kleines Mädchen."

Sie öffnete ihre winzigen Augen und drückte ihre Wange an meine Haut, kuschelte sich in meinen Arm. Sie hatte definitiv seine Augen. Die winzigen blauen Juwelen funkelten. Ein sanftes Lächeln breitete sich auf ihrem Gesicht aus. Hunter legte seinen Arm um mich, als sie ihre Wange an meine Haut drückte und die Augen schloss.

„Oh mein Gott. Ich liebe sie so sehr." Ich sah zu Hunter auf. „Und ich liebe euch beide." Er küsste mich. „Du warst unglaublich. Wie sollen wir sie nennen?"

„Ich weiß nicht. Sie sieht nicht wie eine Lorelei aus."

„Wir können darüber nachdenken. Abuela müsste bald hier sein."

Abuela kam fünfzehn Minuten später mit zwei ihrer Töchter und einem Führer, der im Erdgeschoss blieb. Hunter durchtrennte die Nabelschnur. Abuela entfernte die Plazenta und ging nicht, bis unsere Tochter an meiner Brust angedockt hatte. Sie saugte und machte gurrende Geräusche. Hunter hielt diesen kostbaren Moment heimlich auf Video fest, und zum ersten Mal in meinem Leben fühlte ich mich vollkommen.

Meine biologische Uhr hatte noch nicht abgetickert, und mein Hunter hatte all meine Träume wahr werden lassen.

Grace hielt Geneviève in ihren Armen. In dem Moment, als wir sie unsere kleine Genie nannten, war „Lorelei" passé. Aber wir bewahrten den Namen für unser zweites Kind auf, das in Graces Bauch heranwuchs. Unsere Tochter saugte an Graces Brust und machte die süßesten Schluckgeräusche, und ich konnte meine Augen einfach nicht von ihr lassen. Sie war wunderschön, mit einem Kopf voll lockiger Haare und strahlend blauen Augen. Grace hatte mir gesagt, dass sie schön seien, aber nicht so schön. Genies Augen funkelten jedes Mal, wenn sie lachte oder kicherte. An ihrem ersten Geburtstag fing sie an zu laufen. Ach was, vergiss es: Sie fing an ihrem ersten Geburtstag an zu rennen, und es war eine Herausforderung, mit ihr im umweltfreundlichen Haus Schritt zu halten.

Grace hatte Mutterinstinkt für 'ne ganze Fußballmannschaft. Wir hatten nicht geplant, so lange in Costa Rica zu bleiben, aber es war etwas Besonderes, unsere Kinder hier großzuziehen. Wir flogen zu Weihnachten nach Montana für unser jährliches Familientreffen und waren im Juli beim Silver-Barbecue bei meiner Tante und meinem Onkel, Wilma und Fred, dabei. Aber die

Rückkehr in unser Zuhause hier fühlte sich immer besonders an, und es gab nichts Schöneres, als zu sehen, wie Grace aufblühte.

Das Rascheln von Pfoten im Laub lenkte meinen Blick zum Flussufer, wo unsere Kali den Pfad entlang auftauchte.

„Hey, Mädchen", rief ich. „Wo ist Koko?"

Das Junge sprang bei der Erwähnung hinter seiner Mutter hervor und galoppierte auf mich zu. Junge, sprintende Pumas waren genauso niedlich wie säugende Babys, nur dass unsere kleine Koko fast die Größe ihrer Mutter erreicht hatte. Sie stupste ihren Kopf in meinen Arm und streifte ihr Gesicht daran.

„Du wächst so schnell. Willst du einen Leckerbissen?"

Koko saß wie ein Hund und wartete geduldig. Mein Training hatte sich gelohnt. Ich nahm das Huhn aus der Kühltasche, und sie griff sanft nach dem Vogel und zog ihn aus meiner Hand, um sich zum Fressen zurückzuziehen.

„Koko", quietschte Genie.

Ursprünglich nannten wir das Junge Kona, aber als Genie eines Tages anfing, „Koko" zu babbeln, blieb dieser Name hängen.

„Koko frühstückt gerade." Grace setzte unsere Tochter am Rand der Decke ab. Genie hockte sich hin, grinste von einem Ohr zum anderen und wartete darauf, dass Koko fertig wurde und mit ihr spielte. Babys, Pumajunge und wunderschöne Königinnen im Plural waren jetzt mein Leben, und ich hätte nicht glücklicher sein können.

„Hunter", flüsterte Grace.

„Ja?"

„Kali starrt mich an."

Ich drehte mich zu Grace um. „Genauso wie gestern?"

„Nein, anders."

Kali hatte sich jahrelang den Hintern aufgerissen, um bei Grace zu landen.

„Es ist nicht anders."

„Warum macht sie das dann?"

Die Katze rollte sich auf den Rücken, die Pfoten nach oben, und streckte sich über das Gras.

„Sie will, dass du ihr vertraust."

„Sie ist ein Puma."

Kali streckte ihren langen Körper über einen sonnigen Fleck aus.

„Sie beschützt unsere Familie. Und soll ich erwähnen, dass deine Tochter mit ihrem Pumajungen spielt?"

„Das ist etwas anderes. Sie haben eine Verbindung. Sie wurden am selben Tag geboren. Kali kann ein Tier erlegen, das siebenmal so groß ist wie sie."

Das konnte Koko auch. Vielleicht noch nicht ganz siebenmal so groß, aber fast.

Ich biss mir auf die Zunge, um nicht zu stöhnen. Wir könnten ewig drum herum diskutieren, warum es Zeit für Grace war, Kali zu vertrauen, oder ich könnte sie dazu bringen, Kali zu vertrauen.

„Hey, Kali. Bring mir die Schachtel."

Die Katze stand auf und rannte zum Baumstamm unseres Hauses, wo ich ein Paket gelassen hatte. Wir hatten zwei Tage lang daran geübt. Verdammt noch mal, das raffinierteste Tier, das ich je gesehen hab.

Graces Kopf schnellte in meine Richtung. „Welche Schachtel?"

„Es ist ein Geschenk. Von einer Freundin zu einer Freundin." Ich zwinkerte.

Graces Augen wurden groß, und ihr Kopf zuckte zurück zum Pfad. Momente später tauchte Kali wieder auf und trottete zu Grace, die steif auf der Decke saß. Meine Komplizin nahm ihren Platz ein und hielt die Schachtel in ihrem Maul.

„Streck deine Hand aus, Grace."

„Nein." Sie zog ihre Hände hinter ihren Rücken.

„Streck deine Handfläche aus, oder sie wird nicht weggehen."

Grace rührte sich nicht. Ich blickte zurück zu Genie und

Koko, die zwei Meter von mir entfernt am Flussufer saßen und planschten.

„Wusstest du, dass Pumas Angst riechen können? Willst du ihr zeigen, dass du schwach bist? Weißt du, was sie mit schwacher Beute machen?"

Graces Mund klappte auf. „Ich bin jetzt Beute? Hunter, das hilft nicht gerade."

„Ich mache nur Spaß. Würdest du bitte einfach deine Hand ausstrecken? Wenn du ihr nicht vertraust, vertrau mir."

Grace schluckte sichtbar und wandte sich Kali zu. Sie streckte ihre zitternde Hand aus, die Augen weit aufgerissen. Kali legte vorsichtig die sabbrige Box in Graces Handfläche und trat dann zurück.

„Mach sie auf", flüsterte ich von hinten und kniete mich hin. Die Box öffnete sich mit einem Klicken.

„Sie ist leer", sagte sie.

„Ups, sieht so aus, als hätte sie den falschen Karton erwischt."

Grace drehte sich mit einem Keuchen um. Ich hielt die offene Box mit dem Ring vor mich.

„Grace, mein Puma und meine Königin, willst du für den Rest unseres Lebens die Königin meines Dschungels sein und mich heiraten?"

Sie verharrte für scheinbar eine Ewigkeit, bevor die Tränen ausbrachen. Ich konnte nicht sagen, ob sie durch die Tränen lachte oder weinte.

„Ich dachte, du hast gesagt, das ist ein Regenwald."

„Nicht ganz die Antwort, die ich erwartet hatte." Meine Augenbrauen blieben hochgezogen.

Ich stand auf, und sie warf ihre Arme um meinen Hals. „Ja, natürlich will ich dich heiraten."

Mein Mund traf ihren in einem langen Kuss. Ihr Körper schmolz gegen meinen, weiche Kurven, runder Bauch und volle Brüste, und mein Blut schoss nach unten. Ich löste mich von ihr. Wenn wir unsere Verlobung vollziehen würden, kämen wir zu spät, und ich konnte es kaum erwarten, sie zu meiner Frau zu machen.

„Gut, denn wir haben fünf Stunden, um uns fertig zu machen."

„Fertig machen wofür?"

„Für unsere Hochzeit."

„Moment mal - was?!"

Ich hob unsere Tochter vom Ufer hoch, und sie quietschte.

„Komm, Genie. Papa und Mama heiraten heute."

UNSERE FAMILIE SAß in der ersten Reihe, unsere Freunde dahinter, und alle aus dem Dorf standen hinten. Wir hatten neben dem wunderschön geschmückten Pavillon einen Bereich für die Kinder mit Seitenblick auf die Zeremonie eingerichtet. Ich dachte, ich hätte den Laden im Griff. Blumen, erledigt. Gäste und Unterkünfte, erledigt. Dekoration, erledigt. Essen, erledigt. Musik, erledigt. Mein Herz, das wie ein Presslufthammer in meiner Brust hämmerte, und zitternde Knie: nicht auf der Liste!

Geneviève rutschte in meinen Armen und zeigte über den Fluss. „Koko."

Ich beschattete meine Augen und blickte zum Flussufer. Unsere pelzigen Freunde, Kali und Koko, lagen ausgestreckt auf einem dicken Ast, der über das Ufer hing, und beobachteten den Trubel auf unserer Seite.

„Sind das die Pumas, von denen Grace gesprochen hat?", fragte mein Trauzeuge und Bruder James, der neben mir stand.

„Kali und Koko."

„Sind sie freundlich? Stimmt es, dass ihr das Junge bei Genie schlafen lasst?"

Ich lachte. „Nee, machen wir nicht. Kali und Koko kennen uns, aber sie sind immer noch wilde Tiere. Deshalb halten sich unsere beiden Raubkatzen dort drüben auf und nicht hier."

Als er nicht antwortete, erklärte ich: „Die Einheimischen

würden nicht zögern, einen Puma im Dorf zu töten. Aber Kali ist schlau. Sie weiß, dass sie Abstand halten muss."

„Aber du streichelst sie?"

„Streicheln?" Ich lachte wieder. „Wir verbringen Zeit zusammen. Sie beschützen uns."

Er schüttelte den Kopf. „Ich kapier's einfach nicht. Ich sehe die Schönheit des Ortes, aber ich weiß nicht, wie ihr hier leben könnt."

Ich küsste Genies Wange. „Es hat seine Vorteile. Ich zeige dir morgen die Lodge."

Und vielleicht lernst du dann auch unsere besonderen Mitbewohner besser kennen.

Emma strich auf meiner anderen Seite über mein Hemd. „Ich sehe es auch nicht. Die Insekten hier sind so groß wie Nagetiere. Nein, danke." Sie schauderte.

„Es gibt auch viele Insekten in Lord's Valley, wo Eric ist."

„Ja, aber die kommen mit reitenden Cowboys. Hast du über das nachgedacht, was ich gesagt habe?", fragte sie mit gedämpfter Stimme.

„Habe ich. Wenn du den Fall willst, muss Eric dich darum bitten. Deine Brüder können einem Klienten nicht absagen. Und versuch, dich professionell zu verhalten, wenn du bei ihm bist."

„Versuch du mal, dich professionell zu verhalten bei einem breitschultrigen, sexy Cowboy in abgetragenen Jeans, mit Swagger. Er reitet ohne Hemd auf Pferden, und-"

„Ems?", ich räusperte mich. „Vielleicht sparst du dir das für später auf?"

Die Musik erklang, und Emma fasste sich, stand stolz in ihrer Position als Trauzeugin.

Ich stellte mich mit Genie vor unsere Abuela, die die Zeremonie leiten würde, und konzentrierte mich auf das Ende des Weges. Grace stand hinter einer Reihe ihrer Brüder, die vier schirmten sie vor meinem Blick ab. Ich hatte Grace nicht mehr gesehen, seit Paula sie für Haare und Make-up weggeführt hatte.

Tante Mary war mit dem Hochzeitskleid hergeflogen und versprach eine perfekte Passform. Ehrlich gesagt war es mir egal, was Grace trug, solange sie am Ende des Tages meine Frau sein würde und heute Nacht nackt.

Die Wagner-Brüder traten zur Seite, und Grace kam in Sicht. Axel und Scar nahmen sie jeweils an einem Arm, und ich war wie hypnotisiert. Eine Brise ließ das seidene Kleid, das ihren Körper umfloss, flattern und wehte ihr Haar über ihr Gesicht. Sie fing meinen Blick auf, und ich konnte mich an nicht viel erinnern, was nach diesem Moment geschah. Ich zählte die Sekunden, als ob die Welt gleich untergehen würde, bis sie schwören würde, die Meine zu sein und mich zum glücklichsten Mann der Welt zu machen. Sie ging wie in Zeitlupe den Gang hinunter, und ich durchlebte einen Pfad voller Erinnerungen. Irgendwie hatten wir es geschafft, uns ein Leben zusammen aufzubauen. Sie war meine beste Freundin, meine Geliebte und war kurz davor, meine Frau zu werden.

Ich hörte kaum ein Wort, bis Abuela sagte: „Du darfst deine Braut jetzt küssen, cariño."

„Ich liebe dich", sagte ich in ihren Mund und besiegelte damit unser Versprechen.

„Und ich liebe dich."

Die Menge jubelte, und die Party ging in vollem Schwung los. Ich hielt Graces Gesicht zwischen meinen Händen und küsste sie mitten auf der Tanzfläche. Genie war schon vor Stunden in den Armen ihrer Großmutter eingeschlafen, was uns Zeit für uns selbst gab.

„Bist du bereit, Schluss zu machen?", fragte ich, während ich sie auf der Tanzfläche drehte und wieder an mich zog.

„Wir haben Gäste. Es ist noch nicht mal Mitternacht."

„Also 00:01 Uhr?"

Sie kicherte. Ein kleiner Junge lief auf mich zu und zupfte an meinem Hosenbein, während er zu mir aufblickte. Wir beide sahen nach unten.

„Papi", sagte er.

„Was?"

„Papi."

Mein Kopf schnellte zu Grace hoch. „Das ist unmöglich."

Sie runzelte die Stirn. „Genauso unmöglich, wie es war, dass ich schwanger wurde?"

„Hunter!"

Unsere Köpfe drehten sich zu Paula, die uns von unter dem mit Lichterketten geschmückten Baum zuwinkte.

*Scheiße.*

„Vielleicht solltest du das lieber auslassen?", sagte ich und stellte mich vor Grace.

„Und den Teil verpassen, wo sie enthüllt, dass er dein Sohn ist? Auf keinen Fall. Ich bin deine Frau, Hunter. Wir haben genug Scheiß durchgemacht, und ich bin bereit, noch mehr auf mich zu nehmen, solange du an meiner Seite bist."

Ich nahm ihre Hand. „In Ordnung. Lass uns gehen."

Die Musik verblasste im Hintergrund. Es fühlte sich wie eine Ewigkeit an, als wir die Tanzfläche überquerten. Paula umarmte Grace, gratulierte ihr und küsste mich dann einmal auf jede Wange. „Felicitations, cariño."

Der Junge zupfte wieder an meiner Hose. „Papi."

„Qué pasa, Paula?", fragte ich.

Sie zuckte mit einer Schulter und brach dann in Gelächter aus. „Estoy bromeando contigo. Ich mache nur Spaß mit dir. Es el hijo de mi primo."

„Der Sohn deines Cousins? Das ist der Sohn deines Cousins? Paula, du hast mir fast einen Herzinfarkt verpasst."

Grace lachte. Sie lachte so sehr, dass ich meinen Ärger nicht festhalten konnte.

„Du weißt, dass ich mich dafür rächen werde." Ich zeigte mit dem Finger auf sie, und sie schlug meine Hand weg.

„Gracias, Hunter. Danke für deine Hilfe." Sie drehte uns beide weg und schob uns zurück zur Tanzfläche. „Los, tanzt."

„Was hast du getan?", fragte Grace.

„Der Mann ihrer Cousine wurde getötet, bevor ihr Sohn geboren wurde. Ich hab' da 'n bisschen den Schutzengel gespielt, weißt du, Flügel ausgebreitet und so. Ich habe den Jungen allerdings noch nie zuvor gesehen."

Grace lächelte, und ich umfasste ihr Gesicht mit einer Hand, strich mit meinem Daumen über ihre Wange. Die Sanftheit in ihren Augen wurde von Liebe überflutet.

„Ich dachte, du hättest dich verändert, Hunter, aber das hast du nicht."

„Nein?"

Sie schüttelte den Kopf. „Du bist der Mann, der mein Fahrrad repariert hat. Der Mann, der Frösche aus meinem Pool gerettet und mein Unkraut in einen wunderschönen Garten verwandelt hat. Deine Loyalität und Hingabe waren schon immer da. Du warst ein Mann, bevor ich dich sah, und ich danke dir, dass du nicht aufgegeben hast. Danke, dass du uns nicht aufgegeben hast."

Ich küsste sie erneut, dankbar, dass ich dies für den Rest meines Lebens tun könnte. Jemand auf der Tanzfläche pfiff. Weitere Pfiffe folgten, aber ich konnte mich nicht länger zurückhalten. Meine Zunge glitt über ihre, als ich ihren Körper an meinen zog. Wir lösten uns voneinander, ihre Augen bettelnd und ihr Atem sich verkürzend. Ich beugte mich hinunter, schob meinen Arm unter ihre Knie und hob sie hoch, um sie nach Hause zu tragen und unsere Ehe zu vollziehen.

Wenn wir es denn so weit schaffen würden, ohne übereinander herzufallen.

# ÜBER DIE AUTORIN

USA Today Bestseller-Autorin Lacey Silks schreibt fesselnde romantische Spannung voller Leidenschaft, Würze und atemberaubender Spannung. Viele ihrer liebenswerten Charaktere sind von ihrem eigenen Leben inspiriert, und ihre Lieben finden sich oft spielerisch in ihre Geschichten eingewoben. Ihre beiden Kinder und ihr Hund Kygo sorgen mit Hausaufgabenfragen und liebevollen, sabbernden Küssen (natürlich von Kygo) für abwechslungsreiche Tage.

Wenn sie nicht gerade intensive Liebesgeschichten zu Papier bringt, ist Lacey eine begeisterte Camperin und Skifahrerin. Als natürlicher Frühaufsteher greift sie oft eher zum Kaffee als zum Wasser und gibt ihren Milliardärshelden die Schuld an ihrem vollen Terminkalender.

Laceys Charaktere, voller Fehler und Eigenheiten, rufen auf jeder Seite Lachen, Schlagfertigkeit und Emotionen hervor. Sie misst Männer schelmisch an ihrer Schuhgröße, hat eine Vorliebe für verführerische Dessous und träumt davon, das Land in einem Wohnmobil zu erkunden.

DANKSAGUNGEN

„Silver, der Jäger" war kein geplanter Roman in dieser Reihe, aber ich bin so glücklich mit Graces und Hunters Geschichte. Durch Liebe und Leben zu navigieren ist nie einfach. Gesellschaftliche Erwartungen säen Zweifel in unseren Herzen und verschieben unsere Wünsche, aber wenn wir Glück haben, kann Liebe alles überwinden. Grace und Hunter hatten solches Glück <3

Ich hätte die Arbeit nicht ohne die Unterstützung meiner Leser oder die stets inspirierende Indie-Autoren-Community mit ihrem Reichtum an Wissen schaffen können. Die anhaltende Ermutigung und der Glaube an meine Arbeit, zusammen mit der überwältigenden Liebe, haben meine Muse neu belebt.

An meine fantastische Lektorin, die immer Zeit für mich findet: Danke, dass du mein Leben einfach und mein Schreiben verständlich machst.

An meine Testleser: Danke für eure scharfen Augen! Wenn ich eine Geschichte zwanzig Mal (oder öfter) gelesen habe, sind die Details nicht leicht zu erkennen. Euer Feedback ist unbezahlbar und macht den Roman zu dem, was er sein sollte.

An meine Familie: Die letzten Jahre haben uns mehr geprüft, als uns lieb war, und ich könnte nicht das tun, was ich liebe, ohne euch. Danke für eure Unterstützung, euren Glauben und eure Ermutigung.

Maya, danke für dein künstlerisches Auge und das Cover-Design. Ich fühle mich geehrt, dich als Künstlerin wachsen und dich entwickeln zu sehen. Alex, dein liebendes Herz und dein Sinn für Humor sind eine ständige Inspiration.

An meine Eltern: Dieses Buch wäre ohne euch nicht zustande gekommen. Danke, dass ihr an meine Träume glaubt.